诗想者

H ! P O E M

Xuelin
Ceying

學林側影

吴霖 著

GUANGXI NORMAL UNIVERSITY PRESS

广西师范大学出版社

· 桂林 ·

策 划 人/ 刘　春
责任编辑/ 郭　静
责任技编/ 王增元
书名题签/ 启　功
装帧设计/ 唐秋萍

图书在版编目（CIP）数据

学林侧影 / 吴霖著. ——桂林：广西师范大学出版
社，2020.10
ISBN 978-7-5598-3265-8

Ⅰ．①学… Ⅱ．①吴… Ⅲ．①随笔—作品集—
中国—当代 Ⅳ．①I267.1

中国版本图书馆 CIP 数据核字（2020）第 175794 号

广西师范大学出版社出版发行
（广西桂林市五里店路 9 号　邮政编码：541004
网址：http://www.bbtpress.com ）
出版人：黄轩庄
全国新华书店经销
广西广大印务有限责任公司印刷
（桂林市临桂区秧塘工业园西城大道北侧广西师范大学出版社
集团有限公司创意产业园内　邮政编码：541199）
开本：890 mm × 1 240 mm　1/32
印张：11.5　　字数：260 千
2020 年 10 月第 1 版　　2020 年 10 月第 1 次印刷
定价：68.00 元

如发现印装质量问题，影响阅读，请与出版社发行部门联系调换。

歌泣人生
荣林侧影

吴霖同志

端木蕻良

目　录

i

盛成的书架

北京语言学院属于那类小巧玲珑的大学，它的家属区也不大，被许多高高大大的树葱茏地掩映着。一幢幢宿舍楼，在葱茏树木中，遂也显得有些葱茏，有些历史感。我经常沿着长满青苔的小路，去拜访盛成教授。路上，偶尔会滴下一两声鸟鸣，淡泊得宁静而美丽。

细数岁月，盛先生"叶落归根"已十五载了，生活在这幢葱茏的小楼里，便也有十五载了。对读书人来说，最重要的当是书房。盛先生的书房，同时也是他的客厅兼饭厅。他在这间不大的房间里，勤奋地思考、读书和写作。自从眼睛几近失明之后，他便更多地用语言来表达。盛先生常常坐在他的木椅上，向来访者讲辛亥革命、五四运动、留法勤工俭学和抗敌协会……说到情深处，他的声音便激昂，他的手势便飞扬，周恩来、瓦雷里、戴高乐、海明威、毕加索、徐悲鸿等一连串灿烂的名字便喷

盛成（1899—1996）。北京语言学院（现北京语言大学）教授、作家。

薄而出。有时候，你根本难以分清年过九十的盛先生是在讲历史，还是在讲自己。他的一生，可以用两个字概括——传奇。

某次做客盛府，我意外地发现，书房中的七个书架，竟大大小小地参差错落着，没有一模一样的。除了两个装有玻璃，其余五个，均是最简陋的敞开式。盛夫人说：这样的书架，取书方便，但也容易落尘。于是，细心的她，便用纸做成一只只长方形的帽子，戴在一排排的书上，看似不甚美观，却实用。

准确地说，盛先生还有他的第八个书架，在他的写字台上。那是一个仅臂长的小书架，放着五六部巨厚的大辞典。或许，因为这样取放更方便吧。一盏老式的台灯，两枚相叠而成的放大镜，构成了他的治学环境。

大概盛先生在国外浸淫太久，他的书房没有中国文人通常所有的斋名。此斋无名，斋主却名闻遐迩。

一生坎坷的盛先生，爱书爱了一生。二十世纪三十年代聚积的藏书，毁于抗战时期。我曾听盛夫人平静地讲述在中山大学逃亡中，她冒险回敌占区为盛先生找书的故事。第二次毁书，是在盛先生为避迫害仓促离开台湾时。那时的书，大多送给了他的朋友和学生。之后在美国和法国侨居的十几年中，他又收集了一大批书。可是，回国时不可能全部带回，而带回来

1923 年盛成在法国南部采集植物标本

晚年盛成在北京语言学院（北京。李静宜摄）

的也莫名其妙地失踪了好一些。今天在他的书架上，我所能见到的，绝大多数是盛先生回国后收集的大陆版图书。

这些书温温暖暖地拥挤在一起。其中，有使盛先生一举成名于二十世纪二十年代法国文坛的法文初版《我的母亲》，它已纸质发黄，甚至发脆了，却依旧掩不住昔日的风采。也有盛先生回国以后再版的该书中文版，装帧简朴得可以说近于粗糙。还有许多盛先生撰写的各类学术和回忆专集。甚至，在这其中的一个角落，还插着一本《名人采访录》，那是我的作品，里面有一篇《盛成：一个被遗忘的辉煌故事》，曾被多家报刊转载。在书架中，它只是薄薄的一册，得以跻身其中，使我感到荣幸、汗颜，也被激励……

书架将书房围成了一圈。在书架上方，挂着三张照片：一张是为保卫孙中山而殉难的、他的胞兄盛白沙烈士，他那清癯的面容，永远年轻着；一张是他"五四"时的战友、他一生最好的朋友周恩来；另一张，则是他所宠爱的孙女，她正在美国学建筑。

每当家中无客，盛夫人以年逾古稀之龄每天走三十分钟的路去买菜时，盛先生就独自在家。独自在家的时候是寂寞的，此时，最顽强的是回忆。

穿过时光隧道，他的胞兄、他的挚友和他的晚辈们便会悄悄地向他围拢。此刻，书房太小，书房里的时光又太短暂，他也许会感叹宇宙之大以及永恒……

就是这么一位曾经名满天下的文化老人，在他的书房里，放着一台冰箱，养着两尾金鱼，种了三盆植物，立着八个书架……

在简陋但书香四溢的房间里，盛成先生每天呼吸着世界上最纯净的空气。

一九九三年七月八日

附：

寒冬的悲歌——悼盛成先生

昨夜，刚刚搬进高楼的我，听了一夜的狂风呼啸。今天是一月五日，上海的天气骤然冷极。风，肆意狂行，天阴沉得一如黄昏。临近中午，家中电话突然响起："你听得出我是谁吗？"电话的那一头问。当然，是北京的李静宜先生，我最为尊敬的盛成先生的夫人。

"我告诉你一个最不愿听到的消息：盛教授于上月二十六

日去了！"我的心猛地一沉，隔着电话，我依然可以感受到李先生的悲恸。"北京正下着大雪，不然我要马上给你寄讣告。无论如何，我是要通知你的。"李先生说。李先生亦是八十开外的人了，我一向视她为贤妻良母的典范。李先生在电话的那边说着，我在电话的这边，记忆之门訇然而开……

一九八九年九月二十七日，我第一次造访盛成先生，记得那天下着蒙蒙细雨，正值黄昏时分。其时，我对他的经历和成就，仅限于一篇数百字的报道。那年，生于一八九九年的盛先生，已是九十一岁高龄的老人了。那次采访，我很快写出了《秋雨黄昏访盛成》一文。记得发稿前给盛教授送审时，他竟轻轻地鼓了掌，对拙文他没有修改一字，我把这当成了前辈对后学的一种勉励。

后来，我从政法大学搬到了清华附近，离盛教授所在的语言学院更近，骑车只需十五分钟。于是，我无数次地出现在盛家那间客厅、饭厅兼书房的屋子。在世风日益崇尚金钱的年代，我和盛教授的交往，却那样纯粹。每一次听他讲自己的经历，都犹如在读一部中国近百年的沧桑史。每一次离盛宅而去，我都好像接受了灵魂的沐浴。

之后，我又写了《盛成：一个被遗忘的辉煌故事》《盛成和徐悲鸿》《"周恩来是我最好的朋友"——盛成和周恩来》等长文，还写了《盛成的书架》（曾作为《种豆斋随笔》专栏的

第一篇，在《扬子晚报》上发表）等短文。对我的文章能发表在南京，盛教授是特别高兴的，因为他爱江苏，爱仪征，也爱南京，他与南京实在有着极深的渊源。

盛教授从不喜欢别人叫他盛老，他总是保持着年轻的心态。他的记忆极好，思维非常严谨。虽然在晚年，他的眼睛已近失明，但与他交谈的人，无不被他神采飞扬的仪态、口音和语言所感召。他的眼中，始终闪烁着一种锐利的智慧的光芒。他从不服老，一九九五年七月，他以九十七岁的高龄，还应邀飞往法国，参加纪念瓦雷里的活动，这在中国当是屈指可数的。我曾写信给他，称之为壮举和壮游。那次访法的成果之一，是出版了一部中文译名为《老觚新酿集》的法文诗集。回国后，他曾给我一信，称精神、体力很好云云，收信后的我是特别高兴的。我是一直坚信盛教授能长命百岁的，一则，他没有器质性的大病，二则，"仁者寿"！去年的十一月间，我曾回过北京，因盛教授家的电话刚由分机改为直线，我费了半天劲才找到他家的电话。连续几天打过去，总是空空的铃声。之后，遂又匆匆回到了上海。这次，听李先生的电话才知道，那一段正是盛教授住院的时间。前年年底，我给盛教授夫妇寄了一张剪纸贺卡，图案是喜气洋洋嫁娶新娘的鼠，还胡诌了一副打油味的对联。他们回信说很有趣，很喜欢。今年又寄了一张牛年的剪纸贺卡，谁料，盛教授竟未等到……

盛教授的遗愿，是葬在仪征他母亲的墓旁。一月十三日，李先生将捧着盛教授的骨灰，冒着北方的大风雪送回南方的家乡。

　　听李先生说，前两年我从北京返回上海，盛教授是很不开心的，但他没有对我说。对我所说的、所写的和所做的，盛先生总是鼓励有加。斯人已去，我只有从照片上，得以瞻仰他慈祥灿烂的笑容，从录音带上，聆听他永远的教诲……

　　我匆匆写下一副挽联，急急地寄往北京，联云：

　　巴黎忆语、我的母亲、海外工读十年，曾经东西南北中；
　　同盟少年、五四英雄、文坛健将百岁，早已桃李满天下。

　　上联中的"巴黎忆语""我的母亲""海外工读十年""东西南北中"，用的都是盛教授的著作名，下联大约概括了他老人家一生的角色。挽联并不工整，但表达了我词不达意的悲恸。这个寒冬，真冷，窗外呼啸而过的风声如不绝于耳的一曲悲歌……

一九九七年一月五日
急草于上海栖霞斋

补　记

关于盛成先生的文章，我写过多篇，长长短短皆有。第一篇是《秋雨黄昏访盛成》，写于一九八九年。最近的一篇，是二〇一八年写的《去仪征看望盛成先生》。浮云朝露，到今年（二〇一九年），我认识盛成、李静宜夫妇已经整整三十年了。长寿如盛先生者，这三十年也是近三分之一的人生岁月了。

第一次见到盛成、李静宜夫妇，是在一九八九年九月二十七日的黄昏，天上下着细细凉凉的秋雨。地点在北京语言学院宿舍区。当时我刚刚调离法大，但仍然住在学院路四十一号大院中。法大与语言学院同在学院路上：一头，一尾；一南，一北。

学院路以"八大学院"而著名，但此说在二十世纪八十年代已不确切，我曾仔细数过学院路上的高校，不止此数。故"八大学院"究竟是指哪八家，众说纷纭，并无一锤定音的说法。

如有一种说法，即由南往北，西侧四所是北京航空学院、北京地质学院、北京矿业学院、北京林学院，东侧四所为北京医学院、北京钢铁学院、北京石油学院、北京农业机械化学院。此说将北京政法学院（今中国政法大学）和北京邮电学院排除在外，也直接忽略了北京电影学院和北京语言学院。既无共识，也许对"'八大学院'一说各自表述"也应该是可以的。

之所以要絮叨一下学院路，是因为我在北京的十年间，一直是住在这条路上的。先是在学院路的南头，后在学院路的北端。搬到学院路北端后，我周末的活动区域大体就以五道口为中心。五道口是此区域最"繁华"之所在，有乡政府（东升乡，二十世纪八十年代初为东升人民公社）、新华书店、邮政所、小市场、饭馆，还有影剧院。影剧院除了放映电影，每天还放映录像，基本是武打与言情两类。

五道口被东西向的成府路和南北向的王庄路所组成的"十"字贯穿。在王庄路西侧，有一条南北向的铁路——詹天佑设计的京张铁路，由西直门通往张家口。在五道口区域的人，可由此坐火车去八达岭长城，迅捷安全，还可看到燕山峰壑中别有风味的景致。成府路不算长，西抵北大东门，东至学院路。东口据说有个意指"八大学院"的俗称，叫"八门儿"。东口路南是地质学院，路北是语言学院，语言学院北面则是矿业学院。矿业学院大约校园和景致都乏善可陈，虽近在咫尺，我却极少踏入，乃至今天记忆漫漶，几近于无了。矿院北面即是清华东路，学院路与清华东路的交界处，叫六道口。此地名显然与五道口有关联，但我至今没找到其命名规律。清华东路北侧是北京林学院，一直往西，跨过王庄路，就是清华的东门了。我住在林大的北门外，那里有一条无名小路，西边是林大的苗圃，东边有几幢楼，正式的名称是学院路甲五号院。

去盛成先生家，我通常是穿过林大校园，越过清华东路，一般不向西从王庄路走，而是直接走一条田埂小路，贴着矿大和语言学院的院墙到成府路。右拐是五道口，左转即为语言学院的宿舍区。倘要去清华，则无须经过林大，可从林大北门的无名小路向西即可抵达。

准确地说，第一次见盛成夫妇，我最先见到的是李静宜先生。由她引领，我才在客厅兼书房兼餐厅的"三合一"房间里见到了盛成先生。

盛成一九三三年一月与郑坚女士在北平结婚。当年十二月郑坚诞下长子盛保罗，一九三五年得长女盛碧西，次年再得次女盛滴娜。一九三八年，盛成在武汉投身抗战，郑坚携子女躲避在江苏仪征老家，在仪征城内老宅被日军洗劫一空前，逃亡乡下，在惊恐中不幸离世。盛成此时正在台儿庄劳军，一个月后才得知噩耗。他后来在湖南衡山（郑坚的原籍）与被亲戚辗转带来的三个儿女会合。后经孙伏园（时任衡山县长）和张佩西介绍，盛成认识了从河北流亡而来的李治勤。李治勤，河北涿州人，毕业于北平幼稚师范学校，抗战爆发后南下，在池峰城的第三十一师做过战地护士。正是共同的"台儿庄情结"使李治勤与盛成得以互相信任。一九三九年初，盛成与李治勤在桂林施家园结婚，由苏芗雨主婚，阎宗临证婚。婚后，李治勤改名为李静宜。李静宜于一九三九年、一九四三年、一九四九年分别生下盛龙、盛虎和盛鸾。

盛成在晚年回忆录《旧世新说》中对李静宜评价是"对孩子很有爱心，人极和善"。一九三九年，李静宜才二十三岁，就成为分别只有六岁、四岁、三岁的三个孩子的后母。据盛保罗回忆，当时外祖母郑王德姒（郑坚母亲）只身在沦陷的北平，唯一的儿子郑成武已参加了八路军，她并不知道女儿已经去世，仍不断写信到桂林。李静宜先生为了不使老人伤心，假冒郑坚之名给北平复信。并尽量模仿郑坚的笔迹，当老人稍有怀疑时，李先生则谎称自己右手受伤，是用左手所书。

一九四七年，盛成受聘于台湾大学法学院，当年年底除留下盛保罗外，一家七口到了台北。直至全家离台前，盛成一家都住在台大宿舍温州街十六巷三号。一九五五年，盛碧西考到美国留学。一九六五年，盛成以探亲之名"侥幸"离台赴美，之后再也没有回过台湾。如今，温州街十六巷三号的门牌依然存在，但日式带院子的大平房早已变身成站立着的楼房。此处房产现仍属台大，只是人物皆非了。

我曾为寻找盛成的踪迹，从温州街步行到台湾大学。当我翻开厚厚的《台湾大学校史》，惊讶地发现，在法学院曾任职的教师名单中，盛成的名字阙如。我找到馆方询问，工作人员很认真听完并做了记录，我留下了电子邮箱，希望能把失载的原因或后续的动态告知我，但至今未收到来自台大的官方讯息。

在盛碧西、盛成先后赴美后，盛家的其他几个孩子也先后离台，大约有一段时间，只有李静宜先生一个人看守着十六巷三号空空荡荡的房子。稍有遗憾的是，当年在盛家，我并没有细究盛家几个孩子离台的时间和之后的经历，也并未问过李静宜先生是哪一年最后离开台湾的。

但我从一张出版于一九六八年三月的台湾报纸上发现了一篇报道。内容是讲李静宜养的一只暹罗猫失踪的事，新闻的标题是"暹罗猫、守护神失踪记，香玉坠、心欲碎惆怅盛家庭院"，副标题是"七天不见那红宝石似的眼珠，声声呼唤小咪登儿，就像儿女一样长大成人而去，个个同情盛老夫人"。该报道提供了一个信息，在一九六六年，除了"老二"（文中未点名，疑为盛龙），盛成与五个子女（文中所说五个孩子已赴美，但又指"老二"仍在台，恐是记者误记，因盛保罗此时在大陆）都已经离台赴美。

我保存有数十封盛成夫妇给我的信。这些信，盛成先生健在时，均以盛先生署名，盛先生往生后，以李先生署名。李先生给我的信，有谈工作，有谈书，更多的是聊家常内容，并没有什么重要议题，但今天读来，依然很温暖。李先生在盛成先生故世后，去了美国依儿女生活，仍然时有信来。

李先生在美国辗转生活在新奥尔良、休斯敦和新泽西三个子女处。因我新换了单位，事务繁杂，且与原来的工作内容迥异，所以给李先生去信也只能请安问好，兼告以简略近况。捡拾李先生给我的信，目前能找到的最后一封是二〇〇三年收到的，之后就断了联系。我去台湾温州街十六巷踏访时，巧遇认识盛成、李静宜的老邻居，她告诉我盛师母早几年去世了，具体时间她也茫然。

李先生是个通达、圆融的人。她对盛先生的照顾尽心尽责，有时候盛先生面有不快，极少有（但有克制）地发脾气，李先生一概是温言细语地解释、劝慰，或干脆先不作声。我曾经当着他们夫妇的面，称赞李先生是典型的贤妻良母。"温良恭俭让"的美德，在她身上完全体现了。高龄的李先生只身照顾着更高龄的盛先生，她无怨无悔。她也有焦虑，在给我的信中，她对盛先生著作的出版一而再再而三地被延宕，也颇有些怨言……

我与盛成、李静宜两位先生，无论是五道口时期的耳提面命，还是回上海后的书信飞鸿，都情不断、缘未尽。因为父母之命的突然南返，使我已经开始的关于盛成与友人交游考的系列文章戛然而止。想更进一步做盛成年谱的想法，也终于搁浅。这一停，就是二十多年。这期间，盛先生在一九九六年去世，继之李先生去世。李先生曾告诉我，盛先生曾给她写过许多信，被她珍存下来的有一百多封。这些信，无疑可以填补盛成生平中的空白，如今，是否尚存于世，我也不得而知。

二〇一七年，我去了台湾，在台北温州街十六巷和台湾大学盘桓良久。二〇一八年，我又去了盛成的老家仪征，登上龙山，第一次为盛成先生扫墓。在扬子公园的盛成广场、天宁寺塔下的盛成故居……一一留下了我的足迹。多年的心结因此打开，多年的纠结也终于释然。

　　盛成的复杂性在于他角色的多样——革命者、社会活动家、作家、学者，使得研究者一时无法聚焦。但我想，盛成的百年，正好横亘了整个二十世纪。他的人生，反映了中国与世界的一个侧影。作为个体的人物，他的形象鲜明，至于所谓的历史评价，则需要研究者慢慢去厘清。至少有一点是可以确定的，即对中法文化交流以及法国文化的贡献，法国人对他的评价也许比国人更加肯定和大胆。从此意义而言，盛成是值得研究的。

二〇一九年八月十九日

燕南园里的陈岱孙

陈岱孙先生是在他九十岁生日过后，从镜春园旧居乔迁到燕南园的。燕南园的墙外，就是北京大学著名的三角地。一九九三年八月，我造访陈先生，他已在这幢林木掩映中的房子里生活了三载。据说，这小楼原先的主人是冯至先生。

燕南园周围，大约是北大最热闹的去处之一。但燕南园却草木葳蕤，闹中取静，有着深邃的幽静。有一种说法流传很久：北大的名教授并不一定住在燕南园，但燕南园里住着的必是名教授。

我以此求证于陈岱孙先生，他坦言从未听说过，自然也并不在意这种说法。他的搬迁，本身并非刻意所为，而实在是因旧居年久失修，雨季太潮，不得已而为之。

陈岱孙（1900—1997）。北京大学教授、经济学家。

陈岱孙的朋友圈（左起：周培源、梁思成、陈岱孙、林徽因、
金岳霖、吴有训、梁再冰及梁从诫。1938 年摄于昆明）

晚年陈岱孙在燕南园（北京。陆中秋摄）

他称自己现在是"无事忙"，其实，除了还带有两个博士生，他平时在家的工作仍然很多，很杂。看别人送来的毕业论文、文稿等，就占据了他相当多的黄金时间。此类纯属为人作嫁的事情，陈先生却亲力亲为，并视之为天职。

陈先生平时作息极有规律，往往到下午四时左右，才得以在静静的燕南园漫步一番。当时，他曾自嘲可能年纪有些大了（九十三岁），有些懒惰了，他所谓的"懒"是指不愿多动。从年轻时，陈岱孙先生就不喜欢诸如琴棋书画一类"文"的玩意儿，而对打球之类"武"的一行非常喜欢，并身体力行。这大约也是他与世纪同龄，却仍然健康敏捷的一个秘诀吧。

这位曾参加过五四运动的长者，早年曾在美国以出色的"三级跳"完成学业，以全优成绩获得哈佛大学哲学博士学位。是时，他想都未想就回到了祖国。他原是学财政金融的，原先也想步入仕途以报效祖国，却因投身的大革命失败而接受了清华大学的聘书，成了教书先生。清华是他的母校，无论从感情还是生计来说，他都无法拒绝这份工作。渐渐地，他终于明白，他的智慧和生命属于校园，而不是宦途，他一心一意地用心血浇灌桃李。数十年后，他笑谈往事说："我大概是没有本事去做官的。"

晚年的陈先生，最高兴的是中国作为一个整体，终于得以一言一行必为世界瞩目。他耿耿于怀地回忆一九三三年他作为中国代表，去参加在伦敦召开的国际货币会议，他说，那时，是国微言轻啊！

陈岱孙的书房，像个典型的书库。但书却不如想象的那么多。他的藏书有过几次散失，第一次也是最大的一次是卢沟桥事变后，清华仓促南迁，陈先生的全部藏书和家物均消亡于战乱之中。他是仅穿一袭布长衫赶赴长沙临时新校的。第二次是二十世纪五十年代院系调整，他离开清华时，将相当一部分书赠给了母校图书馆。第三次，无疑是在"文革"十年。

在陈府，随处可见一些老式家具，不时髦，不鲜亮，却殊有味道，绝大多数是陈先生在抗战胜利后复校北平时所购。当时以极低廉的价格购入，一用便是半个世纪。沙发、茶几、书柜、皮箱，莫不如此。墙角有一柄状若拐杖的黑布雨伞，很绅士的样子，也是一件老物。一问，果然已是一甲子前的东西。伞上灰尘几无，想是不久前尚用过。陈先生问我："有些小毛病，需修。你知道北京城中哪里还有修伞处否？"

在这位世纪老人的居所，每一件旧物都是一段无言的历史。尽管一眼望去皆貌不惊人，但仔细观来却往往隽永有味。

陈先生早先嗜烟，香烟、雪茄及烟叶莫不爱好，近来却遵医嘱，戒了。酒，亦是如此。早年"有些贪杯"（陈岱孙语），一顿可饮黄酒一斤多，到了晚年，亦自然忌了。对茶，则直言没有特殊的爱好。

他是个朴素的人，言与行一向一致，亦朴素得很。他说：教书是离开名利的工作，为社会培养一些有用人才，很好。教书几十年，看到学生们的工作都还不错，是个安慰……

燕南园中植物虽多，却好像无桃与李。但陈先生亲植的"桃李"，是确乎遍及海内天涯的。

我问："如果您能再活一世，您会选择什么职业？"

陈答："教书！"

一九九三年八月九日

补　记

陈岱孙原名陈総，岱孙原是他的字，以字行世，在那代人中是比较寻常的事情。据陈岱孙堂弟陈绛说，他们兄弟行这一辈，名字中皆以"糸"为偏旁。汉字简化后，"糸"变成"纟"，陈绛比较"幸运"，只是偏旁改了，大模样还在，"陈絳"变成"陈绛"。但"総"字就有点不幸，直接把"糸"给没收了，径直成为"总"字，如此，"陈総"直接变身为"陈总"。倘若陈岱孙先生在今天坚决仍以本名"陈総"行走于世，发生歧义的尴尬大概是有很高概率的。但陈岱孙早年就弃用了"陈総"一名，据陈绛讲，是因为与"大兵老总"音、义相近。此说不知确否，当年有机会却未能当面求证。在陈先生的少年时代，军阀混战，"丘八老总"给世人的印象不佳者为多。

陈家在唐末从河南固始南迁福建，明洪武年间定居螺江，人称"螺洲陈"。明嘉靖十一年（1532年），陈氏家族中的陈淮成为"螺洲陈"首位进士，自此，簪缨绵延不断。数百年以降，据相关资料记载，明清两代陈氏家族中进士者达二十一人，中举人者多至一百一十人，这是非常傲人的数字。

有一个叫陈若霖（望坡）的，是乾隆进士，曾任湖广、四川总督，官至刑部尚书。其子陈景亮（弼夫）曾任云南布政使。陈景亮子陈承裘（子良）是咸丰进士，去世后封"光禄大夫"。陈承裘生七子，除一个夭折外，其余六子前三个是进士，后三个为举人，因此，"螺洲陈"的祠堂曾挂有"六子科甲"的匾额。

陈承裘这六子中，陈宝琛是老大，二十一岁考中进士，后来做过帝师，最有盛名。老二陈宝瑨（仲勉）和老三陈宝璐，以及陈宝瑨的儿子陈懋鼎三人同时考中光绪庚寅（1890年）恩科进士，成为佳话，以致后来陈家就高高挂出了"父子兄弟叔侄同榜进士"的匾额。这当然是事实，同时也是陈家对四邻八乡的自矜。

陈宝璐有两个儿子：陈懋豫（用刚）和陈懋咸（虚谷）。两兄弟都中了举人，分别娶了晚清福州籍著名外交家罗丰禄和实业家罗臻禄的女儿为妻。陈懋豫即陈岱孙的父亲。

陈岱孙也是个读书种子，翻开他的学习履历：一九一五年考入福州鹤龄中学；一九一八年考入清华学校；一九二〇年获庚子赔款公费留美资格；一九二二年毕业于美国威斯康星大学，获学士学位，并获金钥匙奖；同年入哈佛大学研究院，一九二四年获文学硕士学位；一九二六年获哲学博士学位。一九二七年接受母校邀请，任清华学校大学部经济系教授。他这一路走来，在学业上没有任何停顿。

陈岱孙一直在清华，直到院系调整后进入北大。因此，他一生的桃李事业乃至生活，就是从清华园到燕园（除了抗战期间在西南联大）。季羡林在晚年口述实录中，多次回忆自己一九三〇年考清华时，陈岱孙像个"大将军八面威风"（季羡林语）带着一干人等到考场视察的情景。那一年，陈岱孙三十岁，季羡林十九岁。院系调整后，两人同在北大任教，同为首批一级教授。季羡林对陈先生的评价："我尊重他！正直，不耍花招。"

在与陈老的访谈中，如果偏重于经济学纯学术层面的交流，于我自然是困难的。比如，我曾在交谈中向他请教经济"休克疗法"的原理和功用，陈先生做了大体上的解释，但当时的我估计是听得云里雾里的，故而时至今日，已全然不记得当时他所说的内容。在说到发明和运作苏联经济"休克疗法"的美国经济学家杰弗里·萨克斯（Jeffrey Sachs）时，他稍稍强调了一下，说萨克斯也是哈佛大学毕业的，算是他的校友和学弟，此时，他微微露出了笑容。对此一细节，我记忆深刻。大约作为一名经济学家，推动社会发展，在历史中留下自己的足迹，总是足够光荣的事情。

陈岱孙当年在哈佛大学所做的博士论文，从资料上看，一般翻译为《美国麻省都市财政的统计分析》，但从我当年的采访笔记看，我记录的是《麻省地方财政支出的统计分析》，这应该是陈先生亲自对我所说。比较两个题目，粗看似乎大同小异，但细究一下，似乎还是有所区别的，在此记下，聊备一格。

陈先生曾主编过一套《中国经济百科全书》，上、下两册，厚如城砖。当年承老先生惠赠，一直矗立在我的书架上，已四分之一世纪了。此书的旅程，从北京到南京，最后抵达上海。去年，我将此书转让给北京一个更需要它的读书人，如此，这套带着陈先生手泽的书又回到了北京。我给此书下一任主人留言，简述此书由来，并恳请其善待此书。书，能在人世间干净地流转，既是书的尊严，也是人的尊严。

陈岱孙先生曾给过我一短札，我还有幸保存着。写信时间是一九九四年八月二日，从邮戳看，次日信由80支局发出，估计就是燕南园外的北大邮局。我当时寄住在北林大后门，与清华相望，离北大也不远。八月四日我收到此信，邮戳上显示，我的住处属于邮政82支局。岁月如残酷的橡皮擦，总是偷偷地将人们的记忆慢慢擦去。如，陈先生当年在燕南园居所的具体门牌早已忘记，甚至连我自己住过几年的房子的门牌也一概淡漠。但从陈先生当年亲笔写的信封上，我得以重新找到了具体位置。陈先生的住址是燕南园五十五号，我的住址是学院路甲五号合建楼2-5-503。

陈先生的信，是写在毛边纸八行笺上的，因为是用钢笔所写，所以稍有洇晕。信中说："……承溢美，愧不敢当。实在地说，我断绝从政之念，是由于我发现我不是这材料。"

这可视作对我上篇短文结尾处一问一答的再次回答，绝妙。

二〇一九年一月十八日

钟敬文的"有限公司"

天大暑中，启功先生尚苦守在他的小红楼里，但他的邻居钟敬文先生却走为上计地移居"八大处"了。于是，钟先生便多了一些清凉和清静。他与启先生是好友，他同情启先生："中国这么大，人这么多，但启功就只有一个。他讲礼数，不驳人面子，大家都来找他，麻烦就大了。"

钟敬文先生避暑京郊已月余，在北师大时，他的住处虽不及启先生那般门庭若市，却也是人来人往的。所以，他干脆一避了之，而且还远远的，在交通不便处。

对这个疗养院，钟先生是满意的。每天黎明即起的散步，使他对这个大院的每个角落都了如指掌。当然，他到这里不仅仅是来休息的。他说他还有许多"债"须还——用他的笔和纸。有朋友为钟先生前些年仙逝的夫人

钟敬文（1903—2002）。北京师范大学教授、作家。

编选了《陈秋帆文集》，请钟先生写序。钟先生说自己年事益高，这个夙愿是一定要完成的。除此之外，还有许多文章等着他去撰写。

钟敬文先生当了半个多世纪的教授，大约清贫的生活也伴随了他五十多年。但他不悔，不悔当初放弃文学创作，而投身于此的选择。他从未动摇过，用他自己的话说："左顾右盼，是走不好路的！"

在极长的时间里，钟先生几乎是孤军奋战。他选择当教师，因为这个有意义的工作，可以为他所钟情的事业"招兵买马"。如此，几十年过去了。虽然治学条件很难，学术上也备受冷淡，之后还遭受了两次众所周知的劫难，但他却以九死不悔的精神，义无反顾地走着，敲他的军鼓，号召着志同道合的战友，寂寞前行着……

近年来，钟先生倡议建立了"民俗文化学"新学科，成立了民间文化研究所，组织编写了《民俗学概论》……他高兴地说："这是大学教科书啊，影响会大的。"

这疗养的院子里有一些人工景点，有一座石碾，粗重且大。钟先生走过去，想推，却推不动。后来，加上年轻人的力，碾子才沉沉地响，缓缓地转。院子里阳光还是灿烂的，却没有城里的炎热。有一些植物搭起的花廊，花开着，连成了一片，便有动魄的美。钟先生戴着网眼草帽，杖拐徐行，环顾左右说："别人说我年纪大了，应该休息，何必自讨苦吃。我说，死是最大的休息，是永恒的休息。现在我还能做事，为什么要停呢？"

有好心人劝他抽空写回忆录，他说这件事等自己百年之后让别人去做吧。钟先生戏称自己实际在写旧诗上用力最著。数十年积存至今，已蔚为大观。但他也无意为自己去编选出版，他始终认为自己还有更重要的工作要做，那就是推动中国民俗学的建设和发展。

钟先生称自己现在是"有限公司"，"公司"既然已经有限，他就想把自己的精力用在最关键处。"中国的知识分子有个好的传统，"钟敬文先生用他的广东国语一字一字地说，"那就是社会责任感！"

钟敬文先生今年九十高寿了，在一对自拟寿联中，他写道："世途惊险曾亲历，学术粗疏敢自珍？"前一句是写实无疑，后一句却是自谦。对于自己苦心经营而得之不易的学术成就，他从来都是敢于自我批评的，这在已功成名就的大学者，是尤其需要足够的勇气的。

几年前，他还曾自撰一联以律己，曰："知难而进，除死方休！"所以，钟先生不会停下脚步的。虽然年纪高迈，不能健步如飞，但他总在走着。不停，就是一种象征。

钟先生的九十年，一如他的名字！

早年，钟先生曾致力大众口头文学的研究。现在，每当有人告诉他眼下流行的一些新民谣，并被自己背诵的调侃词句弄得微笑时，钟先生总是听着，却不笑，也不做评价。末了，他会说一句："尽心力焉，而已。"

一九九三年八月十四日

补　记

记得很清楚，写钟敬文先生是启功先生给我出的题目。启先生当时还向我推荐了王世襄先生，在回忆了他少年时代与王世襄"左牵黄，右擎苍"的种种趣事后，还当即致电王先生，并让我与其通了话。那是在一九九三年的夏天。

为写补记，我翻出旧日记和笔记一堆，最痛心独独少了一九九三年的日记和采访笔记。所以，取景框中，虽然人物、事件尽在其中，却因为缺少时间的精微定焦，不能使画面毫不犹豫地锐利。依我当年的工作状态和写钟先生的旧文推断，可以确定启先生向我推荐的时间在仲夏或盛夏。即，不会是初夏，更不会远在晚春。因为，此时的钟敬文先生为了避暑，已经"躲"到了西山"八大处"，彼处离城说远不远，说近，实在是算不得近的。已至鲐背之年的钟先生见了，也写了（时在八月十四日）。但有点可惜的是，与"好玩"的王世襄先生，因为他对我意外提出了一个"好玩"的要求而终于缘悭一面，辜负了启先生的一番雅意。

钟先生和启先生是铁狮子坟北师大园中小红楼的紧邻，两人晚年走动甚密，均爱吟哦，互相视为同道。在钟敬文的诗句中，他与启功既是"卅载京门讲席连"的同事，也曾"一夕雷霆同劫难"[1]，这"劫难"自然就是启功在《自撰墓志铭》诗中写到的"派曾右"。

钟先生是把启先生看成"素心人"的。[2]钟敬文（生于一九〇三年）比启功（生于一九一二年）大九岁，两人既是中文系的老同事，也是喜爱"平平仄仄"的诗友。他们的互相酬唱，既留下了佳句，也留下佳话。启功编定的《启功絮语》中有一首《钟敬文先生惠祝贱辰，次韵奉答》：

> 文字平生信夙缘，毫锥旧业每留连。
>
> 荣枯弹指何关意，寒燠因时闷溯源。

1　钟敬文：《祝元白（启功）先生八十寿辰》，《钟敬文文集（诗词卷）》，安徽教育出版社，2002，第408页。

2　钟敬文：《以与任恺先生通电话事告元伯教授后口占》，《钟敬文文集（诗词卷）》，安徽教育出版社，2002，第357页。

揽胜尚矜堪撰杖，同心可喜入吟笺。

樽前莫话明朝事，雨顺风调大有年。[1]

既是"次韵奉答"，当有钟敬文的贺诗在前。在《钟敬文文集（诗词卷）》中，找到了钟先生的原诗《祝元白（启功）先生八十寿辰》[2]：

合从释氏问因缘，卅载京门讲席连。

一夕雷霆同劫难，三冬文史各根源。

小诗共喜吟红叶，芜语常劳费玉笺。

闻说灵椿八千岁，吾侪今日只雏年。

侯刚先生曾在钟先生、启先生身边工作多年，他写的《启功》一书图文并茂，印刷十分精美。但书中有一讹误，就是将启功《钟敬文先生惠祝贱辰，次韵奉答》一诗的写作年代，说成是对钟先生为启先生八十五岁贺寿时的"奉答"。

此书还收录了钟先生的"贺诗"二首：

诗思清深诗语隽，文衡史鉴总菁华。

先生自拥千秋业，世论徒将墨法夸。

---

1 侯刚：《启功》，文物出版社，2003，第199页。

2 钟敬文：《祝元白（启功）先生八十寿辰》，《钟敬文文集（诗词卷）》，安徽教育出版社，2002，第408页。

晚年钟敬文（北京。陆中秋摄）

钟敬文诗稿手迹

长忆敲诗小乘巷，千金一字信吾师。

世间酒肉多征逐，俗态纷纷岂足嗤。

　　侯刚显然是疏忽了，因为启先生既然是"次韵奉答"，完全是可以按图（字韵）索骥的。此处，钟敬文的"贺诗"既是二首而非一首已是一误，启先生的"奉答"的韵字完全对不上钟诗又是一误。

　　此书可贵之处是，除文字版之外，还在书中以整页的篇幅分别影印了钟敬文的"贺诗"和启功的"答诗"手迹。定睛一看，原来钟敬文的诗题是《祝元伯教授 85 寿辰》（二首）。侯刚是误将启功《钟敬文先生惠祝贱辰，次韵奉答》当作对《祝元伯教授 85 寿辰》（二首）的"奉答"了，时间整整差了五年。

　　钟敬文的《祝元伯教授 85 寿辰》（二首）也是佳作，其中"长忆敲诗小乘巷"一句，回忆了启功蛰居"小乘巷"年代他们就已是诗友的往事。一个"敲"字，是尤其醒目的诗眼。"千金一字信吾师"更是彰显了大学者谦虚的胸怀。

　　由启功弟子赵仁珪编的《钟敬文文集（诗词卷）》，是钟敬文诗词的集大成者，但在其中却找不到诗题《祝元伯教授85 寿辰》（二首）的踪影。

在"二〇〇〇年"条目中，有《致元白》一首：

诗思清深诗语隽，文衡史鉴尽菁华。

先生自富千秋业，世论徒将墨法夸。

此诗显然是《祝元伯教授85寿辰》（二首）中的第一首。除了两个字"总"（尽）、"拥"（富）有差别，创作年代也延后了几年（因为如为祝贺启功八十五岁寿辰，年代无论如何也不应延宕到二〇〇〇年的）。还有一个疑问是，缘何未将有着精彩诗句的第二首编入？合理地估测，倘若不是钟敬文本人对原诗做了修改，或可嗔怪编选者的小小疏忽。好在有钟敬文先生手写的墨迹在，有图有真相，自可证明一切。

钟敬文与我另一个熟人盛成也是老相识，他们曾经同在抗战时期"流浪"的中山大学任教。盛成先生一生交游甚广，在当年回忆往事时，曾提及钟敬文，但因为我当年的不经意，没能追问他们交往的细节。盛成一九七八年归国定居后，虽然与钟敬文研究的领域不同，但按常理他们是应该有交集的。在《盛成诗稿》中，有一首《赠钟敬文教授》[1]，可为一证："春秋亡后作诗民，辣手褒贬浩气真。铁胆文章传大道，本能无恙再新人。"写作日期不详，但应该是盛成晚年回国后所作。

1　盛成：《盛成诗稿》，香港银河出版社，2000，第66页。

当年在"八大处"与钟先生的交谈，我忘了是否提及过盛成，但可以肯定，即使有提到，大约也没有很可以一说的故事。《钟敬文文集》为五卷本，其中一册为诗词卷，收入钟敬文旧体诗词及新诗作品八百多首。从编者后记得知，此卷并非钟敬文诗词的全部，也非钟先生钦定。诗词卷中既然无直接与盛成的唱和诗作，在未编入的作品中，或有？或无？不得而知。

我与钟敬文哲嗣钟少华先生有一面之缘，地点就在语言学院盛家。再具体点，是在盛家"三合一"（书房、客厅兼饭厅）的房间里。

二〇一九年四月十一日

常书鸿的敦煌不是梦

问："您近来梦见过敦煌吗？"

答："没有！"

在北京木樨地一幢高高的大楼里，我问在敦煌工作了四十年，而离开那儿迁至北京也已十年的常书鸿先生近来是否梦见过敦煌。未料，答案是如此坚定。在今天，常氏的名字是和敦煌血肉相连的，你根本无法将两者分开。当常先生骑着骆驼奔向沙漠中的敦煌时，他便与那片土地融为了一体。甚至，作为一名留法归来、学有所成的西画家，从那时起，他的画作明显减少。他把他全部的智慧和时间都奉献给了敦煌，那儿也便使他的名字既"敦"又"煌"了起来。这或许并非他的初愿，却是一种因果必然。

常先生自幼爱画，为求美术真谛，他远赴

常书鸿（1904—1994）。敦煌史学家、画家。

法国。他的刻苦和才华，使他在巴黎油画界初露锋芒，而他也沉醉在学虎像虎的成功喜悦中。直到有一天，他在塞纳河畔的旧书摊上偶然发现了一部《敦煌石窟图录》。当时的他，震惊无比。后来，他说："我是一个倾倒在西洋文化，而且曾非常有自豪感地以蒙巴那斯的画家自居的画家，言必称希腊罗马。现在面对祖国如此悠久灿烂的文化历史，真是惭愧之极，不知如何忏悔才是！"他的唯一想法是：回祖国，我要去敦煌！

可那时的敦煌，艰苦岂能以数言概之。常先生到达敦煌不久，张大千先生在完成了考察临摹后，握着他的手云："我要走了，你还要在这里继续研究和保管下去，这是一个'无期徒刑'啊。"常先生闻此语，顿感万分悲壮。大千先生临别达交给常先生一卷东西，嘱等他走后方可打开。大千先生走后，常先生好奇地打开此卷，原来是一张手绘地图，上面标有在敦煌某处沟中长有野生蘑菇等。在蔬菜价可抵金的沙漠中，这张地图称得上价值连城了。后来，常先生按图索骥，果然采到了一大脸盆的蘑菇，这在当时，绝对是至尊的美味。

现在，常先生也年迈体衰，很难再做细致入微的案头工作了，但是他还不时挥毫作画。或用他所熟稔的油画笔，画友人送他的野花；或用毛笔，画写意小品，画得最多的，就是蘑菇。常先生曾有诗云："敦煌苦，孤灯夜读草蘑菇；人间乐，西出阳关故人多。"

日本著名学者池田大作先生曾数次来中国，并与常先生进行了多次深入交谈，两人共同完成了《敦煌的光彩：池田大作与常书鸿对谈、书信录》一书。池田先生尊敬地称常先生为"敦煌保护神"，并如此诗意地评价他："在他走过的岁月里，历史在闪光，美丽的人生在闪光。"

　　池田大作先生与常书鸿先生有过一段精彩的对话：

　　池田问："如果您能转世，您将选择什么样的生活？"

　　常答："我不是佛教徒，不相信转世。假如真能转世，我还做常书鸿，还去敦煌！"

　　常先生家中门楣上悬着一排风铃，穿堂入户的风一吹来，悦耳的铃声便叮当叮当地响。常先生休息的"宝座"，就在这风铃下，倘着小憩，那风铃声，便会远远地入耳，像古寺高檐上的风铎，又像沙漠戈壁中的驼铃……然而，常先生的敦煌却不是梦，常先生的梦中无敦煌。这实在是因为，敦煌原本就是他生命的一部分，抑或全部。

　　常先生说他还会去敦煌，不管路有多远。那里，有他的另一个家。他的居住了多年的破屋荒园仍在，他当年手植的树已高过屋脊，健康地在阳光下闪着光，他家的老保姆仍守护在那儿，等待着主人的归来……

北京的家中，壁上挂着飞天画，这是常夫人李承仙为贺常先生诞辰而画的作品。在每一寸的空间上，填满了来访者的签名，乍一看去，宛若飞天撒出的花朵。

一九九三年九月十三日

补 记

常书鸿自谓"敦煌痴人"，别人则尊之为"敦煌保护神"。二十世纪四十年代以降，常书鸿与敦煌的名字彼此紧密地交织在一起，公允而论，历史是无法将他们完全区隔的。我有常书鸿先生当年亲手所赠的《敦煌的光彩：池田大作与常书鸿对谈、书信录》（中国社会科学出版社一九九一年版）和回忆录《九十春秋：敦煌五十年》（浙江大学出版社一九九四版）两种，读过多遍。最近重读，却意外发现了常先生叙述那一天在巴黎旧书摊偶遇"敦煌"的蹊跷之处。

常书鸿对敦煌热爱的原点，据他自述，是一九三五年晚秋在巴黎塞纳河畔的旧书摊偶然看到了一部由六本小册子合订在一起的《敦煌石窟图录》，那是法国汉学家保罗·伯希和一九〇七年在敦煌石窟所拍的黑白照片集锦。回忆录中如此说："这一天我从卢浮宫出来，经过卢森堡公园，根据多年在巴黎散步的习惯，总要经过圣杰曼大道，顺便溜到塞纳河畔旧书摊去浏览一下内容丰富的书籍。今天为了留一点的古代美术杰作的纪念,我特意去美术图片之部找寻……"[1]

因为此事关乎常书鸿极为重要的人生节点,故而我在重读此章节时,很费事地(例如寻找圣杰曼大道,发现现已通译为圣日耳曼大街)在电子地图上把常书鸿提及的几个地标(卢浮宫、卢森堡公园、圣杰曼大道)标注了出来,试图还原那一天常先生的行走路线,却似乎发现了一点问题。

首先,如果从卢浮宫到卢森堡公园,是必须横穿圣杰曼大道的,而如果从卢浮宫经过圣杰曼大道到达塞纳河畔的旧书摊,则不应"经过"卢森堡公园;其次,如果他的目的地是塞纳河旧书摊,从卢浮宫出来直接沿河边走更便捷,缘何要绕道圣杰曼大道再折回河边呢?

那天常书鸿的行走路线如此"妖娆",如果不是作者书写此段文字时未能字斟句酌,我以为或有另被省略的细节。

不妨推测一下,也许那一天去卢浮宫常书鸿是一家三口都去的,之所以未直接沿河去旧书摊,是因为常书鸿要先穿过圣杰曼大街把妻子陈芝秀和女儿常沙娜送到卢森堡公园,然后常书鸿才能"溜"到旧书摊。如果仅是自己一人,是大可不必说

1　常书鸿:《九十春秋:敦煌五十年》,浙江大学出版社,1994,第20页。

"溜"的，之所以会出现貌似矛盾的文字，是因为回忆文字写成后被"适当"删改，目的大约是尽量删去陈芝秀的痕迹。另有一例，常书鸿与陈芝秀一九二五年在杭州的结婚，回忆录中只字未提。

与常书鸿对童年时代的清晰而有趣的回忆不同，有关陈芝秀的回忆都在有意无意中被"快进"或干脆"省略"了。无论如何，这都是一种遗憾。常书鸿回忆录第一次提及陈芝秀，是一九三二年夏，其时常书鸿以油画系第一名的成绩从里昂国立美术学校毕业，进入巴黎高等美术学校。此时，距常书鸿与陈芝秀在杭州结婚已七年，距陈芝秀赴法已四年，距他们以里昂一条河流之名命名的女儿常沙娜出生已两年。

常书鸿陈芝秀一家三口在巴黎先是安家在十六区的巴丁南路，后来搬到塔格尔路，他们家始终是朋友们聚会的场所，一九三四年成立的"中国留法艺术家学会"即设在常家。陈芝秀在相夫教女的同时，自己也进入巴黎高等美术学校学习雕塑，与法国姑娘王合内（1912—2000，中央美术学院雕塑系教授）成为同班同学。参看王合内的简历，入学时间当在一九三三年。[1] 王合内与王临乙后来成为中国美术界所羡慕的"神仙眷侣"，他们的初次正式见面就是在常家。陈芝秀是中国第一代留法的女雕塑家，这个定义应该是确定的。

1　中国美术馆、中央美术学院编：《至爱之塑：雕塑家王临乙、王合内夫妇作品文献纪念展》，2015，第6页。此为展会所发说明手册，非正式出版物。

雕塑《我的女儿》（陈芝秀作于巴黎）

常书鸿陈芝秀常沙娜一家（巴黎。1935 年）

常书鸿一九三六年回国，任北平国立艺术专科学校西画系主任，陈芝秀携女继续留在巴黎求学。同年，王临乙亦被聘为北平国立艺专雕塑系教授，后赴巴黎与王合内成婚，王合内肄业并于翌年二月随王临乙到中国。陈芝秀与常沙娜大约在七月也回国了，与常书鸿在上海重聚。

此时的北平艺专因抗战烽火四起，而开始了"八千里路云和月"的流浪，先是江西庐山牯岭，然后是湖南沅陵，再辗转至贵州贵阳。

一九三九年二月四日，日军飞机对贵阳的大轰炸成为一个重要事件，从后来的发展看，也直接或间接地改变了很多家庭、很多人的命运，包括常书鸿、陈芝秀、常沙娜一家。那一天，常书鸿因事外出，王临乙、王合内夫妇去郊外遛狗，均逃过一劫。但常家、王家的临时住处被炸，所幸陈芝秀和女儿死里逃生。因住处被完全炸毁无处可去，贵阳的一个天主教堂，不仅为他们提供了栖身之处，还给了他们一定的精神抚慰，陈芝秀和王合内正是在那时一起接受了天主教。

国立艺专于当年春天再迁至云南昆明，未几，又转迁重庆。此后，虽然时局依然艰难，工作也有变动，但生活却相对安定了下来。在沙坪坝和磁器口之间的凤凰山顶上，常书鸿与陈芝秀、王临乙与王合内、吕斯百与马光璇、秦宣夫与李家珍四家合住在一所房子里。一九四一年七月，陈芝秀生子，常书鸿因嘉陵江而为儿子取名"嘉陵"。很多年后，常沙娜深情回忆："凤凰山上树木繁茂，满山野花野草，野菜也很多。早年就在法国结下深厚情谊的四家人，如今共住在同一屋檐下，大家相处得就像一家人似的，非常和睦。"[1]

一九四二年的冬天，常书鸿等到了去敦煌的机缘，仅凭一纸任命，"孤家寡人"的他奔赴心中的圣地。他希望陈芝秀能带着子女同行，但陈芝秀的反对几乎是可想而知的。不仅考量了稚子（常嘉陵）待哺、幼女（常沙娜）求学，还有远离温暖而坚定可靠的朋友们。另一个原因容易被忽视，却是重要的，就是因为信仰（天主教与佛教）的迥异而造成的心理障碍和抗拒。

即便如此，陈芝秀在常书鸿抵达敦煌的半年之后，也带着子女来了。可以说，这是学雕塑的陈芝秀为了艺术，也可以说是做妻了的为了丈夫。但矛盾并未消弭，之后的争论发展到争吵，矛盾的裂痕逐渐放大，终于不可收拾，陈芝秀只身出走兰州，从此生死不再相见，这一走，宣布曾令人艳羡的"佳偶"婚姻成为过去时。

平心而论，陈芝秀并不是常书鸿当年恼羞成怒下口中的"贱东西"。常书鸿曾对凤凰山那几个最好的朋友说："在敦煌，

1　常沙娜：《黄沙与蓝天：常沙娜人生回忆》，清华大学出版社，2013，第33页。

你们一天都过不下去！"[1] 既然如此，又何必苛求一个在多重负担下的女人呢。与陈芝秀相似的是一位著名女诗人，几乎在同时也是抛下了两个孩子，逃离了婚姻。巧合的是，女诗人是从兰州出逃；更巧的是，女诗人逃亡的终点，正是重庆磐溪。

常书鸿回忆录中，他写到听别人转述说陈芝秀逃到兰州后，登报发布了离婚声明。[2] 之后，陈芝秀的去向不明。其实，何止是去向不明，陈芝秀在出走之后，直到一九七九年猝然去世，她几乎切断了与过去生活的所有联系，包括她所信赖的、结识于巴黎的朋友们。

恕我无知，当年在面对常先生时，没有就陈芝秀提问。面对可能知道内情的吴作人先生，我也没能求证相询。甚至，面对最有可能会给我回答的王临乙、王合内夫妇，我也未曾开口。

历史对陈芝秀仿佛突然松开了手，任其滑入时间的茫茫深渊，有谁会有耐烦之心听一听这个女人、妻子、母亲的心声？至于传说中她曾经对女儿常沙娜说过的最后一句话："一失足成千古恨。"我保持客观冷静，并有小小的怀疑。这一句话，可能符合很多人站在道德制高点上对"抛夫弃子"者的"审

---

1 常沙娜：《黄沙与蓝天：常沙娜人生回忆》，清华大学出版社，2013，第 77 页。
2 常书鸿：《九十春秋：敦煌五十年》，浙江大学出版社，1994，第 63 页。

判"心理，但这终究是一种缺席的"审判"。假如有机会，听陈芝秀说一说，可能会更有说服力。遗憾的是，这种"机会"是永远不可能再有了。

如今，关于陈芝秀，唯有零碎散乱的片言只语，再也拼不出一张完整的图案。甚至，那些曾经最了解她的朋友的态度以及回忆，也都不约而同地被集体冰封了。诸暨是陈芝秀的故乡，我去过多次，在那里有一些熟人，甚至还有原籍枫桥镇的陈姓朋友。我叨扰他们帮助找寻陈芝秀后半生的事迹，哪怕点滴，但一概都石沉大海，看不到响应的涟漪……

作为中国最早的女雕塑家，陈芝秀的雕塑作品原件已无确定存世者。据常沙娜披露，雕塑作品的图片尚存两件：一件是幼儿常沙娜，另一件是青年吕斯百。均作于二十世纪三十年代的早中期，那或是陈芝秀最美好的岁月。

二〇一九年五月五日

闻家驷遥念"二月庐"

闻家驷教授认为自己受四哥闻一多的影响实在很大。当初选择念文科，就是闻一多的主意。选择念法文，乃至赴法留学，也是四哥的建议。他们的父亲是一位开明的绅士，能够接受新事物，也希望自己的五个儿子能在这新世界中强大。他们的家，是在远离都市的乡村。闻一多在清华上学时，常回老家度暑假。其时，假期有两个月之长，他将自己晨诵夜读之处，起名为"二月庐"。而此时尚在家乡的闻家驷，则与兄长朝夕相伴，在此读书，并听闻一多讲许多家乡以外的新鲜事情。

与才华横溢、锋芒毕露的闻一多先生不同的是，闻家驷先生内敛一些。从法国回国以后，他似乎又步闻一多先生的后尘，在西南联大当了一名教授。就在其兄拍案而起挥斥方遒的时候，他也曾是民盟最早的盟员之一。作为民主教授，他颇受学生的拥戴。他对选择当清贫的教授，从来无悔。直至今日，闻先生仍认

闻家驷（1905—1997）。北京大学教授、翻译家。

为自己在本质上，还是书生一个。他担任过民盟中央副主席，现在仍任民盟中央参议委员会副主任等职，明令可以享受副部级的待遇，等等。

闻先生的家，早先在朗润园一个独立的小院里，大约有十几间房，花草树木很多。"史无前例"时，为安全计搬进楼房，与季羡林先生成了对门邻居。那时，他虽然有周恩来总理的指示而受到保护，但在"革命大海洋"中，终究是提心吊胆的。闻先生回想那时，最心疼的是自己推着小车，将多年积存的藏书，以几分钱一公斤的价格送去当废纸给卖了。

现在，他搬至二楼，成了季先生的"上层建筑"，而他的旧居，则成了季先生的书房。季先生藏书极多，闻先生说，如不是北大第一，至少可算朗润园第一的。言语之中，颇有些羡慕之意。

他的家，确乎常常是"谈笑有鸿儒"的。上至中央委员，下至布衣百姓，都可以是这里的客人。这里一共有三间居室，他居一，夫人居一，小儿子居一。他的房间，理所当然是全家的中心，且是多功能的，既是他的卧室，又是他的书房，同时，还兼会客室和全家的饭厅。每当来客惊诧于卧室的局促，他总会平心静气地解释，是他自己要求留在这里的，一则住熟悉了，二则还有老友为邻。

近半年来，闻先生谢绝了一切社会活动，他称自己身体不好，故而想"认真地休息一段时间"。脚力既已不济，他又不愿烦劳家人用轮椅推他，于是干脆在家静养。然而，即使在家中漫步，也须借助手杖了。闻先生有好几根拐杖，其中一根是朱光潜先生赠他的，但他似乎更偏爱另一根贵州产的藤制手杖，非常之轻却又承得住重量，是洪谦先生抗战时期在昆明送给他的。那时的他，大约是并不需借助手杖行走的。这根手杖竟然能保存了几十年依然无恙，当真是件稀罕事。睹物思人，朱、洪两先生现均已作古，闻先生每每拄杖徐行，念及故人是极自然的。

闻先生大半生一心教学，并无更多的时间用来著书立说，但他翻译的法国经典小说《红与黑》，一出版即被认为是汉译本中的翘楚。这部由人民文学出版社出版的巨著，初版至今不过十年，印数却已近三十万册！此外，他还翻译了雨果的诸多诗歌，在诗界颇有口碑。朋友们都认为，闻先生实在应该多留下一些达到信、达、雅境界的传世之作，但他却矢志不移地把教书当作自己的第一天职。

所以，他的三个儿子和两个儿媳都在学校工作，他的孙女从大学毕业后，又主动去当了一名中学教师，她认为，当教师是最好的职业。闻家是一个名副其实的教师之家！

闻先生现在是全家名副其实的中心，他和夫人及尚未成家的小儿子一起生活，闻夫人开玩笑地给他定了一条"不许生气"的家规。

晚年闻家驷（北京。彭年生摄）

今年，闻先生最高兴的有两件事。一件是《闻一多全集》由武汉大学编就，行将问世；另一件是闻一多纪念馆在故乡湖北浠水县竣工开馆。虽然，他因年事已高未能成行，但子侄们都去了，带回的实况录像使他看到了典礼的盛况，他颇感欣慰。

纪念馆设在浠水县，并非在闻氏故里。老家当初的房子，于早些年被无故拆毁，最让闻先生痛心疾首的是，"二月庐"也一并被拆去了。虽然这已是多年以前的旧事了，但他一想起，便会长长地叹息。在他记忆的最深处，"二月庐"依然昂然巍立，窗棂里传来的，是四哥闻一多琅琅的读书声⋯⋯

一九九三年十月十四日

补 记

时隔多年，对闻家骃先生的印象已经非常模糊了。直到翻看自己当年写的旧文和采访笔记，才能约略想起。比如，我曾在《坐拥书城的季羡林》一文中，写到住在朗润园的季羡林后来由北大专门增配了一套房子用以放书，原来，这套位于朗润园十三公寓一楼房子的旧主人，就是闻家骃先生。而在让给季羡林先生后，闻先生搬到了二楼，成了季先生的"上层建筑"。所以，再一次证明，"烂笔头"记下的种种"鸡毛蒜皮"文字细节，往往比记忆更牢固。那一点点历史碎屑，味道是有趣的，仿佛给散漫的往事加了点盐，不至乏味。所谓"补记"者，就是寻找那一撮盐。哪怕实际效果是"狗尾续貂"或"画蛇添足"，也暂且顾不上了。

与访问其他北大老人后急于成文不同的是，我在一九九三年十月六日访问闻先生，却在一周之后的十四日才敷衍成篇。我想原因应该是与闻家驷先生当时的交谈中规中矩，彼此没有太多的兴奋点。这大约也是为什么时隔多年后，对闻先生的记忆竟搜索无效的根源。

闻家驷先生最早应该是在昆明西南联大期间，紧踵其兄成为中国民主同盟组织创始时期的盟员的。兄弟二人，彼时同为西南联大的民主教授，诚可观也。在一多先生罹难后，闻家驷更加积极地参加民盟活动，并在以后的岁月里，逐渐成为该组织最重要的领导人之一。

关于民盟，容我先当回"搬运工"。一九四五年十月一日，中国民主同盟在重庆上清寺召开了临时全国代表大会。在这次会议上，民盟提出的中心问题是废除国民党一党专政和一人独裁，在中国建立符合中国国情的民主政治制度。大会通过的主要文件之一《政治报告》中指出："今后的中国，非成为一个民主国家不可，因为非民主国家，在今日的世界上，已没有存在的机会……"这次大会，后来被追认为民盟的第一次全国代表大会。按照官方资料记载，当年各地推选代表六十三人，实到四十八人，代表盟员约三千人。闻一多出席了这次会议，并和李公朴、史良、柳亚子、陶行知、楚图南等三十三人被增选为民盟中央委员。

闻家驷先生似乎一辈子都笼罩在其兄闻一多的光环里，甚至在他的简历中，也往往不会漏掉兄弟关系这一条，闻家驷先生幸欤？不幸欤？

新中国成立后，闻先生仍挂职北大教授，也一直是民盟的重要干部。对此，他当年的学生柳鸣九曾撰文回忆过，可备一查。还有一个例子也可说明闻先生对民盟的投入程度，他的长子闻立树，生于一九三四年，在新中国成立初期的一九五二年，年仅十八岁就担任了民盟另一个重要领导人吴晗（时任北京市副市长）的秘书达四年之久。闻立树后入中国人民大学学习，成为党史专家，退休前为首都师范大学教授，二〇一四年去世。

闻先生虽然在新中国成立后一直是民盟的重要成员，并长期担任全国人大、政协的重要职务，按有关规定，他应该也是一名高级别的官员。但我采访笔记上却记下了他当年的表示，他对当官没有兴趣，并再三强调："我不是社会活动家，我是一个书生。"或许，对于当年的闻先生而言，在当书生的初心和社会活动家的现实之间，也还一直有着难以言说的纠结和冲突。言不由衷未必有之，身不由己或差堪形容。

闻先生坦言，当年加入民盟，积极参加政治活动，一方面是受闻一多的影响，但本质上，还是自己有着强烈的爱国心。

"以天下为己任"，我理解，那不仅仅是闻氏兄弟，也是那个时代大多数知识分子的共同情怀。对于闻氏兄弟而言，由于自己特殊的家族历史，在那民族存亡年代，对"爱国"的形式和内容，会有着更强烈的体会。

闻氏兄弟的家乡是湖北省浠水县巴河镇闻家铺村。闻氏族人于一九九二年在他们编撰的五修《闻氏宗谱》"序二"中记述："吾族本姓文氏，世居江右吉安之庐陵（今江西省吉安县），宋景炎二年（1277年），信国公文天祥溃败后，其后裔良辅公被执送于燕（今河北省），中途逸出，潜逃于蕲之兰清邑（今浠水县），改文为闻，迄今七百余年，已传至二十八世，丁两万余人。"算起来，闻一多是这个劫后余生的家庭的第二十世传人，闻一多在他的《二月庐漫记》中也写到了这一节。

自己推算了一下，一九九三年我拜访闻家骃先生的时候，生于清光绪三十一年（1905年）的他，已经是八十八岁高龄了。有一则轶事，未经证实，也还有趣，姑记录于此。当年，张中行先生曾以家属身份寄居于朗润园，他与季羡林先生交好，曾对季先生戏云：朗润园里以齿德序，第一名是状元，为闻家骃先生（1905），榜眼是邓广铭先生（1907），自己（1909）位居第三，是探花，如此，季先生（1911）只能屈居第四。他对季先生说："您是二甲第一名，只能算是赐进士出身了。"

柳鸣九曾在一篇文章中回忆：闻家骃在上课时，基本是照读自己撰写的讲义，从不发挥展开。此说若实，当可说明闻先生的性格。闻家驷对自己的评价是：一心扑在工作上，态度总是严肃认真。当然，也有花絮，那天他告诉我，他有时也爱讲些笑话，往往是把大家逗得都笑了，自己一点不笑。他还对我说，他对金钱抱无所谓态度，甚至连工资究竟几何也不知道。大概是工资一发，悉数交给夫人的缘故。他的夫人名叫朱环。

闻先生的晚年因为有夫人照料，起居均有规律。记得家中还有一个未成家的小儿子，我们还交谈了若干。闻先生说自己活了这么大岁数，最希望看到国家早一点富强起来。解放以后，中国人摘掉了"东亚病夫"的帽子，但还没成为健儿。

他最遗憾和痛惜的是自己的书散失很多。一是抗战期间，在湖北老家的书散失了一大批；另一次就是在"文革"中，自己推着小车卖掉了珍收多年的藏书。闻先生是一个爱书的人，所以也难怪他曾那么羡慕季羡林先生的"书山"了。

在我当年的笔记本上，我写下了对闻先生的第一印象：满头银发，一双银眉。还写到他也喜欢写旧体诗，其中有一首《述怀》他自己也很喜欢。但是，不知什么原因，我却没有记录下来。

二〇一八年十月十六日

愚园智者施蛰存

　　上海有一条愚园路，不长，也不宽，路旁的梧桐树从路的这一头一直典雅到另一头。我的母校与这里相去不远，所以，我曾在十多年以前，在这条路上奔波过四年。今天重走愚园路，是为了寻访一位文化老人施蛰存先生。

　　老而旧的方桌上，一杯清茶，我和施先生隔桌而坐。我掏出微型采访机，施先生也从口袋里拿出了助听器，一端塞在耳里，一端手举着伸向我，仿佛我倒成了被采访者。

　　今年的施蛰存先生，已经是九十二岁的老人了。他最高兴的，是今年他任教数十年的华东师范大学拟给他出版两大套书：一套是他的文集，计八本，大约四百万字；另一套是《历代碑刻墨影》，也约八本，可收入七百种左右的碑拓。其中，第一本秦汉卷业已编竣。这规模浩大的工程，是施先生正在做的最最重要的

施蛰存（1905—2003）。华东师范大学教授、作家。

工作，所以，一般性的报刊约稿，他都婉言谢绝了。"能再给我两年的时间，我就可以交卷了。"他说。

问起施先生的身体，他平静地说："病倒没有病，就是没有力气了，衰了。""衰了"的施先生大声地告诉我，几乎每年的秋天，他都要大病一场，之后冬季和春天则可慢慢恢复，到了盛夏，身体便可恢复得最好。所以，施先生有几个月没有走下他的"北山楼"了。说到锻炼，他说："我没有锻炼，我就是在房间里跑来跑去。"听一个九旬老人一字一顿地说"跑来跑去"这四个字，不觉为之感动。施先生称他从来没有刻意去锻炼过，他说他身体底子好，主要还是得益于抗战时期。那时候交通条件差，干什么都得靠两条腿跑，他经常是一跑就是八十里地，而且都是跋山涉水。

施先生说他们这一代作家是新文学的第二代，他历数老舍、巴金、茅盾等一系列风华绝代的名字，如数家珍。他认为，第一代作家解放了旧文学，语言上还是中国式的；第二代作家的特点是，从语言文字和文学结构上，都受到了西方的影响。如施先生就受到了奥地利作家显尼志勒（Schnitzler）的影响，因为他曾翻译过显氏的五本小说，所以，就"懂得他的窍门了"（施蛰存语）。显氏是弗洛伊德的老朋友，也可以说是世界上第一个运用弗氏理论进行创作的作家。一九二九年，施先生发表了小说《鸠摩罗什》和《将军的头》，这在国内当是最早运用心理分析理论创作的文学作品。

新中国成立初期，上海附近一些城市中的大户，流出了大量古董和碑帖，而且便宜之至，三五元钱即可买到一张，施先生当时便收集了不少的碑帖。到了二十世纪五十年代中期，他因为在《文汇报》上发表了一篇名为《才与德》的小文章，而被宣布为"右派"。既如此，施先生干脆把以往收集的古书悉数卖掉，而全力收购碑帖，这或许又成了施先生蛰存于世的一种方式。

施先生是最反对搞故居、树铜像，甚至写传记的，他认为这一切都没有意思。我说作家应该靠的还是自己的作品，没有想到施先生并不同意，他认为作品也不一定靠得住。作品和作家，都只属于他自己的时代！我问起人生的意义，施先生直言不讳地说："没有意义！做一天和尚撞一天钟，只是既做了和尚，钟总是要敲的。"

施先生觉得自己的性格越来越和平了：不骂人，也不捧人；不要荣誉，也不要污辱。这抑或是施先生早已经过了孔子所言的"七十而从心所欲"的年龄吧？他自己的解释是："这就是佛教说的'空'呀。"

我问施先生名字的由来，他说是父亲所起，典出《周易》，其曰："龙蛇之蛰，以存生也。"

喜欢字画，乃至在碑刻研究方面堪称行家的施先生，居室中却只挂了一副书法对联，是他在云南大学时期的同事胡小石先生的手笔，"也六十年了，"当了六十年教授的施先生轻轻地解释说，"这是孟浩然的诗句。"对联云：微云澹河汉，疏雨滴梧桐。

施先生的书桌，正对着挂着对联的墙，书桌的一头靠着落地的窗。窗外是那条叫作愚园的路，路的两边种着梧桐。所谓"微云澹河汉"，是心灵才可以感悟的境界，而"疏雨滴梧桐"，对生活在多雨的上海的施先生来说，却是可以经常聆听的音乐。不过，施蛰存先生双耳失聪，想听还得戴上他的助听器，而且窗外的梧桐，是法国梧桐。

一九九六年四月十四日

补　记

孔另境先生一九三五年编《现代作家书简》，所收信札皆来自友朋，内容均活泼新鲜，最令人惊艳的当然是一篇鲁迅的序。此书会继续流布后代，是可以确定的。此书收录了叶圣陶致施蛰存信函一通：

> 承饷鲈鱼，即晚食之，依来示所指，至觉鲜美。前在松江尝此，系红烧，加蒜焉，遂见寻常。俾合家得饫佳味，甚感盛贶。调孚、振铎，亦云如是。今晨得一绝，书博一粲：红腮珍品喜三分，持作羹汤佐小醺。滋味清鲜何所拟，《上元灯》里诵君文。

青年施蛰存

晚年施蛰存（上海。吴霖摄于 1996 年 4 月）

写信年份，写信人未署，但在信尾"十二月二十八日"后有"十八年"字样。这个"十八年"自然是民国纪年，为公元一九二九年，当为编者或收信人的备注。此信在《叶圣陶年谱长编》[1]中，亦置于此年，所据正是《现代作家书简》。

写信人叶圣陶、收信人施蛰存，信中提及的郑振铎、徐调孚，乃至信里"一绝"中提到的施著《上元灯》，今天均是史册留名者。所涉的缘起，令叶圣陶"至觉鲜美"的松江鲈鱼——民国文人交往的雅媒，今已为绝响。此札信息之丰富，情怀之温暖，使此信亦终成一绝。

《现代作家书简》由孔另境先生在一九三五年十一月编竣，次年五月由生活书店初版，一九三七年四月再版。一九八五年十一月，上海书店曾以"鲁迅作序跋的著作选辑"之一种予以影印出版。其实稍前，在一九八二年二月曾由花城出版社出过一个新版。因孔另境先生早已去世，故新版由孔另境夫人金韵琴写了《新版的话》。新版与旧版最大的区别，是"本书原来刊印十四位作家手迹，现在增加了十六位，合计作家手迹共三十帧"[2]。

可喜的是，增加的手迹中即有十二月二十八日叶圣陶致施

1　商金林：《叶圣陶年谱长编》（第一卷），人民教育出版社，2004，第419页。
2　金韵琴：《新版的话》，载孔另境编《现代作家书简》，花城出版社，1982。

蛰存函。信是写在印有"商务印书馆启事用笺"的八行笺上的，从笔迹上看是钢笔所书。与排印所异处，即在落款时间"十二月二十八日"后，无"十八年"。因此，如根据排印本所示将此信定于一九二九年，其实并无确证。

施蛰存有著作《云间语小录》，内有《鲈》一篇。其中写道：

> 己巳冬，余成婚，友人沈从文、胡也频、丁玲、戴望舒、姚蓬子、刘灿波均来松观礼。余于婚筵外别设鲈羹款之，俱甚称赏。灿波生长日本，习于击鲜，谓彼邦鱼亦无有如此白细净者。越一年，郑西谛先生闻而羡之，邀叶圣陶、徐调孚二公同来舍下，亦饱饫而去。圣翁既归沪，以其新著《倪焕之》一册寄惠，题诗卷端，志此胜集，有"滋味清鲜何所似，《上元灯》里诵君文"。《上元灯》者，余所作小说集时方出版，以一册就正于翁也耳。[1]

此段意思明确，讲了三个时间点的三件事。首先是"己巳冬，余成婚"；其次是，"越一年，郑西谛先生闻而羡之，邀叶圣陶、徐调孚二公同来舍下"；再次是，"圣翁既归沪，以其新著《倪焕之》一册寄惠，题诗卷端，志此胜集，有'滋味清鲜何所似，《上元灯》里诵君文'"。将三件事的三个时间节点定位串联起来，应该可以还原"鲈鱼"之案的部分真相。

1　施蛰存：《鲈》，《云间语小录》，文汇出版社，2000，第78页。

施蛰存所云结婚的"己巳年",一九二九年也,"越一年"则为一九三〇年。因此,郑振铎邀叶圣陶、徐调孚赴松江鲈鱼之宴就不会是一九二九年。施蛰存《鲈》文中所引叶圣陶的两句诗,正是十二月二十八日叶圣陶致施蛰存信中"今晨得一绝"中的两句,只是《鲈》文将"拟"字误为"似"了。分别收入两文的出版物均有手迹影印,所以一字之差并非是手民之误。《鲈》文所提叶圣陶在返沪后"以其新著《倪焕之》一册寄惠",当是在十二月二十八日写信同时所为。

《鲈》文写此三件事为一段,整齐连贯,字义明确。沈建中编《施蛰存先生编年事录》一书在引用此段时,将"越一年"三字脱植,因此,模糊了原本很明确的时间定位。

《施蛰存先生编年事录》一书将施蛰存与陈慧华结婚定在一九二八年十一月。[1]编者注明,所据是"书面材料"。如此,就与《鲈》文施蛰存本人所述有了矛盾,相应地也改变了叶圣陶致施蛰存信的系年。

关于自己的结婚时间,其实施蛰存在另一文《滇云浦雨话从文》中也说得明明白白:

> 一九二九年十月,我在松江结婚。冯雪峰、姚蓬子、

1　沈建中:《施蛰存先生编年事录》,上海古籍出版社,2013,第122页。

丁玲、胡也频、沈从文、徐霞村、刘呐鸥、戴望舒等许多文艺界朋友都从上海来参观婚礼。从文带来了一幅裱好的贺词。这是一个鹅黄洒金笺的横幅，文云"多福多寿多男女"，分四行写，每行二大字，下署"丁玲、胡也频、沈从文贺"。这是我第一次见到从文的毛笔书法，已是很有功夫的章草了。……十月是松江名产四腮鲈鱼上市的时候。我为了招待上海朋友，特地先期通知办喜筵的菜馆为这一桌上海客人加一个四腮鲈火锅。这一席酒，他们都吃得谈笑风生，诵苏东坡《赤壁赋》"巨口细鳞，状如松江之鲈"的名句，看到了直观教材，添了不少酒兴。饮至九时，才分乘人力车到火车站，搭十点钟的杭沪夜车回到上海。[1]

这一篇，关于婚礼出席者与鲈鱼之款，与《鲈》文可相互参看，但更详细。两文讲及时间，一用干支，一用公元，因此断不可能有手民之误。且刊载此两文的施著，均出版于施先生生前。既是本人文字所记，似乎很难会一而再地笔误。因为不知道《施蛰存先生编年事录》所据"书面材料"是什么，所以也无从判断问题究竟出在何处。

其实，从叶圣陶致施蛰存函可以看到叶先生是吃过松江鲈鱼的，只不过"前在松江尝此，系红烧，加蒜焉，遂见寻常"。

1　施蛰存：《滇云浦雨话从文》，《沙上的脚迹》，辽宁教育出版社，1995，第132页。按：本书中所引时人文章，皆保留原文。如此文中"腮"现应为"鳃"。为保留原文资料真实性，未改动，特此说明。

这一次是施蛰存招待，还是另有他人？仅从信上字面看，不得其详。但施蛰存的确是不止一次与叶圣陶有"啖鱼之约"的。王伯祥是叶圣陶的同学、密友，也是商务印书馆的同事。他在一九三〇年十二月二十一日日记中记载：

> 晨八时半赴车站，会圣陶、振铎、调孚、君匋，乘特别快车往松江，赴施蛰存啖鲈之约也。十时许到，蛰存来迎，因同步入城，抵其家。席间晤戴望舒及陆维钊，二时始毕。少坐即行。蛰存送出东门，由明星桥站登车回沪。以脱班故，迟至六时许始抵北站。匆匆归家，正陈席祀先，因肃拜焉。[1]

如果按《施蛰存先生编年事录》所说，施蛰存结婚在一九二八年，那"越一年"，即郑振铎、叶圣陶、徐调孚有受鱼之欢则在一九二九年。如将施先生结婚定在施先生自述的一九二九年，则赠鱼在一九三〇年矣。如此，在时间上就能与王伯祥日记对上了。即在是年十二月二十一日施蛰存邀请叶圣陶、郑振铎、徐调孚、钱君匋和王伯祥去松江飨鱼，但那一次是红烧，还加了蒜，未能彰显鲈鱼之鲜美，留下了小遗憾，故有几天内施蛰存再次赠鱼之举，且附上了烹调秘方，在叶圣陶他们照单施行之下，终于达到了"至觉鲜美"的境界，因此，叶先生"甚感盛贶"也就顺理成章了。一九三〇年十二月

1　王伯祥：《王伯祥日记》(7)，国家图书馆出版社，2011，第373页。

二十一日和十二月二十八日，经查万年历，这两天都是礼拜天，正好是休息日。王伯祥日记中提及"陈席祀先，因肃拜"，因为次日即为冬至。

《王伯祥日记》近年影印出版，有四十四册之巨。查阅一九二八至一九三〇年三年日记，原日记是写在商务印书馆出版的《国民日记》上的，其后有收信表、发信表和收支一览表。此三年中收、发信表中，均无施蛰存大名，说明王、施二先生并不相熟，也无交集。也间接说明了施蛰存稍后赠鱼仅及叶圣陶、郑振铎和徐调孚三人的原因。

四鳃鲈鱼在二十世纪三十年代已稀少，但尚可见。唯稀罕，尚可见，置以待客，殊属可贵。不只是施蛰存如此。一九三六年秋，朱雯罗洪夫妇邀请巴金、靳以、黎烈文到松江，由另一个松江人赵家璧陪同。朱雯回忆，巴金前也曾应朱罗夫妇邀专门到过松江，去了佘山，但因是春天，与四鳃鲈鱼是无缘的。这一次，他们一行除游览了醉白池、方塔、西林诸名胜，还一起品尝了著名的鲈鱼。[1]

记得当年在愚园路施宅专门问过施先生：松江四鳃鲈鱼传说有许多，味道究竟如何？施先生的眼睛一瞪，一亮，很干脆地说："好！"沉默一歇，又说："早就没有了。"

1　朱雯：《重读巴金来信》，载朱雯、罗洪著《往事如烟》，上海古籍出版社，1999，第7页。

为了已经并不存在的四鳃鲈鱼，二○一七年十一月十九日我曾专程从上海驱车到松江。醉白池与方塔是老早已经去过的，也无再去的念头。施家故宅早已在抗战时被轰炸一空，估计连遗迹也难寻了，倒是秀野桥和桥西的老街是我此行想兜兜转转的去处。秀野桥，早已经不是原来的桥，桥堍因为有了菜市场和浴场，成为烟火气洋溢之所在。我走走停停想想，看看落魄的桥和桥下野逸的水，桥上断续走过的人，以及水尽处缓缓下落的夕阳，终于买了些雪白的莲藕与铜红的菱角踏上了归途。关于松江的菱，施先生是写过的："水红菱虽嫩而不如雁来红之甘美。"

四鳃鲈鱼对晚生者如我，不仅是传说，还是传奇，更是谜。施先生曾在一九九六年十一月九日给我一信，大约是对我去信中询问的几件事做答复。其中关于鲈鱼的一节是：

> 四腮鲈鱼是松江特产，三十年代我住在松江，几次请上海文友到松江吃鲈鱼火锅，叶圣陶、郑振铎都吃得十分高兴。[1]

二○一九年十月十一日

1　施蛰存致吴霖信，1996 年 11 月 9 日。

周有光的长寿"秘诀"

　　在中国若干种最具权威性的大型辞典中，周有光先生的大名总是赫然在榜的，或为总编委，或为总顾问……而且，近年来，周先生著述颇丰，立论之新之深，文辞之雅之约，令他的同龄人，乃至后辈称羡不已。如今，他已是八十八岁高龄了。

　　但凡见过周先生的人，都会惊诧于他敏捷的思维和身手，总会虔诚地探询他的长寿"秘诀"。所以，当某一天听到周先生轻轻喟叹自己今年有了一点老的味道时，不免会感到意外。他觉得去冬因患感冒，吃抗生素药似乎过量，故双耳听觉稍稍生了障碍。其实，即使与对话者相距三二尺远，现在的他也是能毫不费力地听清对方的声音的。

　　周先生喜欢读书，喜欢写书，但大约是没有多少闲钱可以拿来买书的。这是因为他每月

周有光（1906—2017）。语言学家。

工资单上的全部收入加在一起，仅为六百三十七元整，而他的夫人张允和除了每月不足八元的副食补助，是没有任何收入的。加上家中还请了一位小保姆帮助料理生活，这些工资满打满算只能用上半月，而下半月大约就得靠稿费，靠"外援"了，周先生和他的夫人戏称自己是有别于时髦的"万元户"的"外援户"。周先生说："其实争取外援，也不多，不就是一百美元吗？"他们的孙女在国外，坚定地表示可以给予赞助。

没钱买书也无妨，一是别人赠书不少，二是单位近在咫尺，借书还算方便，周先生常常如是想。而周夫人自二十世纪五十年代退职回家，当了"专业"的家庭妇女后，有两件事干得极漂亮。一是参与了昆曲研习社的工作，有一套曲社活动的详细日记，颇为珍贵；二是把家政理得清清爽爽，她有一册家庭账本，是可以公开的，娟秀的字迹，写着每月收入若干，支出若干，赤字若干……

不知这是否受搞金融出身的夫君潜移默化的影响。周先生早年学经济，且一直在经济界服务。解放前夕，他自美回国，在复旦大学和上海财经学院任教。未料，因为年轻时对文字改革的兴趣使他被有关方面看中，并在再三敦请下，携家改行北上。数十年的孜孜以求，他研究"中国语文的现代化"不辍，终于成为语言文字界的大师级人物。

这一次改行，虽然在他实属有些勉强，但亦使他逃过了

"反右"一劫。其时，经济学被宣布为资产阶级的"专利"，当年的同事，多被划到了"右"边。数十年以后，有朋友谈起往事，称周先生有预测政治风云的本事。他听后，唯有苦笑而已，因为"文革"一劫，他终未逃过。

他被下放到宁夏平罗干校劳动。当时有规定不准带书前往，有同行者私自带了一本《陆放翁集》，竟遭批判。周先生随身只带了一本小小的《新华字典》，每日劳动之后，即以读字典为乐。干校归来，竟以此心得写了一本《现代汉字学发凡》的书。

浩劫之后，有搞经济的朋友劝周先生归队至金融界，他婉拒了。一是搞语言文字研究多年，虽然坎坷良多，但终究一往情深；二是年事已高，重操旧业或恐不易。

现在，他除给报刊写些精彩纷呈的千字文外，还在写一本新著《汉字学新论》。他要提出一些崭新的观点，对过去已经提出的论点，他也想阐述得更清楚些，而且还要提高。这本书，他已写了一年。他说不急，这样的书要认真地写，他准备再写两年。

周先生出身书香门第，周夫人也是诗礼人家。在他们的家中，名家翰墨偶有点缀，顿觉满室生辉。周先生的书法，据行内人讲也是颇有章法的，但他自称，现在毛笔字已越写越差了。

近年来，他的诸多著作，均是用夏普电脑打字机写成。他是把写文章当成工作，又当成娱乐的。每日在键盘前敲敲打打，着迷至深，若不是周夫人"勒令"停止，他简直是可以"废寝忘食"的。

周先生的养生之道与众不同，他遵奉饿了就吃，困了就睡，绝不用严格的作息时间来约束自己。如此这般，他每日停停写写，一天的工作量，并不比一般人少。

周氏夫妇结缡已过了钻石婚了，他们相敬如宾，六十年来，一直过得平静而又充实。

周夫人张允和女士，当年以一字电报"允"，缔结了胞妹与沈从文先生的姻缘，成为文坛一则佳话。她自幼酷爱昆曲，五十年代的昆曲研习社，她是主力，而周先生每次都形影相随，成为典型的"妇唱夫随"。现在，周夫人出门不多了，周先生每天用电脑写作时，周夫人就默坐在一侧沙发上。他们觉得自己并没有老态龙钟，不断响起的电话铃和敲门声，足以说明这一对夫妇的开阔胸襟。

周先生在数年前，还住在两间破旧的老屋时，曾发表过一则《新陋室铭》，或可破解其长寿"秘诀"，实录于下：

　　山不在高，只要有葱郁的树林。
　　水不在深，只要有洄游的鱼群。

晚年周有光（北京。吴霖摄于 1993 年 10 月）

周有光张允和夫妇（北京。吴霖摄于 1993 年 10 月）

这是陋室，只要我唯物主义地快乐自寻。

房间阴暗，更显得窗子明亮。

书桌不平，要怪我伏案太勤。

门槛破烂，偏多不速之客。

地板跳舞，欢迎老友来临。

卧室就是厨室，饮食方便。

书橱兼作菜橱，菜有书香。

喜听邻居的收音机送来音乐。

爱看素不相识的朋友寄来文章。

使尽吃奶气力，挤上电车，借此锻炼筋骨。

为打公用电话，出门半天，顺便散步观光。

仰望云天，宇宙是我的屋顶。

遨游郊外，田野是我的花房。

笑谈高干的特殊化。

赞成工人的福利化。

同情农民的自由化。

安于老九的贫困化。

鲁迅说：万岁！阿Q精神！

一九九三年十月二十四日

补 记

周有光先生曾给我写过一信，时间是一九九四年七月十七日，缘起是我写了一篇《周有光的长寿"秘诀"》，文章见报后我给老先生寄去样报。那一年，周先生米寿。

值得一说的是，周先生此信是用中文打字机亲自"打写"（周有光语）的，两页。第一页的左上角，不仅写了我当年的邮编和住处：100083，学院路甲5号合建楼2-5-503，甚至还写了我住处的座机电话。如果不是这封信，我自己也早已忘却这些与我有关的琐碎信息了。当年，为了方便工作，装这个电话是费了很大劲的。当然，周先生在右下方也照例写了他家的邮编和地址：100010，北京朝内后拐棒胡同甲2号1-301。

信中对拙文是有表扬的，这当然应视为前辈的鼓励。信中还提到："至于介绍人事，只要主题切合，次要的地方与事实略有出入，那是无关宏旨的。"接信后不久，我即因故匆匆南归，所以未能登门请教"与事实略有出入"的地方究竟为何。此是小小的遗憾，忽忽过了许多年，也便成了纪念。

周有光在如此高龄用电脑写作，对我很有激励作用。我下决心用电脑开始写作，正是在那一次访问周有光之后。我在一九九四年四月九日日记中记载："买IBM386SX/16电脑一部。7500+磁盘130=7630。"购买电脑的地点未写，但显而易见是在距我住处不甚远的中关村。购置电脑，所费不廉，但使用电脑，则困难更大。坐在电脑前写作，要手脑并用，在一开始并不容易，完全不如一支笔在稿纸上的驰骋来得痛快。所以，当我第一次用电脑给周有光写信时，吐露了此苦恼，另外，还担心用电脑给老人家写信或有不恭。未料，周先生在回信中说："用打字机写信，在西方社会，被认为是最正式的方式，决计没有'见怪'的问题。在这一点上，东西方的观念正好相反。"最后，周先生还祝我"乔迁愉快"，想来是我已在信中告诉他，我已决计南归了。

周有光信上告诉我："我在打字机上写信、写文章，已经六年之久。""更高兴您改用打字机'打写'来信，加入'打字起稿'的行列，是书写方法现代化的重要步骤。不知您用的是哪种'语文处理机'？哪种'拼音输入法'？为什么'没有钢笔快'？我用的是'声韵双打全拼法'，计算整个效率，比手写快五倍。"

周有光先生给我的信共两页。一页为信，另一页，则是他所作《声韵母诗》两首。并在诗后有"录五十年代旧作'声韵母诗'，敬请雅正"的附言。前信中谈到此诗，他认为"这是一种古人开创的文字游戏，要求每字代表一个声韵母，不可重复"。这两首诗，后来被收录在周先生一九九五年出版的《语文闲谈》中。起因大约是我向他吐露一个普通话并不标准的南方人在使用汉语拼音输入时的麻烦。谨录在此，既是一件雅事，亦是对周有光先生的怀念。

声母诗（采桑）

春（ch）日（r）起（q）每（m）早（z），
采（c）桑（s）惊（j）啼（t）鸟（n）。
风（f）过（g）扑（p）鼻（b）香（x），
花（h）开（k）落（l），知（zh）多（d）少（sh）。

韵母诗（扑鱼）

人（en）远（üan）江（iang）空（ong）夜（ie），
浪（ang）滑（ua）一（i）舟（ou）轻（ing）。
儿（er）咏（iong）诶（ei）唷（io）调（iao），
橹（u）合（e）嗳（ai）啊（a）声（eng）。
网（uang）罩（ao）波（o）心（in）月（üe），
竿（an）穿（uan）水（uei）面（ian）云（ün）。
鱼（ü）虾（ia）留（iou）瓮（eng）凶（ei），
快（uai）活（uo）四（i）时（i）春（uen）。

接到周先生信后不久，我就南归了，将新买不久的电脑装箱打包与我一同坐京沪 21 次特快列车返回离开了十一年的上海。

与周先生，其实我们另有一处交集，但当年我未曾提及，周先生自然也无从回应。周有光一九二三年曾入学圣约翰大学，一九二五年因著名的"六三事件"离校，但周先生在一生中对圣约翰总是挂怀。他在耄耋之后，在多个场合、多种文本中说过："圣约翰大学的校园美极了。校园之内，人行道以外全是绿色草坪，花园中有许多参天大树。当时这个校园，跟世界上任何幽美校园相比，绝无逊色。"[1] 此外，还有"教会大学的校长，跟学生简直像是兄弟"这样的话。倘若没有浓烈的情感勾兑，这样的话是无法如此绝对的。我生也晚，但在一九七九年，我走进的万航渡路一五七五号，正是周有光先生念念不忘的那一个"美极了"的校园。

　　晚年的周有光，深情回忆圣约翰的记录比比皆是，我还未找到哪怕有一处的批评（即使对那个"六三"离校事件）。据闻一百多岁的周有光曾与八十多岁的儿子一起唱圣约翰大学校歌，乃至泪流满面。圣约翰的校训是"LIGHT & TRUTH（光与真理），学而不思则罔，思而不学则殆"。我想，周有光先生对此应该是牢记终生的。关于这校园，在我的眼里、心中，自然也是最美的，一九八五年我曾为"美极了"的校园写过诗，其中两句是："广玉兰总将月光绾成初夏的花朵，而后又散成一把馥郁的书签。"

二〇一九年五月十三日

1　周有光：《超越百年的人生智慧：周有光自述》，人民日报出版社，2014，第 130 页。

李可染的"胆"与"魂"

北京之夏，我在复兴门外三里河一幢老式居民楼里，见到了当代中国画大师李可染先生。八十三岁高龄的李可染衣着素然，稀疏的银鬓衬托出一代宗师的安详和沉着。我和可染先生并坐于沙发上，面前茶几上是一座山水盆景和数粒晶莹的雨花石。一只瓷碟里，搁着一枚桃子，空气里竟含着些许桃的芳香。四壁挂着可染先生的作品，画中的山岚雨气，仿佛扑面而来。我感觉到山水画中，蕴含有一种莫名的沉雄力量，但究竟是什么，尚难以言表。

我向可染先生请教："什么是中国画的最高境界？"他说："最高境界是相对的，没有止境。所谓艺术的顶点，恐怕是地球毁灭的时候。"说着，他笑了笑："我的一生追求的最高境界，就是意境和深韵！艺术，从有法度可循，一直到'无法'。'无法'的境界是只能意会，而不能言传的。"可染先生对中国山水画

中央美术学院教授、画家。李可染（1907—1989）。

李可染（1907—1989）。中央美术学院教授、画家。

独树一帜的贡献，早已为世人所肯定，"李家山水""李可染学派"都标志着大师在数十年的艺术追求中所取得的成就。如今，他虽是中央美术学院教授、中国画研究院院长、中国美术家协会副主席……但仍谦逊不已。七十岁时，他请人刻了两方印章——"七十始知己无知"和"白发学童"。当我恭立在他身边，听他讲释"白发学童"的含义时，仿佛感觉四壁的山水都活泛了过来，你能听到风声、雨声、瀑布声、潺潺溪声、滔滔江声，甚至牧笛声……

一九〇七年三月二十六日，李可染出生在江苏徐州一个平民家庭。他自幼好学，十三岁拜乡贤钱食芝为师学画山水，十六岁赴上海进私立美专学习，十八岁任教于徐州美专，二十二岁再进国立西湖艺术院深造，师从林风眠和法国画家克罗多。一九四三年，他应聘为重庆国立艺专讲师，其间，因写意人物的超凡脱俗而声誉鹊起。一九四六年，应徐悲鸿盛邀北上任北平国立艺专副教授。当时，母校西湖艺术院也向他发出了聘约。他选择了古都。今天，可染先生回忆起往事，仍然肯定地说："我到北京的目的，第一为齐白石，第二为黄宾虹，第三为故宫，故宫有众多藏画。"拜齐、黄为师十年，终于成为可染艺术突破的重要契机。

可染先生第一次见齐白石，是在徐悲鸿的家宴上。齐白石的寡言和孤傲，使当时的李可染为之怅然。第二次见面，是可染先生挟自己作品二十余幅，不约而访。白石老人看画后感到

李可染（左1）与齐白石（右2）叶浅予（右1）

师牛堂里的李可染（北京。蔡斯民摄）

震惊不已，兴奋地从藤椅上站了起来。其时，白石老人已年近九十。从此，可染先生师从白石老人。可染先生从来不画白石老人常画的花鸟鱼虫，那又向老师学了什么呢？可染先生说：学了创作态度、人格、勤奋、苦心经营和笔墨关系。白石老人曾画五只螃蟹赠可染，并题："昔司马相如文章横行天下，今可染弟子书画可横行天下。"如今看来，此言不谬。

新中国成立后，二十余年间，可染先生"搜尽奇峰打草稿"，跋涉于匡庐、漓江、黄山、峨眉、青城、三峡等名山大川之间，行程十万里，在大自然的山林泉石间，潜心领悟，决心"为祖国山河立传"。

可染先生中年以前的画，潇洒，超逸。有一次，白石老人对可染先生说："你的画和徐青藤的画一样，是画中草书。我快到九十岁了，但我写的是正楷。"此话给可染先生震动极大，自此，画风大变。

当我问及可染先生如何处理传统程式与变法关系时，他说："以最大的功力打进去，用最大的勇气打出来。"这也是可染先生早年有心变革中国画时立下的座右铭。此后他一生孜孜以求，努力实践着自己的宏愿。"可贵者胆""所要者魂"是他"打出来"前刻的两方印章。可染先生对此有准确而精到的解释："'胆'者，是敢于突破传统中的陈腐框框；'魂'者，是创作具有时代精神的意境。"

可染先生的山水，朴素而不呆板，丰富而不复杂，单纯而不单调，滋润而不浮滑，凝重而不滞涩。他的山水、人物，抑或牧牛图，绝没有无病呻吟、奇诡、冷漠和玩世不恭。他的山水，像一曲结构严谨的交响乐，墨色的主旋律在山水之间深情回荡。充沛于画中的，是正气是平和是宽容；照耀画中山水的，是心灵永恒的阳光，温暖而醇厚。尺幅间的形山象水是有限的，而洋溢于书外的精气神韵则近于无限。

无论你读他的画，或与之交谈，你都能感受到一股热爱生命之情，缓缓流来。画如其人，质朴，天真，深沉，执着。这就是可染先生。

可染先生说："我不依靠什么天才，我是困而知之，我是一个苦学派。"从他钟爱的"废画三千""七十二难""千难一易"等印语中，可以印证走向成功之路是"峰高无坦途"的。

在与可染先生的交谈中，他多次提及恩师林风眠、齐白石、黄宾虹，并尊称"老师"，崇敬之情溢于言表。可染先生执教一生，桃李遍布海内，当他谈到一些目前笔锋甚健的中年画家弟子时，呵护之情尤为动人。大凡与可染先生接触过的人，莫不对先生的人格充满敬意。著名画家周思聪曾经动情地写道："先生像蔽日参天的大树，深深地扎根大地，默默地伸展枝条，认真地开好每一朵花，无保留地奉献满树甘果。"

可染先生画牛，为当代一绝。他曾对我说："牛，是牺牲的象征，鞠躬尽瘁。给人的多，取人的少。人的意义就在于给人以贡献，而不在向别人索取什么！"由此，我突然悟出了最初读可染山水时难以言表的感觉，那蕴含于山水间的力量，正是画家本人的人格力量！

　　我重新打量起这间因放了一张画桌而略显拥挤的画室。画桌上，雕刻玻璃瓶里，一杯清水伺养着新加坡友人赠送的鲜花。据说是新加坡的国花，淡蓝色的一串，很是素雅美丽。在我们所坐沙发对面的粉壁上，赫然写着已用了数十年的画室名号：师牛堂。

一九八九年九月

附：

再见了，可染先生

　　我是在上海出差时听说可染先生突然去世的，当时感到无以言表的震惊。因为前不久，我还去采访了他，他的身体虽然不佳，但精神还是可以的。当时，因为要赶往上海出差，所以也没能将已经刊载了采访文章的画报亲自送到他的手中，亲聆他的意见，这实在让我遗憾之极。

记得拜访可染先生那一天，因为到得早，便在他家楼下的绿地边小坐。夏天的阳光很是强烈，透过密致的树叶，有着郁郁绿意。幼儿园的孩子们，手牵着手排队走过，嘴里伊伊呀呀地唱着，心里便有了满满的清凉。那天，可染先生说了很多，讲到白石老人，还动了感情，而医嘱是让他少说话的，动情则更是大忌。

　　可染先生的画室，因为放了一张很大的画桌而显得窄小。四周墙上挂着的，显然是可染先生最为心爱的作品，有《秋风吹下红叶来》《浅塘渡牛图》等。此画室定名曰师牛堂，这在他是用了几十年的了。另一面墙上，挂着邓石如的隶书对联："客去茶香留舌本，睡余书味在宵中。"

　　我与可染先生并坐于沙发上，面前茶几上是一座小小的山水盆景和数粒晶莹的雨花石。一只白瓷碟里，搁着一枚大桃子，空气里，遂隐隐含着桃的芳馨。数日前，我曾有过一次拜访，那时，就发现那里有一只桃子。

　　我忍不住地问："那桃子放在这儿干吗？"

　　"吃呀！你吃吗？"可染先生微微地笑了起来。

　　在我记忆中，这是李先生唯一的微笑。

在画桌的一边，放满了书籍和资料，我看见其中竟有些现代长篇小说。后来老人介绍说，这是作者送给他看，想给他写传记的。"写我，至少应是个鉴赏家。"他若有所思地说，"我不好写啊。"

根据事先拟好的采访提纲，我按部就班地提了些问题，诸如什么是中国画的最高境界等，可染先生认认真真地一一回答。后来我发现，在他回忆的往事中，常常有一些意外的细节，像珍珠一样闪光，精彩而动人。

数十年来，可染先生以其扎实的理论功底和造诣极深的艺术成就，实现了当年白石老人的祝愿和预言："可染弟子书画可横行天下。"今天的中国山水画界，谁也无法漠视李可染的山水的存在。他自成一派，已成一代宗师。理论界冠以"李家山水""李可染画派"的美誉，而可染先生那天却对我再三强调说："我是苦学派！"

从上海回到北京后，为了给李夫人邹佩珠先生送新出版的英文版画报，我又一次敲开了李家的大门。邹先生还记得我，她简要地告诉我可染先生去世的前后经过。使我略有安慰的是，她告诉我，可染先生生前看到了我寄去的中文版画报，对拙文和编排的版式，他很是满意。我还听邹先生说，我是最后一个采访可染先生的记者。

离开李家之前，我在邹先生的带领下，又走进了可染先生的大画室。一切都是原样，只是在"师牛堂"的匾额下，多了一幅镶着黑边的李先生的遗像。邹先生为我在遗像前留了影。

　　我参加了可染先生的告别仪式。那天，天很冷，下着小雪。缓缓的人流中，政界要人、画坛宿将，以及更多热爱他的人们，纷纷来与为艺术奋斗了一辈子的大师挥泪告别。灵堂内外，挂满了素纸墨字的挽联。其中一联云：

　　　　井冈风、漓江雨、巫峡云，风雨云悲宗师去；
　　　　钟馗灵、米颠石、贾岛泪，灵石泪泣巨匠归。

　　走出八宝山，搭中央美院的车回城。刚一上车，从汽车录音机突然传出歌声，调门高亢，仿佛是陕北苍凉的民歌。歌词也神秘之极：

　　　　我本不愿离开你
　　　　你愿不愿跟我向西去……

　　我被这突如其来的歌声所震撼，久久无语。车窗外，雪开始越来越豪情奔放地下着，我轻轻地说：再见了，可染先生！

一九八九年十二月

补 记

相对于翌年即将到来的暴风骤雨，一九五六年似乎只是平常、平淡、平凡的一年。这一年，李可染四十九岁，住在大雅宝胡同甲二号三进大院的后院中，邻居皆为中央美院的同事。检视大院的住户，正在进行时，加上过去时的，计有李可染、叶浅予、张仃、李苦禅、董希文、彦涵、蔡仪、黄永玉，等等。一九五六年暮春，李可染带着一个学生去南方写生。这一走，就是七八个月。

大雅宝胡同甲二号的张仃，这一年是忙碌的。夏天，张仃参加了中国文化代表团去了法国，在巴黎他们专程拜访了毕加索。拜访的理由，不仅因为老毕是大画家，更重要的一个借口，是毕加索乃法国共产党的同志。此行对张仃影响深远，以后，在他的画中，色彩愈加绮丽，并出现了变形抽象的元素。法国艺术家的生存状态也给张仃留下了深刻印象，并促使他在当年迈出了大胆的一步。

张仃之子张郎郎写过一篇《1956年老爸故事多》[1]的文章，文中引用张仃对子女所说的话："画家、作家只有在这种生活方式下、在这种精神状态下才能创作出真正的佳作。我和你妈妈决定了，以后我们也不再拿国家的工资，不再住在单位的宿

1　张郎郎：《郎郎说事儿》，东方出版社，2018。

舍里。我们都成为自由艺术家、作家，就用我们作品的稿费来养家糊口吧。"[1]

为了实现自由，张仃先是自费买下了景山东街中老胡同二号的两进四合院，搬出了大雅宝胡同甲二号，后来更是受司徒乔、周立波、王莹的影响，租下了香山脚下北辛村后街一号的农家四合院。所有这一切，都是为了当个独立艺术家。

那一年，"百花齐放、百家争鸣"的和煦之风频吹，在一片自由宽松的文化氛围中，不知由谁动议要重拾昔日同人刊物之梦想，并拟以《万象》为名。此名颇有来头，那是旧上海一本几度存亡的杂志。以此为名，很有些朝花夕拾的意味。办杂志当然不光是说说而已的，据说筹备方案已报文化部备案，并获允准。据姜德明撰文称，《万象》"成立了十人组成的筹委会，名单是：吴祖光、郁风、张光宇、张仃、胡考、丁聪、黄苗子、华君武、龚之方、叶浅予"。单从人员名单看，的确够得上"同人"标准——基本是以"二流堂"成员为主。因为是要办图文并茂的杂志，故而画家尤夥。

从一九五六年十一月到一九五七年二月间，筹委会先后开过十次会，《同人刊物〈万象〉出版计划》既已拟定，且"创刊号"也已编就，万事俱备，大约只欠杂志"出生证"那一

1　张郎郎：《1956 年老爸故事多》，《郎郎说事儿》，东方出版社，2018，第 189 页。

纸东风了。"创刊号"上，开篇之作就是张仃的《毕加索访问记》。另有郁风《衣饰杂论》、吴祖光《回忆一出最糟糕的剧》、艾青《我写过一首最坏的诗》、叶恭绰《颜鲁公的书法》、曹禺《论莎士比亚》等。当然，东风最终并没有吹来，且到了翌年，风向诡异地陡然一转，《万象》理所当然地"胎死腹中"。不仅如此，参与筹备者中，大半携手共登了"丁酉榜"，罪名昭昭，同人杂志的"阴谋"未遂也自然是其中一项。全身而退者亦有，如张仃、华君武、叶浅予、张光宇，[1] 原因不详。

一九五六年，被张仃研究者定义为"张仃生命中的黄金时光"。

叶浅予有一本《细叙沧桑记流年》的回忆录，对一九五六年新《万象》的"怀胎十月"并无回顾，或是毫不留恋，或是小有顾忌。叶浅予也曾是大雅宝甲二号的居民，搬离较早，当时他和戴爱莲尚是两口子。搬离后，他住过的房子由董希文接力。他在独身五年后的一九五五年，与早年相识于上海天祥里丁悚家的王人美结了婚。此时，他已搬去了大佛寺西街四十七号。[2] 一九五六年，黄永玉以江纹的笔名，在上海《文汇报》发表了一篇谈叶浅予的文章，别人不知"江纹"何许人也，问叶，叶说："是大雅宝那边的人！"[3] 叶浅予与李可染同龄，也

1　张郎郎：《大雅宝旧事》，中华书局，2012，第228页。
2　叶浅予：《细叙沧桑记流年》，群言出版社，1992，第497页。
3　黄永玉：《大雅宝胡同甲二号安魂祭》，载赵力忠等编《回忆与怀念》，吉林美术出版社，2007，第228页。

是一九〇七年生人。

一九五六年，叶浅予在《新观察》杂志发表了《中国画的艺术技巧》，去天津做了"关于线描"的专题讲座，开始了他"自1956年以来探索中国画艺术规律的信心"[1]。当年，他还在《漫画》杂志发表了《大同行》组画，他自谓："就这一段历史，证明我仍然是一个漫画家，并未脱离漫画阵容。"[2]

当年夏天，王人美参加文化部青岛哲学学习班，叶浅予以家属身份随行。先行回到北京后，他给王人美写了一封信，既有对"荒废"时光的惭怍，也有对温暖家庭的眷恋：

> 老实说，青岛的日子过于舒服了。我是带工作来的，可没有完成。第一星期写了五千字，劲头还有，第二周就放松了。一算，时间反正不够，玩了再说吧。况且，青岛原是个休养的地方，大家都"松"着，我"紧"什么呢？临走时还有些恋恋不舍，回家空荡荡，怎么受得了？上车的时候有些无可奈何的情绪……[3]

李可染大约在四月离开北京，同行者是学生黄润华。黄润华说："我们背负画具，遍游太湖、杭州、绍兴、雁荡山、黄

1　叶浅予：《细叙沧桑记流年》，群言出版社，1992，第337页。
2　同上书，第339页。
3　同上书，第502页。

山、岳麓山、韶山、三峡、重庆、成都、万县、乐山、凌云山、峨眉山、嘉陵江、岷江、栈道、宝成路等地。"[1] 每天的标配是一个画夹子、一书包笔墨纸砚、一个马扎小凳、一个水壶、一盒午饭，此外还须带遮阳伞和雨衣。为了寻找合适的写生对象，来回徒步一二十里路是常事，有时还会走四五十里。倘若转悠了一天，却没有画出满意的作品，他往往会幽默地说："今天的主要收获是锻炼了身体。"[2]

当年年底，李可染师徒二人返回北京。此行历时八个月，行程数万里，作画近二百幅。对李可染而言，以他独有的"苦学"和"苦干"，把"师法自然"的宏旨落实到了最实在处。从"对景写生"发展到"对景创作"，中国山水画的面貌，由此焕然一新。中央美院大礼堂举办了为期三天的"李可染水墨山水写生作品观摩展"，王朝闻（也曾在大雅宝胡同甲二号居住）为之撰文《有情有景》。这批作品的展出显然是得到了院方，包括作为院主要领导江丰的肯定。

一九五六年，中央美院成立中国画革新小组，组长张仃，成员有李可染、叶浅予、蒋兆和。[3] 客观地说，如果没有院方的支持，李可染用时大半年的写生远征，几乎是难以想象的。

1　黄润华：《忆昔随师学画时》，载刘士忠编《论李可染艺术》，吉林美术出版社，2007，第52页。
2　同上书，第54页。
3　李可染：《李可染山水写生论稿》，上海人民美术出版社，2017，第180页。

晚年的李可染声誉鼎盛，但他还是在《我的话》短文中不无惆怅地写道："我从来不能满意自己的作品，我常想我若能活到一百岁可能就画好啦，但又一想二百岁也不行，只可能比现在好一点。"[1]

李可染本人对一九五六年的这次长途写生，曾有过十六字评价："虎跃龙腾，万钧雷霆，芙蓉出水，日月增明。"如何诠释此十六字，他未做说明。他还说过另一句铿然有金石声的话："没有一九五六年，就没有后来的作品。"[2]

二〇一九年九月八日

1　李可染：《我的话》，载杨扬等选编《艺人自述》，杭州大学出版社，1998，第285页。
2　李松：《万山层林·李可染》，山东画报出版社，1998，第81页。

邓广铭的落寞

初冬的雨，竟细细得几若无，仿佛春雨。但没有春的温暖，有的，是萧瑟。从北大西门进入，待骑车至朗润园，不觉头发及衣衫半湿。下午的冷雨中，蒙蒙中少见行人。此行想见的邓广铭先生，一向是在这个时间步行去历史系取自己的报和信的，来回，约五华里。

书房里的邓先生，名副其实地被书架包围着。淡黄色的线装书，散发着特有的古色古香。邓先生戴着老花镜，手举着带小电灯的放大镜，在专注地读书。他的书桌，是硬木的，桌面镶嵌着大理石，极具历史感。他坐的椅子则很现代，是那种黑色的圆背转椅。邓先生直言晚年只关心两件事：一件大事和一件小事。大事是指建设新中国的新文化大业，小事是指自己应做的贡献。

建设新文化，必须继往开来，换言之，若

邓广铭（1907—1998）。北京大学教授、历史学家。

邓广铭在颐和园留影（北京。1977 年）

晚年邓广铭（北京。吴霖摄于 1993 年 11 月）

想开来，必先继往。做好继往是一个历史学家的天职。时下有一种"新鲜"观点：搞传统文化的人，现在只是一个贫困的问题，而将来，则是生存的问题！邓先生称，倘果如此，岂不是天大的荒唐，但他又不免为现今种种不尽如人意的文史哲现状而忧心如焚。

邓先生的书斋很宁静，但这仅仅是声学意义上的宁静而已。

"风烛残年""老牛破车"，是邓先生对自己近况的评价。虽然头脑仍在不停地思索，但写字的手却因发颤写不成样子了。有时灵感忽然而至，待操笔写来，字不能成行，遂意趣顿挫，掷笔作罢。邓先生的双耳，也逐渐失聪了。过去，他最爱看电视里的晚会相声和喜剧小品之类，但现在眼见家人笑得前仰后翻，自己却因听不真切而莫名其妙，未免有些悲哀。所以，但凡热闹场合，他便少去，以免扫别人的兴。对此种种，邓先生颇有英雄迟暮的感觉，他调侃自己为"半残废"。

事实上，邓先生有许多工作想做，但每天总有不期而至的干扰，譬如登门造访的不速之客。他笑称，若是在封建社会，或可有书童之类可以挡驾说老爷不在家，等等；若是在西方社会，也有先打电话征询一番的习惯。而他既无书童，也并非庭院深深，虽有电话一部，但总不能要求别人也都有电话吧。况且，别人找你，总是给面子的事。邓先生常常如此宽慰自己，于是不速之客的登门，总会打断他正在进行的工作。

邓先生现在仍然保持每天有七小时的活动，而晚上九时至午夜十二时，是效率最高的。夜阑人静，他正好伏案攻读或写作。但亦有苦恼，比如突然想查找某种书，也明明知道该书就放在某个书架的某排书籍后面，却由于体力不济，无法将之取出。家人已忙碌了一天，此时俱已进入梦乡。于是，这时的邓先生．只好望书兴叹了。

《陈亮传》《辛弃疾传》《王安石》《岳飞传》是邓先生毕生研究宋史的结晶，他现在最想干的，就是将这几部著作彻底改写。其中，他最想改的，是最早完成的，他二十世纪三十年代毕业于北大时的论文《陈亮传》。

大学四年级时，胡适先生开了一门"传记文学实习"的课，并列了若干人物，供学生们参考，其中就有陈亮，邓先生选择了陈亮作为毕业论文的题目。《陈亮传》完成后，被论文指导老师胡适先生评为九十五分，名列班上第一。邓先生至今还记得论文批语中的第一句就是："这是一本可读的新传记。"

胡适当时还答应给邓氏写一个序，交由当时最负盛名的商务印书馆出版，然而终因战争已经迫近，未能如愿。

追昔抚今，邓先生慨叹万分："胡适先生影响了我的一生。我毕业时，是他把我留校的。从此，除了抗战期间，曾在复旦大学任教三年，我有五十八年都是在北大度过的。"

或是因为年高，或是因为惜时，邓先生已宣布：北大以外的活动，均不再参加。这是无奈的决定。过去，他从不在暑假期间出外旅游，哪怕是盛情邀请。他的理由很充分，很天真，也很固执："全中国最好的地方，是北京；北京最好的地方，是北大；北大最美的地方，是未名湖畔；我已经住在了未名湖畔，为何还要舍近求远呢？"

邓先生虽然仍"志在千里"，但"老骥伏枥"的客观现实却是无法改变的。他有些黯然地说："如果真要把那几部书都改写一遍，大约还要活上八十五年吧。"邓先生还说，在"蹈火"之前，大概总要陷在失落感和非分之想的矛盾中了。

告别时，握手再三。楼道里黑，邓先生竟独自走出，为访者按亮了灯。楼外，润物细无声的冬雨还在飘着。蓦然想起邓先生书斋里挂着的一副竹刻对联："雨过琴书润，风来翰墨香。"路上，行人很少。朗润园，静极。时，已黄昏了。

一九九三年十一月十七日

补　记

邓广铭先生认为："宋代是我国封建社会发展的最高阶段。两宋期内的物质文明和精神文明所达到的高度，在中国整个封建社会历史时期之内，可以说是空前绝后的。"[1] 邓先生创建了中国宋史研究会并亲任会长多年，他提出治史入门四把钥匙说，即职官制度、历史地理、年代学、目录学，至今被史学界广泛重视。他以在宋史研究方面超越前人的成就，成为当代研究宋史的扛鼎人。

据邓先生晚年回忆，在"治学道路和涉世行己等方面"，傅斯年、胡适、陈寅恪三位先生给他的教益是最为深切的。[2]三位恩师中，又以傅斯年为最。

在邓广铭晚年，曾经有两篇悼念傅斯年的署名文章。一篇是《回忆我的老师傅斯年先生》，时间约在一九九一年，系根据谈话记录整理，收入傅斯年故里聊城师院所编《傅斯年》一书。另一篇是《怀念我的恩师傅斯年先生》，见刊于一九九六年十一月《台大历史学报》。如不对读，容易误会以为作者是"一鸡两吃"，对读之后才发现是两篇文章，内容多有不同，细节互有补充。

1　邓广铭：《谈谈有关宋史研究的几个问题》，载王守常主编、邓小南选编《中国文化书院九秩导师文集：邓广铭卷》，东方出版社，2013，第9页。
2　邓广铭：《怀念我的恩师傅斯年先生》，《中国文化书院九秩导师文集：邓广铭卷》，东方出版社，2013，第42页。

对一九五一年听闻傅斯年在台湾遽然离世，前文写得朦胧，只是说"有说不出的悲痛"；后文则写得仔细：听闻消息，"顾不得我应与他划清界限的大道理，不禁在家中失声恸哭起来"[1]。几天后，接到蛰居岭南的另一位恩师陈寅恪《读〈霜红龛集·望海诗〉感题其后》诗，惜两文均未录陈诗内容。经检索，录诗如下："不生不死最堪伤，犹说扶余海外王。同入兴亡烦恼梦，霜红一枕已沧桑。"邓广铭心里明白，陈诗是借彼傅（青主）"曲笔"以悼此傅（斯年），偷偷看看即已罢了，但哪里敢对此做出回应？傅斯年在鼎新前夕，已被公开点名批判（另有两人被点名，为胡适和钱穆），"不幸"的是，此三人恰恰皆为邓广铭进学的导师。傅斯年后来做北京大学的代理校长，邓广铭是"挂名"的校长秘书，北大人员悉以"邓秘书"称呼之。等胡适就任校长，邓先生仍在其位。所谓"挂名"者，是有其工作之"实"，但并无一纸任命之"名"。

一九九一年《回忆我的老师傅斯年先生》文中，披露一事："胡（适）夫人江冬秀的一个堂弟由美国回国，顺便取道台湾看望适之先生夫妇，见到了傅先生。傅先生对他说：'我在北京有些书没运出来，你回去告诉邓广铭，这些书全部送给他。'江先生回国后，不敢说曾去过台湾，当然也不敢说这件事。后来他私下告诉了我，我说：'我怎么敢要他的书呢？他

1　邓广铭：《怀念我的恩师傅斯年先生》，《中国文化书院九秩导师文集：邓广铭卷》，东方出版社，2013，第42页。

的书只能由科学院没收或如何处理。'"[1]

读书人赠书给读书人，始终是令人感怀的事。何况赠书人还是自己的恩师！但这个堂弟是谁？当年从台湾回大陆不敢说完全可以理解，未及时向邓广铭转告傅斯年的口信也情有可原。但江先生究竟是过了多久、具体在哪一个年代才将口信"私下"转达给了邓先生？文章未说，后人也不能无妄乱猜，但也未尝不是一个举轻若重的微末细节。

在一九九六年《怀念我的恩师傅斯年先生》一文中，邓先生也提到赠书一事，并披露了"江先生"的身份："从一九四六年以后，由于国内形势的变化，我与傅先生虽未再相见，但在他担任了台湾大学校长之后，北大的数学系教授江泽涵先生由美返国、绕道台湾探亲时，傅先生还托他传话给我，说要把他遗留在北平的书籍全部赠送与我（此乃因傅先生昧于大陆情况之故，当时他已成一个被声讨的人物，其遗存物只应被公家没收，他本人已无权提出处理意见了），可见，他对我还在念念不忘之中。"[2] 此文与前文比，一是披露了传话人是江泽涵先生，二仍未涉及江先生传话的具体时间。两文对江泽涵的回国路线，均以"由美返国"论是有误的。前文中说"适之先生夫妇"在台湾，也是有误差的。其实，江泽涵是从瑞士回

1　邓广铭：《回忆我的老师傅斯年先生》，载聊城师范学院历史系等编《傅斯年》，山东人民出版社，1991，第7页。
2　邓广铭：《怀念我的恩师傅斯年先生》，《中国文化书院九秩导师文集：邓广铭卷》，东方出版社，2013，第42页。

国，经香港去台湾，又从香港辗转返回已经解放了的北京的。

江泽涵（1902—1994）为江冬秀堂弟，一九一九年被堂姐夫胡适带到北平。后专攻数学，一九三〇年获哈佛大学哲学博士学位，回国后长期任教于北大数学系。一九四六年，任复员后的北大理学院代理院长和数学系主任。一九四七年他原定赴美国普林斯顿进修，后听陈省身建议，临时改去瑞士苏黎世国立高工数学研究所学拓扑学。一九四九年五月回国，途经伦敦时，意外收到胡适从美国发来的电报，电文是："Go to Taiwan."（到台湾去）。江泽涵到香港后买了往返机票去了台湾，见到了江冬秀，并住在她家。胡适时在美国。

江泽涵晚年回忆，当时傅斯年有意挽留他去"中央研究院"："一天在冬秀家的客厅里，冬秀、钱（思亮）、傅（斯年）和我闲聊时，傅说：'胡太太，我们把泽涵扣留在台北好不好？'冬秀大怒说：'泽涵的老婆儿子都在北京，他又是北大的数学系主任，他怎能不回去？'因为冬秀的性情固执，且常争闹无休止，傅立刻后退说，他说的是玩笑话。临行上飞机的早晨，傅也来到冬秀家门口送别。傅对我说：'我们难再见了，我这样的身体是活不久的。'冬秀则泣不成声，已预兆也不能再会见了。"[1]

1　江泽涵：《漫谈六十年来学和教拓扑学》，载江泽涵先生纪念文集编委会编《数学泰斗世代宗师》，北京大学出版社，1998，第25页。

傅斯年夫人俞大綵曾回忆："我们住台大校长宿舍，同住的有胡（适）太太、钱思亮夫妇及三位公子、侄儿（傅）乐成、那（廉君）秘书，还有跟随我们十余年、照顾（傅）仁轨的龙老太太，十余口人共度极清苦的生活。"[1]

江泽涵于当年八月八日回到北平，重回北大教书。关于绕道台湾一事，自然始终未敢向外人披露。傅斯年托他带给邓广铭的口信，以我的推测，最有可能的时间节点是一九五一年在听闻傅斯年去世的消息后，才偷偷告诉邓先生的。但也就是草草一说，以完成故人之托，不能细说，也不敢细说，要不然邓广铭也不至于二十世纪九十年代著文时尚不知江泽涵访台时胡适并不在台湾，以及江氏并非从美国归国等细节。

在邓广铭先生署名的文章中，把当年胡适在北大开设的那门课，都写为"传记文学习作"[2]，而在我的上文中，则写为"传记文学实习"。我的出处，自然也是邓先生亲口对我所说。缘何有些许差别？不知道。存此一笔，供有心人查考。

历史的繁细碎屑，对大多数人来说或如灰尘，但对另一些人来说，可能是有趣的，比如当年我访问的北大老先生们在燕园的具体住址和电话。如今，先生们皆已驾鹤归去多年，当年

1　俞大綵：《忆孟真》，原载《傅斯年全集》（第7卷），《傅斯年》，山东人民出版社，1991，第321页。
2　邓广铭：《漫谈我和胡适之先生的关系》，《中国文化书院九秩导师文集：邓广铭卷》，东方出版社，2013，第67页。

的电话号码乃至住址——曾经应该刻意保护的小小隐私，现在也成为我对那年、那时、那人、那地，以及那事的悠悠怀想。此处，还是抄一抄我当年的备忘笔记。邓广铭先生住朗润园十公寓206室，电话：2502672。季镇淮先生住朗润园十二公寓105室，电话：2502671。闻家驷先生住十三公寓203室，电话：2502654。吴组缃住朗润园九公寓。林庚先生住在燕南园62号。

　　我的笔记上还记着金克木的电话，与其他老先生家的电话不同的是，金先生的电话是要由总机转接的。对金先生，我缘悭一面，是什么原因已然忘尽。

二〇一九年三月八日

吴组缃的"宫殿"

骑车过未名湖，还未细细欣赏久违的湖光塔影，天上突然响起一个炸雷。这是秋天的雷声，在寂静的校园里，响得极其惊心动魄。急急地冲向朗润园，迎风闻到了荷叶的清香。这是下午三时，正是吴组缃先生"法定"的散步时间。然而，吴先生此时并未出现在湖滨的绿木长椅上。

"因为要下雨，今天就不出去了。"吴先生解释说，"我已经在家中散步过了。"他顺手指了指并不宽敞的房间，补充了一句："四百趟。"吴先生头上，戴着一顶绒线织的帽子，褐色，状若薄薄的圆瓦，说话时眼睛很专注。这是一位做事认真的老先生。

吴先生在二十世纪二十年代进清华大学求学时，曾路经当时为燕京大学的燕园，他在当天的日记里，写下了"雕梁画栋，红红绿绿

吴组缃（1908—1994）。北京大学教授、作家。

的，像画中的宫殿一般”的印象。后来，经过世事沧桑的他，先是在解放初回到母校出任中文系主任，至院系调整后，复进入北京大学，任中文系教授至今。想来，他在这座“宫殿”里，已生活了四十年。

吴先生致力《红楼梦》研究多年，影响颇大。他最反对那些游离于著作本身对细枝末节的穷究。二十世纪五十年代，批评俞平伯的“红学”观点，已成为运动。朱德曾对北大教授们说：“你们如觉俞平伯的观点不对，你们应拿出自己的来。”吴先生对《红楼梦》的思想和艺术性，有自己独到的见解，遂在北大开设“红学”专题课程，并在首都剧场，面向工农兵做了若干场报告。据说，场场爆满，轰动一时。

目前，吴先生正在进行的最重要工作，就是搞出一本《吴批红楼梦》。多年的古典文学研究和清新隽永的文字，想必能使这本古书焕发出新的光彩来。使吴先生略感不便的是，现在出版的书籍多为从左至右的横排本，而传统的眉批、总批和尾批则似乎更宜于竖排版。

这本《吴批红楼梦》，大约在十月底可告杀青。届时，这本由作家和学者双重身份批注《红楼梦》的书，想必能在“红学”界引起瞩目。

除此之外，吴先生还在进行回忆录的写作。有若干篇章，已在上海《文汇报》上发表。回忆录总题为《帚翁话旧》。帚翁者，吴先生也，此乃已故吴夫人生前为吴先生所起，出典自"文革"。其时，吴先生位列不祥之类，曾被勒令与语言学家王力先生共同打扫厕所，既如此，吴氏和王氏二老每天遂挥帚不止。吴先生后来曾"谦虚"地说："大概我比王力先生年轻一些，故而打扫得也干净些。"数年前的悲愤，竟被一句幽默的语言掩去。

吴先生原名"祖缃"，他嫌此名封建色彩太浓，遂改之。他初进清华时学的是经济学，用他自己的话来说，是想以此作"妻子"，把文学当作"爱人"的。然而次年，终于与"妻子"分手，而转至中文系。在校期间，他的小说曾由鲁迅先生推荐给增田涉，翻译到日本去了。吴先生承认，在他文学道路上，鲁迅和茅盾曾给予他很大影响。

抗战时期，他曾任冯玉祥将军的国文教师，他很尊重冯氏。但他曾对冯氏说过："我跟着你，是因为你抗日，而不是因为你仅仅是冯玉祥。"吴先生为人耿直爽快，由此可见一斑。冯氏出洋，吴先生曾以秘书身份随同前往，并曾代拟了诸多演讲稿。后冯氏欲自美国赴苏联，吴先生以有家室之累请辞，旋即回国，而冯氏则于赴苏途中不幸遇难。倘吴先生不先归国，亦难逃此劫。

吴先生不善饮酒，自谓是"世袭"的不善，其父若此，其子及孙亦若此。吴先生最爱抽烟，其于二十世纪四十年代写的散文《烟》堪称诠释烟文化的名篇。他爱抽烟斗，因此朋友们也常以此相赠。前两年，遵医嘱一下子戒了烟，遂未再抽过，但有时闲来仍会摩挲烟斗，大概是想象抽烟的快乐吧。吴先生是安徽泾县人氏，故爱茶似不可免，亦懂茶。他收集的茶壶，大约不下数十件，零零落落，放在橱里柜上，精致与拙朴造型者皆有。其中，有自己买的，有孩子孝敬的，亦有旧雨新知赠送的，礼不算重，却雅，典型的秀才人情。他的家乡出名茶，其中有一种叫"放牛郎"的茶叶，产量极少，被行家视为稀世珍品。吴先生曾经写道："其茶细如牛毛，若以山中岩泉冲之，极美。"如此好茶，吴先生现在尚能品到否？

吴先生伉俪相濡以沫，感情最深。结婚六十多年后，吴夫人不幸先赴黄泉，吴先生悲痛之极。稍后，为了避免触景生情，书房换了房间，家中陈列亦换了地方。然家中旧物比比皆是，岂能不睹物思人？燕园确实很美，煌煌乎如"宫殿"，但失去了女主人，这美也便黯然了许多。吴氏伉俪原先的卧室，就在现在的书房之侧，自夫人去世后，吴先生再也不肯踏进一步！

一九九三年十月十一日

补　记

吴组缃先生也是朗润园中人，他住在九公寓 206 室。日记记录，我是在一九九三年九月二十一日拜访他的，十月十一

晚年吴组缃（北京。吴霖摄于 1993 年 9 月）

日写成《吴组缃的"宫殿"》一文。十一月一日，吴先生因急性肺炎住院，一九九四年一月十一日，病逝于北医三院。

除了寒暄，至今还记得与吴组缃先生正式交流的第一句话，我还未在他家的椅子上坐稳，他劈头就问我："你读过《红楼梦》吗？"

完全猝不及防，我老老实实回答："看过。"

紧接着，他表情严肃，又追问："你看懂了吗？"

因为似乎被质问，让我略有不快，只能以沉默回答他。他这时才口气稍缓了些，似乎自言自语，又似乎在对我说："你一定没看懂。"

他既然如此说了，我还能如何回答？吴老啊，你还会不会聊天？这话当时不敢说，到了今天，我仔细想想，前前后后读过数遍《红楼梦》，但我确实不敢说百分百看懂了《红楼梦》，尤其当我知道吴先生是中国《红楼梦》学会的首任会长之后。

我想，吴组缃先生当时的问话，一定是他在北大开设《红楼梦》专题课程时经常向学生提的问题吧。被"有幸"问到的学生，大约都是像我当时一样，"战战惶惶，汗出如浆"的。吴先生的提问，今天想来，无异于棒喝。

记忆中介绍我一定要拜访吴组缃的，应该是与我相熟的林庚先生。林先生与吴组缃不仅是清华大学的同班同学，后来在北大中文系也一直是同事。两人在大学期间就是好友，并保持了终生的友谊。当年，醉心文学的吴组缃、季羡林、林庚和李长之被称为清华园"四剑客"（季羡林语）。除了李长之先生一九七八年在六十八岁故去无缘识荆，我有幸认识其中的三位。

吴组缃出生于安徽泾县茂林村，该村向有"小小泾县城，大大茂林村"的美誉。

该村吴氏，乃唐代吴少微之后，为著名的"左台吴"中的一支。据某种老谱载，有百九名君锡者，生于唐宣宗大中十二年（858年），僖宗乾符初年（874年）避王仙芝兵，携家居于建康。百九生万一、万二、万七。万一名仲举，仕于南唐，卒于北宋咸平元年（998年），生前迁居宣州城南。万一有三子，长子大千一，名几复，字希贤，北宋景佑年间进士，曾任衢州教授。景德元年（1004年）徙居泾县魁峰东庄庄原。吴希贤生三子，长子觌京留在东庄，承守祖业。次子安国于北宋熙宁年间，因为娶了河西的宋氏女为妻，从东庄搬至宋家坦与宋氏"联居"，是为吴氏定居茂林的开始。三子开国据说徙居长安，后裔有的迁往青阳县，后发展为"老田吴氏"。吴希贤是这一支吴姓迁居泾县的重要人物应该可以确定，但所谓景佑年间进士一说，经我考证，未得证据。现茂林吴氏尊万一为一世祖。

我曾在前几年的一个深秋驱车去过泾县，茂林村是事先计划专程去的，主要就是想去看看茂林村的吴氏大宗祠。那天，我赶在中午大宗祠关门休息之前买票进入。这个大宗祠是皖南吴氏宗祠中形制非常突出的，规模宏大，构件精美。这里还是著名的"皖南事变"的重要发生地。

　　吴组缃据说是茂林吴氏前分七房"绿野堂"一支的后人。他的祖居，即七房大夫第的建筑至今犹存，因行程匆忙，未及寻找，宗祠也只看了最大的这一处。其实，茂林吴氏的宗祠还有一些，吴组缃曾在一篇文章中淡淡地写道："我们村子是聚族而居，氏族颇大，大宗祠下，又有许多支祠。"

　　大宗祠边上有新建的"三吴纪念馆"，是专门纪念三位源出茂林的当代文化名人，即画家吴作人、作家吴组缃、书法家吴玉如（北大教授吴小如的父亲）。

　　拜谒大宗祠后，我特意在村里的古街上徜徉许久，并与茂林小学不期而遇。该小学的前身正是吴组缃父亲吴吉孚（1867—1928）于一九一八年春创办的"育英学校"，吴组缃和夫人沈菽园（1908—1986）都曾在这个小学当过教员。

　　茂林人极重视教育，自北宋建村至今，文风极盛，人才辈出。据宗谱和有关史志记载，仅明清两代，茂林就出了进士十九人、举人一百一十九人，岁贡生员难以计数。据说，当年除了正榜进士的牌匾可以进大宗祠，其余的一律只能进自己的支祠悬挂。因此，茂林吴与旌德江、绩溪胡、宣州梅被并列为皖南四大姓。

吴先生晚年曾回忆过一九二九年自己考清华的情形，当时上海考区拟录取一百五十人，但考生有两万多人，最后吴组缃被录取了。茂林吴氏当时已在清华的还有吴作民和吴半农（1905—1978），后者是吴组缃的胞兄，在老弟考上清华的那年，他正好从清华经济系毕业。因此，吴组缃钟情清华，并报考经济系，当与其兄有关。

"吴氏大宗祠"和"三吴纪念馆"是紧靠着的，纪念馆前面有绿化，还有一大片停车场。隔着停车场，有一排新修的房子，开着各种各样的小店，有一家"凤记古玩店"，老板姓凤，我估计是来自茂林附近的凤村。一问，果然。但凤村人原来并不姓凤。据说凤姓人是五代时后汉皇帝刘知远的子孙，后汉亡后，刘氏宗室的一些人南渡逃亡，先在江西南昌一带居住。后来始祖世杰公来到泾县南乡，经过阳山东麓时，听到奇怪的鸟鸣，便认为是凤凰的鸣声，乃祥瑞之兆，于是就在现在的"鸣凤桥"一带定居下来。为避免宋王朝的追杀，便改刘姓为凤姓，世代繁衍，遂成聚族而居的凤村。凤是个稀见的姓氏，吴组缃的母亲就姓凤，叫凤素珠（1865—1943）。

吴吉孚和凤素珠共生育了十三个子女，大多因病夭折，最后只剩下三个孩子，除了吴组缃昆仲，还有一个姐姐。姐姐十六岁结婚，当年即守寡，一九六四年去世。

种豆斋庋藏有一九二七年版敦本堂《凤氏宗谱》十册一种，源出泾县凤村，谱载凤氏排行："鸣廷文一尚，国家兴必大，添应兆元良，维汝时知懋，盛治永悠扬，世衍诗书绪。"

一九九三年九月的那一天，吴组缃告诉我，研究《红楼梦》多年，他与考据派不同处，主要是从小说的思想性和艺术性着手。从《史记·货殖列传》开始，中国轻商已久。薛宝钗因是商人家庭出身，所以，在曹雪芹笔下，薛也不是淑女，贾宝玉也有很多坏习惯……他还告诉我，《吴批红楼梦》主要有眉批、总批和尾批，最迟十月底之前可以完工。但随着吴先生突然生病住院，并一去不回，那一本众所盼望的《吴批红楼梦》竟成遗恨。

除了收集茶壶和烟斗，那一天，吴组缃先生还告诉我一个特别的爱好，他喜欢逛商店。当时的吴先生给我的感觉是，面有病容，不苟言笑。但他却告诉我，年轻的时候，他喜欢弹月琴、听京戏、讲笑话……他在给我特意打开夫人曾居住的房间时，我一眼看见有各种各样的茶叶罐放在柜子上。他告诉我，全是空的，扔了可惜。

二〇一六年十二月十二日

乔迁的王临乙

"我已经搬家了。"

王临乙先生在电话里讲:"搬到了煤渣胡同的新楼里。"接着,他细致地告诉我如何坐车,坐几路车,在哪一站下,以及胡同的具体方位。最后,他告诉我新居的门牌号码,是一个双数。

我按图索骥地寻找,本以为很容易。进了煤渣胡同后,便照着双号,一路搜寻而去。不想,按照王先生给的门牌号,找到的却是一座静悄悄的大杂院。这里,没有新楼!

无奈,只好在胡同里找公用电话,向肯定已近在咫尺的王先生求援。随后,才找到那幢显然刚竣工不久的大楼。

楼前楼后,瓦砾遍地,进出很是不便,还

王临乙(1908—1997)。
中央美术学院教授、雕塑家。

有许多工人在劳动着。仔细地看了一看楼门，没有找到门牌，到楼管科去打听了一下才知道了王家的确切所在。

楼，确实很新，楼道里充溢着石灰味和油漆味。楼也很静，楼上装修房子的电钻声，不绝于耳。阳光在楼外灿烂着，楼里却有些暗。上楼的时候，和一位老人擦肩而过，心中一动，想：他会不会是从未谋面的王先生呢？因为寻找已误了事先约定的时间，所以来不及细想，便匆匆而过。

王家的门开着，一眼见到的是王夫人王合内女士，她是王先生当年在巴黎留学时的法国同学。遥想当年，已是半个多世纪以前的事了。今天的王女士，已入乡随俗地成了中国人。她的脸上留下了时间深深的痕迹，她的一头金发，也不再有灿烂的光泽，作为一段跨越了半个多世纪的异国之恋的女主角，在经历了那样多的众所周知的时代风雨之后，仍然坚定地与她的王先生同行着。她的遥远的法兰西，已成为她和王临乙先生共同的梦。

王合内的汉语水平足以表达她的思想，虽然她的抑扬顿挫仍然洋腔洋调得有趣。她表示抱歉，在家中的四个房间找遍，却不见了王先生。

不一会儿，王先生从门外推门而进。刚才楼道里见着的，果然就是王临乙先生。

对新居，王先生表示满意，因为生活较过去方便了许多。在旧居，光是冬天生炉子取暖，对两位老人来说就是不小的负担。当然，旧居也有旧居的好处。那儿有一个院子，可以种花，也可以种蔬菜。这曾是王夫人的工作，无论在过去的战乱中，还是在后来的和平日子，她都尽可能地施展了她的园艺水平。她最爱种的蔬菜是西红柿。对王先生而言，旧居意味着有一个宽敞的工作室，此外，还可以在自家的小院里散步。他已年迈，风华正茂年代的朋友多已成古人，尚健在的也往往沉疴缠身。王先生说："我没有什么锻炼，就是走路而已。"

那个小院落，着实很破旧了，但王氏夫妇在那儿住了整整四十八年，对于他们是半个人生啊！可以想见，和住了这么久的老房子分手，对他们夫妇来说，感情上确实不易。在他们一起走过的岁月里，一定乔迁过许多次，而这一次，大约是最艰难，最需要多多的勇气的。

我问："您去过许多地方，住过许多地方，最留恋的是什么地方呢？"

"巴黎，在巴黎留学的时候。"王先生缓缓地说。

一九二九年，王临乙得到福建省官费赴法留学的机会，原定他是学油画的，但临别之际，徐悲鸿先生却希望他能改学雕塑，这一建议决定了王氏的一生。王先生感慨地说："徐悲鸿对我影响最大，他性格开朗，对人实心。"

巴黎对于王先生来说，不仅是青春的美好，也不仅是数次学业上的第一，在那儿，通过他的同学兼同屋常书鸿，他认识了一位也是学雕塑的美丽的法国姑娘。

"那时，我二十一岁。"王合内女士微笑着说，"他二十五岁。"她指了指坐在身边的王先生。她甚至还记得他们的第一次见面，那是在巴黎春季沙龙上，她感觉这个中国青年和别人不一样。

王先生从不抽烟，不跳舞，不喝酒，就连名震天下的法国葡萄酒他也敬而远之。他自谓生活很简朴，他的养生之道中有一条颇堪玩味，那就是节制。直至今天，在王先生的生活习惯中，除了喝咖啡，大约是没有其他嗜好的。

在巴黎郊区的一个静谧处，他们缔结了百年之好。新娘给自己起了个很中国的名字，并按照当时习惯，在名字前冠以夫姓——王。那是一九三七年，时过多年，早已过了金婚的王夫人记忆依然清晰："那是个很美的地方，有一大片森林。"

王氏夫妇是否认为，汉语和法语是世界上最美的语言呢？他们每天都在用这两种美丽的语言进行交流，交流生活，也交流艺术。

王临乙王合内在洋溢胡同家中（北京。1955 年）

晚年王临乙、王合内（吴霖摄于 1994 年）

"我们老了，做雕塑做不动了，那是要用力气的。"王先生略有伤感地说。他最大的愿望，是为北京搞一个大雕塑，但已心有余而力不足了。他还想重拾画笔，画一些画，但毕竟上了岁数，手有了发颤之疾。

他们的新居像个小小的美术展厅，四周有王先生六十年前画的风景油画，有青铜少女头像，有大型浮雕《民族大团结》的照片，有王合内女士的雕塑《猫》和《豹》，还有他们的朋友吴作人先生画的王夫人像，她是那样的年轻。

桌上有一大捧红玫瑰。前几天，她刚刚过了八十二岁生日，那是朋友送的。"再过几个月，王先生就八十六岁了。"王夫人轻声地说。

楼上的电钻声仍然刺耳不停，楼道里的气味经久不散。从后门出来，跨过碎石乱砖，就是校尉胡同。前面是台湾饭店，右边是王府饭店，往左拐，穿过王府井，不远处即是天安门广场。广场中央，人民英雄纪念碑高耸入云，八块精美的浮雕再现着风云历史。其中，《五卅运动》就是王临乙先生的不朽杰作。

一九九四年四月二十五日

补　记

徐悲鸿改变了王临乙的一生。

王临乙第一次见到徐悲鸿，是在一九二六年，由徐悲鸿的丈人蒋梅笙介绍。至于王与蒋是如何相识的，已茫然难考。当时，王临乙就读于上海美专，师从李毅士。

徐悲鸿第一次见王临乙，对其人其画都有良好印象，所以才有之后携王临乙去江湾画室同访陈抱一之行。此行留下了照片，十八岁的王临乙在画面中似乎和其他人保持着疏离，与徐悲鸿、陈抱一、丁衍庸等人的从容相比，王临乙的局促令人印象深刻。[1] 两年后，徐悲鸿回国，任教于中央大学艺术系，即招王临乙赴宁学习，不仅让他住在徐家，还负担了王的生活费用。

将碧微在她著名的回忆录《我与悲鸿》中，对土临乙在文字上是悭吝的。徐悲鸿应福建省教育厅长黄孟圭之邀赴闽，王临乙是徐所带的唯一助手。不知何故，携子同行的蒋碧微却只字未提及王临乙。此番闽省之行，对王临乙是极为重要的，因为此行中，徐悲鸿尽力争取到两个公费留法的名额，给了两个得意的学生：王临乙和吕斯百（1905—1973）。对徐悲鸿而言，一九三三年在法国的中国画大展是一件很重要的事件。已

1　中国美术馆、中央美术学院编：《至爱之塑：雕塑家王临乙、王合内夫妇作品文献纪念展》，2015，第11页。

经在法留学经年的王临乙此时成为徐悲鸿得力的助手，鞍前马后做了许多具体工作，但这一切，也被同行的蒋碧微一概略过了。经过细读，发现在《我与悲鸿》中，王临乙的名字有几处出现，但都是一笔带过，并无情节。

留学法国是徐悲鸿再一次为王临乙的人生之旅设定方向，他甚至"武断"地决定让王临乙转学雕塑。王临乙与吕斯百是不负所望的，这一点可从与其同期留法的常书鸿的回忆录中得到印证。

一九三五年的春天，王临乙一毕业即束装回国，抵上海，多往来南京徐悲鸿家。这期间为谋职奔波，也参与了孙中山纪念碑和头像的创作。他必须要尽快谋得稳定而体面的职业，才能迎娶远在巴黎的心爱的姑娘。

在《学院与艺术：吴作人百年诞辰纪念展》一书中，曾影印披露徐悲鸿早年致吴作人一信，年份未署，月、日为"八月廿七日"。信中有"雕刻家中，开渠甚好，此往将无时不在奋斗中"句，对当时已在抗战题材雕塑方面崭露头角的刘开渠给予了好评。紧接着，徐悲鸿写道"临乙懒惰，且不读书"[1]，显然是对王临乙的批评，令人讶异不已。再后，还对沙耆出国后画风转变略有担忧。

1　吴作人百年纪念活动组委会：《学院与艺术：吴作人百年诞辰纪念展》，中国美术馆，2008，第253页。

吴作人在一九三五年八月携夫人李娜回国，不久即应徐悲鸿之召赴南京中央大学任教。一九三六年五月，徐悲鸿与蒋碧微矛盾难解，适遇桂系召唤，索性远去了广西，直到翌年九月初才回到中央大学，故此信当为徐悲鸿在此两年中所写。被徐信中批评的"懒惰且不读书"的王临乙、被表扬的刘开渠都是吴作人的朋友。至于沙耆，自一九三四年从徐悲鸿学画，一九三七年留学比利时皇家美术学院，投入巴思天教授门下。巴思天，正是吴作人当年的恩师。现在讲及沙耆，几乎皆云是由徐悲鸿介绍赴比深造的，但选择巴思天，吴作人肯定起到了关键性的作用。联系此一细节，或可将此信写作时间定位在一九三七年。

　　徐悲鸿对吴作人直言议及王临乙一事，可以视为先生对弟子因为"爱之深"而产生的"责之切"。王临乙归国之初，之前的刘开渠（杭州艺专）、吕斯百（中央大学）俱已担任了教职，稍后回来的吴作人也立即被延揽至中央大学，而此时王临乙的工作仍未有着落，其对远方姑娘的系念，和承诺无法兑现的心焦应该是可以理解的，可能被徐先生疏忽了。

　　一九三六年秋，王临乙由徐悲鸿推荐到北平艺专出任雕塑系教授，当年年底即匆匆赴法，依照约定迎娶了美丽的新娘。新娘至此随夫改姓王，并以名字 Renée 的谐音汉译"合内"为名。次年二月，两人同返北平。

此后八年，国破山河在。王临乙夫妇紧随北平艺专一路流亡，直至重庆才歇住了脚。一九四六年，徐悲鸿函请王临乙、吴作人一起赴北平重建艺专。新中国成立后，中央美术学院成立，王临乙担任雕塑系主任，更因行政能力强兼任了总务长（吴作人为教务长）。

一九五二年，王临乙被指有贪污行为，在职务被一并撤销的同时，还被隔离审查数月。此间，遭遇"逼供信"，以致两度自杀。王合内闻讯后，向重病在家的院长徐悲鸿申诉，后由徐抱病向美院上级部门文化部反映，经仔细核实后解除了对王临乙的审查。副院长江丰在全院大会上正式通报宣布王临乙无贪污问题，并予以致歉[1]，但其原有职务并未恢复。一九五三年，王临乙受命为人民英雄纪念碑五卅运动浮雕主稿。同年，徐悲鸿病逝。

据说，一九五二年后，王临乙性情大变，往往沉默寡言。不知是否可以说，也算"因祸得福"，沉默寡言的他，由此避过了丁酉年来势汹汹的"因言获罪"运动。而延安出身的江丰则未能躲过，成为美术界当年的一大新闻。王临乙、王合内先后于一九九七、二〇〇〇年殁去，无子女。家中物品种种，不知如何处置？前几年，网上偶现王临乙在一九五三年三月二十五日与江丰的谈话记录稿，字迹潦草，不易辨认，但"我

1 　中国美术馆、中央美术学院编：《至爱之塑：雕塑家王临乙、王合内夫妇作品文献纪念展》，2015，第 8 页。

没有贪污"字样，不时出现。

　　洋溢胡同有数处房屋，一九四六年曾是艺专宿舍，王临乙夫妇住 17 号，14 号住过吴作人、李宗津和宋步云（一说沈宝基），47 号住着冯法祀、艾中信、董希文一干人等。[1] 那时，吴作人还是单身，直到两年后与萧淑芳结婚才搬去水磨胡同 49 号。[2] 王临乙、王合内在此期间，买下了 35 号小院，此后便一直住在洋溢胡同。一九九四年夫妇俩将洋溢胡同 35 号 188.3 平方米的住房和 200 平方米的院落产权一起捐给了中央美术学院。[3]

　　王临乙是上海人，照理说与我有同乡之谊，但我们一直以普通话交流。王临乙的各种文字中对家世罕有涉及，我们只知道他出生于中医世家，在考入上海美专前，曾就读于上海求实中学。上海老城厢近老西门的文庙路上，确曾有过一所求实中学，不知是不是王临乙求学过的那一所。

　　洋溢胡同 35 号肯定洋溢过欢乐，也曾弥漫过悲伤和痛苦。随着两位老人的告别，35 号小院和洋溢胡同渐行渐远。大约在二十世纪九十年代末期、新世纪来临之前，洋溢胡同也寿终

1　吴作人百年纪念活动组委会：《学院与艺术：吴作人百年诞辰纪念展》，中国美术馆，2008，第 116 页。
2　沈今声：《忆良师，学做人》，载萧慧、吴宁主编《百年作人：吴作人百年诞辰纪念文集》，广西师范大学出版社，2008，第 201 页。
3　见王临乙、王合内捐赠证书。

正寝了，彻底从北京地图上消失。

　　煤渣胡同的新居虽说是新房子，但在我的记忆里总觉得是幽暗的，许是窗外的高树遮挡了本该登堂入室的阳光。屋子里似有暮气在缓缓流动，仿佛是晚春无力的风紧贴着将谢未谢的花瓣。暗香虽已散去，但仔细地嗅，仍能觉着微微的近乎腐朽的醉意。初闻之，醺然，再闻之，醺醺然矣。墙上挂着一张吴作人在年轻时给年轻的王合内画的半身油画。人生的长文章，跌宕起伏，此时即将收官。王临乙和王合内在不同时期创作的雕塑作品，散落在房间的各处，如同文章中的一群逗号、句号、问号、感叹号，或省略号等，表达着迥异而丰富的情感。那一天，是一九九四年四月二十一日。上午。春光佳美，甚也矣。

二〇一九年五月二十二日

吴作人回家过年

一九九二年元旦前夕，吴作人先生告别住了数月的北京医院，回到了花园村家中。他很高兴自己回到久违的环境，并在家中迎接新年。

为了他的归来，夫人萧淑芳特意将吴先生的卧室做了调整，调到了一间向阳的、略小的房间。萧先生说：这样暖气可能更足些。

当我走进这间卧室，顿感阳光扑面。透过玻璃的阳光，全然不像在户外时那般无力。这天极冷，好像是入冬以来最冷的一天，而且有凛冽的北风。吴先生坐在他的轮椅里，微笑着欢迎说："今天很风凉吧。"

大家都笑了。

吴作人先生的幽默是老朋友们都熟知的，殊不知他在患了脑血栓后，反应还这样灵敏，

吴作人（1908—1997）。中央美术学院教授、画家。

125

谈吐照样诙谐。大师的幽默，也是大师级的。

问及吴先生的病情，萧先生对我们说："还没有完全好。"没想到吴先生在边上听到后不紧不慢地跟着说："也不完全坏。"

吴先生的视力，已因病大受影响，其中一只眼睛几近失明，他戴着眼镜。萧先生说：平时不戴眼镜，照相时戴，因为大家都习惯了他戴眼镜的形象了。这时，吴先生又不失时机地补上一句："不戴眼镜更好看。"

又是一片欢笑。

吴先生说：现在的眼睛，怎么也不出远门了，因为病。所以，吴作人先生目前最关心的，就是将身体恢复到原来的样子。

萧先生像是在提醒吴先生："这需要耐心。"

祖籍安徽泾县的吴作人先生，童年、少年均是在苏州度过的，所以他对苏州感情尤深。某次，有人问他是何方人氏，吴先生立即答道："安徽苏州人！"

苏州当然也没有忘记这位优秀的儿子，在苏州著名的罗汉院双塔前，将建起一座吴作人艺苑，以长期陈列吴作人先生一生的经典作品。

吴作人与萧淑芳（北平。1948 年）

晚年吴作人（北京。陆中秋摄）

八十四岁的吴作人至今仍很喜欢听苏州评弹，他还喜欢昆曲。或许因为曾留学西洋，他也很喜欢西方的古典音乐。这些，仿佛是他漫长人生之旅的足音回响。

"吴先生在苏州时，住在什么地方？"去过苏州的我问。

萧先生说了一个地名，我没听清，那地方好像不怎么有名。吴先生说："这地方是后来才出名的。"

我恍然大悟："是因为您！"

吴作人先生妙语连珠，满室笑声不断，可是他却说："因为生病，现在对我来讲，说话是很艰巨的任务。"

卧室墙上，挂着吴作人先生早年为萧淑芳先生画的人像，是油画。油画上的萧淑芳，年轻，文静。油画外的吴和萧，如今都已开始走向人生最后的辉煌。

那天，看到萧先生细心地为坐在黑色轮椅上的吴先生拢头，不禁怦然心动。一般意义上的生命，总是会老的，而另一种含义的生命，却会长葆青春。

于是，那情那景，总是难忘。

一九九二年一月七日

附：

萧淑芳的鲜花世界

画家萧淑芳和她的丈夫吴作人先生，住在北京一个叫花园村的地方。走进那座整洁宁静的院落，倘若你尚不知他们伉俪的具体住处，也不必打听，只要看哪家阳台上的花最多、最好、最鲜艳，那就准是他们已住了十多年的寓所。

阳台前，他们拥有一块小小的园地，你就羡慕吧：细密的青竹子，翠翠的，逢春便从土里长出嫩笋；金银花貌不惊人，却把幽香无声地传向远方；月季，这种中国玫瑰，在花园村竟长成了树。于是，开花季节，一树一树的月季花，开得花团锦簇……这里的园丁是女主人萧淑芳，面对这短暂美好的春光，她常常剪下几枝月季插在室内朴素的水瓶里，让春天走进房间。她也会告诉艳羡不已的来宾，怎样将剪下的插枝培育成又一株月季，然后，送你一枝月季，让你多了一份持花而归的浪漫。

出身艺术世家的萧淑芳，名字绝对是非常中国的，并且仿佛暗示了她以后的某种生活际遇。二十世纪二十年代中期，萧淑芳在林风眠任校长的北平艺专学习西洋画。数年后，赴南京中央大学艺术系投入徐悲鸿门下。嗣后，远游欧洲，先在瑞士学习木刻，并举办过个人中国画展，然后进入伦敦斯莱德艺术学校学习雕塑，并再一次举办了个人画展。一九四〇年，她回国卜居上海。一九四八年，与徐悲鸿的大弟子吴作人结秦晋之好。

一九四九年以后，萧淑芳在中央美术学院任副教授，开设水彩课。其间，她多次随吴作人外出写生。吴热爱名山大川，以及高原荒漠所表现的历史苍凉，萧此时用水彩手法在宣纸上画中国画，已经开始走一条自己的路，风景这边独好。

"文革"的风雨，吴、萧夫妇自然未能幸免。萧被下放到干校，用握画笔的手去握锄头镐把。一九七一年，她因身体实在不好，被获准回京。给她安排的工作是与董希文、李苦禅轮流值班，看守中央美院的传达室。一年后，因周恩来总理对各大涉外宾馆所挂美术作品"硝烟味"太浓提出意见，并指示换一批花鸟鱼虫、名山大川的中国画，萧淑芳得以有幸进入创作组。这期间，她集中画了一批面目一新的中国花卉画，受到了同在一起创作的其他中国画大师们的赞赏。以后，萧淑芳借鉴西洋手法创作中国花卉画，日臻成熟，并在之后十多年中声誉鹊起。

萧淑芳女士对我说，她最喜欢画郁金香、扶桑、紫鸢和高山杜鹃。这些花她曾用水彩画过，也用工笔画过，现在没有时间的她，则更多地用小写意画这些长在心中的花朵了。

对于养花的原则，只有一条，就是养好养、易活的花。近年来，吴作人先生染病不愈，萧淑芳这个园丁也终于无暇太多地顾及那片小小的花园了。言谈话语中，她竟有些遗憾和愧疚。

萧淑芳很想在有生之年在艺术上有一个突破，但第一自己体力已大不如从前，第二吴作人需要她的细心照顾，家务也杂，需要她这个家庭主妇拍板定夺。所以目前，萧淑芳最关心的，是吴作人先生的病，她希望他能尽快好起来。

萧淑芳领着我们穿过走廊，走进吴作人的卧室，我们一眼就看见了年轻的萧淑芳，在墙上。这是吴当年的心爱之作。画，将历史的精彩的一瞬保存了下来。在吴的眼里，萧永远是年轻的，就像在萧的心里，春天永远存在一样。

离开花园村，怀里揣着萧淑芳女士借我的两本画册，仿佛和万紫千红的春天一起回家。

一九九二年五月十二日

补　记

一九三一年秋天，吴作人在布鲁塞尔美术宫的一次画展上，与一位比利时姑娘邂逅，吴作人晚年回忆说："我们一见钟情。她的眼神令我着迷。"[1]

不久，吴作人与姑娘又在另一个画展上相遇，获知姑娘叫Celina Deprez，此后，吴作人以"李娜"汉译之。关于李娜，没有更多的资料。与她同时代的人都已经远去，大约因为两个原因的"总讳"，没有留下文字的记录：首先当然是吴作人的回避，作为他的友人自然也采取小心翼翼的态度；其次是萧淑芳的存在，或许也让知情人踌躇与难言。

在吴作人现有的几种传记中，由家人写作的是值得注意的。我们有理由相信其中关于李娜的文字，应该全部来自传主吴作人的回忆。

吴作人与李娜相识后的恋爱，遭到了李娜姐姐（也是李娜监护人）的强烈反对，原因是李娜姐夫的父亲曾作为八国联军的一员到过中国，在他的描述里，中国是一个充满了"教堂焚毁者"的"野蛮之地"。[2] 这缘于信仰的冲突，其实吴作人本人也曾深受其扰。据说，由于他多次在公开场合向同学们散布无神论，因此被负责发放中比庚子赔款奖学金的组织取消了他的奖学金。据吴作人表述，因为老师巴思天也是无神论者，所以

1 《西行之后 曾经有那么激进的一位吴作人》，"凤凰艺术"艺术家频道，http://art.ifeng.com/2016/0803/3004324.shtml。
2 商宏：《百年巨匠吴作人》，文物出版社，2017，第42页。

李娜（1931 年）　　　　画作《李娜像》（吴作人作于 1934 年）

经过巴思天的力争，才恢复了吴作人的奖学金。究竟是什么原因中断奖学金，实情有待考证。吴作人多年后回忆此事，也承认自己的推测仅是"可能"。[1]

　　一九三二年五月，李娜与家人再次爆发冲突，离家出走。在朋友们的撮合下，吴作人和李娜由巴思天见证结婚，他们先是把家安在了万德金德勒街 49 号三楼，中国留学生萧淑娴（音乐家，萧淑芳胞姐）、赵梅伯（音乐家）、童第周（生物学家）、吕霞光（画家）、李瑞年（画家）曾去祝贺。后来搬到了交通更为方便的帕热街某所房子的五楼，有了画室、客厅、卧室和自家独用的厨卫。[2]吴作人在那里创作了与李娜有直接关系的《蔷薇》《窗前》和《李娜像》。这儿张画，是吴作人留学时代的代表作。时隔八十多年后，我们依然能通过阅读画面，直接感受到画家对爱人炽热而真诚的爱。

　　《蔷薇》一画的左下角，吴作人用法文写下"祝我亲爱的李娜生日快乐"。时间签署为一九三四年三月二十二日，这应该是此画的创作日期，而且极有可能正是李娜的生日。李娜的生年与生日均不明，如依吴作人叙述，一九三九年李娜去世时年方二十八岁，她或生于一九一一年前后。一九三一年他们初遇时，吴作人二十三岁，李娜二十岁。

1　吴作人：《艺海无涯苦作舟》，《艺人自述》，杭州大学出版社，1998，第 297 页。
2　萧曼、霍大寿：《吴作人》，人民美术出版社，1988，第 77 页。

作为吴作人和李娜爱情的重要见证，《蔷薇》最近一次出现，是在二〇一七年。此画首次出现在艺术品拍卖会上，最终以三百四十五万元拍出。此时，距此画创作八十三年，距李娜去世七十八年，距吴作人去世二十年。拍卖信息披露，此画原收藏者为黄显之，是吴作人当年在中央大学的同事。

一九三五年春，吴作人接受徐悲鸿函邀，拟回国就任中央大学艺术科讲师，李娜回到家乡库尔特列辞别久病的母亲，跟随吴作人到了中国。他们住在南京傅厚岗8号，成为住在6号的徐悲鸿最近的邻居，直至战争爆发随学校内迁。一九三七年下半年，吴作人与李娜携带简单的行囊与画具，同吕斯百夫妇乘火车至芜湖，再转乘轮船抵重庆，不久后，在沙坪坝刘家院子安了家。

李娜不会中文，无法用汉语与人交流。一九三八年冬天，刘开渠、程丽娜夫妇路过重庆，前去拜访。吴作人、刘开渠两人聊得开心，李娜、程丽娜相对坐着，她笑笑，另一个她也笑笑，就只能枯坐。程丽娜还记得，那天吴、李夫妇请客，有一锅汤、一只鸡。那一只鸡鲜美，味道实在是好，给程丽娜留下了终生难忘的印象。[1]

另有一说，吴作人将家安置在刘家院子，是因为附近有个

---

1 吴作人：《艺海无涯苦作舟》，《艺人自述》，杭州大学出版社，1998，第297页。

钢铁厂，大约技术人员中也有外籍妻子，有为李娜交流方便的因素。[1]

一九三八年，吴作人组织"中央大学战地写生团"去河南前线，前后长达四个多月。据吴作人家属透露，这期间吴作人与李娜几乎每天都有通信。李娜的每一封信，都是和泪写成。她一边自责自己不应该影响丈夫热爱自己祖国的行动，却又一遍遍请求丈夫早日平安归来。一个完全不懂汉语的外国女人，身在战争时期的异国他乡，在孤独中等待着自己唯一的亲人，其心情之痛苦、之殷切是完全可以想象的。

一九三九年十一月二十七日，李娜在重庆诞下一子，因产后虚弱胃痉挛复发，于十二月二十一日去世，刚出生的儿子亦在四天后夭折。[2]这是吴作人一生的至暗时刻！

李娜去世后，吴作人过于悲痛，左眼忽患眼疾，近乎失明。他再也不愿回刘家院子，在吕斯百夫妇安排下，住进了曾家岩明诚中学的一间教室中。半年后，这个临时居所在大轰炸中被完全炸毁。吴作人此时，可以说是人亡，家破。

一九四〇年秋天，王临乙王合内夫妇、常书鸿、秦宣夫等从云南来到重庆，住在凤凰山顶的一座房屋中。当获悉吴作

1 康寿山：《缅怀作人老师》，《百年作人：吴作人百年诞辰纪念文集》，广西师范大学出版社，2008，第16页。
2 萧曼、霍大寿：《吴作人》，人民美术出版社，1988，第113页。

人无家可归时，王临乙王合内即把他接到凤凰山半山腰一个废弃的碉堡中安身。那段时间，吴作人因为悲痛难抑，经常借酒消愁。当时的状态，后来被秦宣夫表现在一张凤凰山全景式的漫画中。

吴作人的"新居"不大，直径大约五六米，两层。吴作人住在第二层，大约有八个窗口（瞭望孔或射击孔），每个窗口都挂着小窗帘，窗口与窗口之间，挂着画。碉堡视野不错，可以远远望见闪亮的嘉陵江、磁器口以及重重叠叠的山峦，经常与徐丽丽（徐悲鸿女儿）去玩的常沙娜说："各个角度都很美。"[1]

碉堡的一层，是王合内养羊的地方。常沙娜回忆："羊当然有臭味，王合内就天天扫，天天割草。她那时也挺会自己生活、找乐趣，养兔子，养羊，挤羊奶。"[2]

未过多久，吴作人决定独自西行。无论对画家本人，或是中国美术史，吴作人此行都有着重大意义。不妨设想一下，倘若李娜在世，儿子也在，吴作人的西行，实现的概率将会微乎其微。如此，吴作人的艺术风格当会以另一种面貌呈现。

在吴作人家属吴宁的回忆中，吴作人从来没有和他们讲过

1　常沙娜：《怀念父辈吴作人先生》，《百年作人：吴作人百年诞辰纪念文集》，广西师范大学出版社，2008，第362页。
2　同上书，第363页。

李娜的故事，吴宁是通过表姨萧曼（萧淑娴女儿）才第一次知晓这段往事。萧曼当时正在为吴作人写传记，据说当吴作人讲到自己与李娜这一段经历时，放声大哭。那时，吴作人已经七十多岁了。熟悉他的人都知道，吴作人很少发脾气或有过于激动的情绪，他总是很克制。但说到李娜，他不能自已。

一九四六年二月，吴作人返回阔别多年的上海，见到了母亲以及兄弟姐妹等家人，劫后余生，重逢当然是喜不自胜的，但亦有最最难言不堪处，即是岁月无情，物是人非。"胜利后独空归，老母垂询情况，掩面不能对"的他，写下一首《卜算子》：

> 独破白云归，谁住白云后？欲诉前情不忍陈，泪湿青衫袖。
> 莫问游子心，游子心如旧，只是春风不解愁，吹碧窗边柳。[1]

这里的文字仍是克制的，但克制的文字背后，是"苍苍茫茫在何处"的如大漠一般的悲凉。从萧曼版《吴作人》传中，甚至可以看到吴作人和李娜夭折的儿子名字"报发"。吴作人兄弟姐妹，俱以"之"字排辈，如四兄弟为吴之屏、吴之藩、吴之翰、吴之寿（即吴作人），而下一辈，则以"报"字派行。

1　萧曼、霍大寿：《吴作人》，人民美术出版社，1988，第179页。

所以，吴作人的儿子之名吴报发，可能是孩子诞生后，吴作人写信给上海家人时所起。

二十世纪八十年代的某一天，学钢琴的外孙女在家弹奏柴可夫斯基的《如歌的行板》，忽然听到背后有小声的抽泣，回头一看，吴作人泪流满面。他说，这首曲子，正是李娜葬礼上演奏过的曲子。[1] 还是这个外孙女回忆："外公重病，一日中午他突然哭醒，我跑过去，就听到他不断呼唤着'李娜'的名字。"[2]

据说，吴家后人至今未找到李娜在重庆的墓冢，也未找到她在比利时的家人。李娜留给世人的，唯有寥寥几张黑白照片，以及吴作人那几幅蘸满了阳光色彩画出的不朽的画。

二〇〇九年，在吴作人去世十二年后，"吴作人百年回顾展"在比利时布鲁塞尔大皇宫展出，吴作人一九三四年为李娜画的《窗前》，被放在展厅最突出的位置。[3] 自一九三五年离开比利时，六十四年后，吴作人终于带着二十三岁的李娜"回家"了……

二〇一九年五月三十一日

1　商宏：《百年巨匠吴作人》，文物出版社，2017，第44页。
2　《西行之后 曾经有那么激进的一位吴作人》，"凤凰艺术"艺术家频道，http://art.ifeng.com/2016/0803/3004324.shtml。
3　商宏：《百年巨匠吴作人》，文物出版社，2017，第44页。

钱仲联的名片

我有一张钱仲联先生的名片,获赠于早春的钱府。

名片白色,单面印。其上无地址,无电话,无职务,亦无职称之类,更无英文。仅有三个汉字,是钱先生用毛笔写的自己的名字,繁体。另有一款肖形印,刻的是钱先生的侧颜。印红字黑底,很简单,很朴素。一般而言,这显示了名片主人的淡泊,往深处想想,还应该有着一种自信,坚硬的自信。

作为传统意义上的纯粹文人,钱仲联先生有过四个斋名,曰:梦苕庵、望虞阁、知止斋和攀云拜石师竹室,这四个斋名,正好是他人生的缩影。

先说第一个斋名:梦苕庵。钱先生是很重视梦苕庵这个斋名的,从他青年时代的重要著作如《梦苕庵诗存》等,到晚年为庆贺他从教

钱仲联(1908—2003)。
苏州大学教授、诗人。

六十周年暨八十寿辰而举行的学术思想研讨会，均冠以"梦苕庵"的名号。

"苕"者，湖州也，乃钱先生之祖籍。他的祖父钱振伦为一代名士，祖母翁端恩亦出身名门，一弟（翁同龢）一侄（翁曾源）先后得中状元。钱振伦去世后，翁端恩携子归依常熟母家，之后再未回吴兴原籍。从此，故乡只在梦里才得以相近、相亲。

近年来，钱先生声名愈隆，据说，湖州人和常熟人都引以为豪，并均视钱先生为老乡。此种美好的"官司"，大约是无须断个是非的。钱先生笑着对我说："其实，我更应该是苏州人。理由有二：一、从学校毕业后，我生活在苏州的时间最长；二、我的户口也在苏州呀！"当然，湖州和常熟的美意也不能拂，于是，有了"梦苕庵"，又有了第二个斋名"望虞阁"。"所以，"钱先生无奈而幽默地说，"我是两面派！"

第三个斋名曰：知止斋。知止斋原是钱先生的外曾祖父翁心存的斋名，翁氏曾授读咸丰皇帝，贵为帝师，他曾有句云"福禄贵知足，位高贵知止"，当是知止斋的出典，翁心存有《知止斋诗集》行世。袭用祖辈的斋名，除了表示对先人的敬意，应该还有励志的意思。

与颇享声名的祖辈相比，钱先生回忆，自己的父亲则显得很普通又很特别。早年他曾与鲁迅、周作人一起留学日本，回国时，带回了大量的日文书籍。但对钱仲联却不教一个字的日文，反而坚决地让他去学国学"老古董"。

第四个斋名：攀云拜石师竹室。这个斋名由钱仲联先生自书，挂在他的客厅里。"云"是指绛云楼主人钱谦益；"石"是指嘉兴的钱载和人称"嘉兴钱氏二石"的钱仪吉、钱泰吉昆仲，他们三人的号中均有一个"石"字；"竹"是指钱大昕（字竹汀）。一攀、一拜、一师，道出了钱先生对前贤的追慕，按钱先生的说法，他们都是既会作诗，又会做学问的。还有，他们都姓钱。

钱先生一再强调，人总还是要有点学问好。所以，他对在世的搞学问的，最佩服的两个人，一是北京的季羡林，一是香港的饶宗颐。一个认识（饶宗颐），一个不认识（季羡林），他说。我一听，无声一笑，告诉他：这两人，我也是一个认识，一个不认识。但我与钱先生正好相反。

说钱先生是那种传统意义上的文人学者，还表现在他写得一笔好字、一手好诗。早年，他作的诗是同光体，抗战期间，他突破了自己，写了许多感时咏事的诗篇，有的长达数百行。发表在《申报》上，影响很大。当时并不认识他的黄炎培先生还把报上的诗剪下来，到处推荐，极为赞赏。

钱先生早期的诗，大多被收进《梦苕庵诗存》和《游仙诗》，后一种，还是木刻版，如今均已绝迹，甚至在梦苕庵也

晚年钱仲联（苏州。吴霖摄于 2000 年 5 月）

无法得见这两种书的真貌。

在"文革"中，钱先生去了农村，而且真的放过牛，只不过可以称为"放牛翁"。他的做法与许多老人不同，他觉得，"牛棚岁月"没有什么可讲的，更没有什么可写的。他对有的老朋友对那段历史的反复咀嚼表示费解。"过去的，就让它像一阵风过去好了。"钱先生如斯说。

老先生一边给我沏茶，一边说："好茶！"我看了看，是"得雨活茶"。我虽然也算是个爱茶人，却从未听说过此种茶名。"出自江西景德镇。"钱先生说。热水瓶底下，正放着一张"得雨活茶"的说明书。我说看钱先生谈笑举止，颇有魏晋风度，想必亦能豪饮。他笑了。吃酒的本事，也是跟他的老师唐文治学的，唐老师的酒量很大，钱先生回忆说：老师有"唐九两"之外号。毕业后，钱先生跟着老师做事，也跟着老师聚餐畅饮，酒量说大不大，说小不小，一次能喝三杯多。有一次吃酒后，钱先生在回家的路上，一直走到了河里。那是在无锡，钱先生尚未至而立之年。

王蘧常（瑗仲）先生是钱先生的学长，亦是他多年的至交，曾因道德文章与钱先生并称为"江南二仲"。王主要以章草闻名于世，他曾用章草给钱先生写过一副寿联，联曰：

　　　六十年昆弟之交亲同骨肉；
　　　八百卷文章寿世雄视古今。

如今，这副寿联正挂在钱先生寓所的白墙上。我试读时，误将"昆弟"两字念成了"风雨"，钱先生马上予以纠正，并说，王先生的字确是不好认的。

钱先生住在"天堂"苏州。在原江苏师范学院、现苏州大学的校园里，他过了大半个人生。苏大的校园，在更早一些的岁月里，唤作东吴大学。如今，一九〇〇年成立的东吴大学已经一百岁了。这样的学校，无一例外地，风骨是体现在建筑和人文精神上的。内敛、低调，钱先生与这样的学校、这样的建筑，可谓是珠联璧合。很难想象，苏大没有钱氏这样的学者，会是如何模样。当年梅贻琦先生曾有名言："所谓大学者，非谓有大楼之谓也，有大师之谓也。"诚哉斯言！

钱先生，是苏大的名片！

二〇〇〇年五月十八日

补　记

湖州钱氏，自钱振伦、钱振常兄弟联袂中第，斯文迤逦绵延。钱恂（1853—1927）晚年编撰《吴兴钱氏家乘》三卷一种，一九二一年由上海聚珍仿宋印书局铅印线装出版[1]，此应属

1　钱恂：《吴兴钱氏家乘》，载国家图书馆地方志家谱文献中心编《清代民国名人家谱选刊》(34)，北京燕山出版社，1921。

于家印本范畴，不会公开发行，但无疑是研究近代文风相传的湖州钱氏家族最权威的资料之一。

江南钱氏谱牒多奉武肃王钱镠为祖。这本家乘可贵处是并不随便攀附远祖，仅记录可靠祖先，由此可看出钱恂的编撰原则。家乘以钱奉川为第一世，业农，晚明人，殁于清初。一直到第五世钱孚威，才成为读书人。第六世，钱孚威的两个儿子钱振伦、钱振常相继得中进士，吴兴钱氏才真正进入了兴旺期。

钱振伦（原名福元，字崙仙、楞仙，号示朴，1816—1879）在道光十八年（1838年）得中进士，同榜中有曾国藩，与他最为交好。曾氏现存日记自道光十九年（1839年）始，其中与钱振伦交集的记录频现。道光二十年（1840年）十月初六记："挪至达子营关帝庙，与钱崙仙同年同居。"[1]直到十二月十七日搬至棉花六条胡同，在两人同居两个多月的日子中，他们既有"饭后与崙仙谈'四书'文，甚畅"[2]的愉快，也有"饭后与崙仙刻火炉子字"[3]的平实，更有"灯后到家，与崙仙畅谈家庭事"[4]的倾心。

钱仲联在《钱仲联学述》中曾言："（钱振伦）道光二十四

1　曾国藩：《曾国藩日记》（一），唐浩明编，岳麓书社，2015，第45页。
2　同上书，第49页。
3　同上书，第50页。
4　同上。

年（1844年）出任四川乡试正考官，同年曾国藩以副考官偕行。"[1] 此说有误。查曾氏日记可知，曾国藩当年居京，并未外出，不过本年日记关于钱振伦的有数处。六月初八日："早起，至楞仙处送行。"[2] 十一月十八日："钱崙仙、汤鹤书二君自四川差旋，在余家下轿，明早复命。……钱、汤二君傍晚始到。"[3]

道光二十年（1840年）十二月初二，曾氏记载："灯后，阅崙仙《玉堂归娶诗册》。"[4] 这诗册中应该就有他所作的《贺新郎·题钱楞仙同年〈玉堂归娶图〉二首》：

艳福如斯也！记年华，同年二百，君其少者。刚是凤池骞蓦后，又结鸳鸯香社。看此去、雕鞍宝马。袍是烂银裳是锦，算美人名士真同嫁。好花样，互相借。

淋漓史笔珊瑚架。说催妆，新诗绮语，几人传写？才子风流涂抹惯，莫把眉痕轻画。当记取、初三月夜。欲问大罗天上事，恐小姑群婢同惊讶。属郎语，卢须下。

寂寞深闺里。忆东风，泥金乍报，若何欢喜？撤帐筵阑停烛夜，细问当时原委。更密询、烧香诗婢。西舍东邻多士女，但骈头附耳夸双美。不能答，笑而已。

郎君持赠无多子。献妆台，官衣一袭，鸾书一纸。又

1 钱仲联《钱仲联学述》，浙江人民出版社，1999，第4页。
2 曾国藩：《曾国藩日记》（一），唐浩明编，岳麓书社，2015，第198页。
3 同上书，第218页。
4 同上书，第50页。

剩有红线饼饺，合卺同尝甘旨。珍重说、天恩如此。明年携得神仙眷，料趋朝不过花砖矣。同梦者，促君起。[1]

一九八六年岳麓版《曾国藩全集》中，辑入的曾氏词作仅八首，此为其二。《全集》注明，这两首词乃是从钱振伦《示朴斋随笔》中辑出。以《贺新郎》词牌贺新郎，可谓形式与内容的统一。曾氏词作传世既少，此二首弥足珍贵。曾国藩另有《题钱崟仙同年〈慈竹平安图〉二首》和《题钱崟仙〈燃烛修书图〉》诗，当作于同一时期，是钱、曾两人交往的文字痕迹。

从《贺新郎》内容并据曾氏日记考订，这两首词当作于道光十八年（1838 年）。当年，钱与曾同享金榜题名的成功，进入翰林院。且因"记年华，同年二百，君其少者"的钱振伦同时有了"洞房花烛"的幸福。惺惺相惜，青眼相看，这应该是钱、曾友谊的起点。

钱恂《吴兴钱氏家乘》中，曾录钱振伦著作数种，且注明已刊或未刊，但不知何故，目录中并无《示朴斋随笔》。关于钱振伦的《玉堂归娶图》，钱恂说："久失，除骈文中征诗启外，凡题咏均无考。惟何子贞绍基《东洲草堂诗钞》中有集句六首。"[2]

1　曾国藩：《曾国藩全集·诗文》，唐浩明编，岳麓书社，1986，第 99 页。
2　钱恂：《吴兴钱氏家乘》，《清代民国名人家谱选刊》（34），北京燕山出版社，1921，第 54 页。

同治十年（1871年）八九月间，两江总督曾国藩因军务往返徐州与扬州，经运河路过淮安。八月廿八日记："到清江停泊后……出门拜客，张友山、郑小山、钱楞仙三处，坐俱久。"次日："（阅兵）申初二刻散，至友山处赴宴。同饮者为钱楞仙同年，饮至灯后三刻许散。"[1]九月十六日回途再经淮安，稍停即走，未宿。十七日船泊高邮，次日开船后，被闻讯的钱振伦坐船赶到，曾国藩在当天（十八日）记下了最后一则与钱振伦相关的日记："钱楞仙来拜，一谈。余旋至楞仙船上回步。"[2]这一年，是两人相识的第三十三年。半年后，曾国藩殁于金陵，又八年，钱振伦去世于扬州。以此衡量，曾、钱的友谊是保持了终生的，虽然其间曾有过曾国藩在同治元年弹劾钱氏妻舅翁同书的巨大风波。

钱振伦初娶任氏，生四子，皆早亡，结婚九年后的道光二十七年（1847年），任氏亡。续娶翁心存次女翁端恩，生子观龄，于同治十二年二十一岁时病故。这一年钱振伦六十二岁，翁端恩五十二岁。

钱振伦在同治十三年纳祝氏，光绪元年得一子，即钱滮。钱振伦在光绪五年（1879年）故，翁端恩和祝氏均亡于光绪十八年（1892年）。钱恂是中国近代最早出使西洋，沐浴西风欧雨者，但在《吴兴钱氏家乘》中却循旧例不书女子名字，哪

1 曾国藩：《曾国藩日记》（一），唐浩明编，岳麓书社，2015，第472页。
2 曾国藩：《曾国藩日记》（四），唐浩明编，岳麓书社，2015，第478页。

怕是确切如翁端恩者，也仅书"翁氏"。翁端恩是清代重要的女诗人之一，其作品在光绪十二年被汇编刊刻成《簪花阁集》，收诗词近三百首。钱振伦有数个女儿，幼殇者不算，成人的有三位，分别嫁给了乌程钮承范、仪征吴丙湘、常熟俞钟銮，但在《吴兴钱氏家乘》中同样不载其名。

钱澇（字幼楞）在光绪十八年以后的生活，鲜有记录。只能从与之相关的人物笔记中寻找大略的轮廓。

单士厘是钱恂的妻子，她有一本《癸卯旅行记》，是写于光绪二十九年（1903 年）的日记。其中写道："盖留学日本之举，为外子所创议，而以幼楞为先导……予谓幼楞虽病未卒业，而论输入文明之功，其嚆矢不在外子而在幼楞。外子亦掀髯谓然。"[1] 钱澇去日本的时间，《癸卯旅行记》也做了交代："换乘'萨摩丸'……此为丁酉冬小叔幼楞东渡之船，今六年矣。"[2] 丁酉者，光绪二十三年，一八九七年也。钱恂、钱澇为从兄弟，钱恂年长钱澇二十二岁。

钱澇在赴日次年因病提前归国，此时，在家乡的妻子归氏亦有病，且家甚贫。翁同龢光绪二十五年（1899 年）正月三十日记："钱甥幼楞澇自苏挈妇来谒，将再赴日本充学生。见之伤感，甥耐苦，其妇湖州归氏，勤俭能持家。"次日又记："晨

1　单士厘：《癸卯旅行记》，湖南人民出版社，1981，第 34 页。
2　同上书，第 33 页。

钱甥来，今晚回苏，赠以六十元，意甚歉然。"次日日记还记下了钱澎在苏州的住址："伊住苏城张思良巷，在盘、葑门之间。"[1] 当天，他给另一个外甥俞钟銮的信中说："幼楞命运如此，可怜亦可念也。"[2]

　　钱澎原计划大约在当年重返日本，但其实并未成行。在拜访翁同龢三个月后，归氏病故。钱澎在该年秋冬或次年初即续娶金氏。翁同龢庚子（1900 年）十月十三日日记："钱甥幼楞同妇自苏来，妇绍兴金氏，并见之。甥谈日本事。"[3] 次日，翁同龢请钱澎便饭，钱澎也对舅舅讲了自己的打算："甥不欲再赴东洋学堂，又贫无以糊口，奈何哉。"[4]

　　同月十六日："大西北风，骤寒，见冰矣。……幼楞来辞行，共饭，阻其行不得，性急也。甥妇亦来，未见。"[5] 这个金氏，在光绪二十八年（1902 年）去世，无子女。死后与归氏同葬丁常熟虞山西石虎浜。翁同龢这一时期的日记及家书中，多有提及钱澎，如"幼楞病尚未愈，尤可念"[6]，"幼楞来，大慰"[7]，"幼楞何时来虞"[8]，其关切之情，也可稍稍觊见作为见惯风雨的前相国和作为母舅的性情和形象。

1　翁同龢：《翁同龢日记》（六），陈义杰整理，中华书局，2006，第 3191 页。
2　赵平：《翁同龢书信笺释》，中西书局，2014，第 308 页。
3　翁同龢：《翁同龢日记》（六），陈义杰整理，中华书局，2006，第 3299 页。
4　赵平：《翁同龢书信笺释》，中西书局，2014，第 309 页。
5　翁同龢：《翁同龢日记》（六），陈义杰整理，中华书局，2006，第 3299 页。
6　赵平：《翁同龢书信笺释》，中西书局，2014，第 310 页。
7　同上书，第 313 页。
8　同上书，第 319 页。

翁同龢于光绪三十年（1904年）五月二十日去世。本年四月十五日记下了为钱澎谋江南机器制造局职写推荐信事："幼楞甥来，作书至钱新甫，为幼楞机器局事。总办为沈幼彦，系新甫之戚。"[1] 此后，翁同龢有杭州之行。归途中，四月二十四日有致俞钟銮的信："钱新甫信云，幼楞事可成，能到沪一商否？希转致。"[2]

钱澎再娶常熟沈氏，沈氏生子三：棣孙、萼孙、华孙。棣孙生于光绪三十年（1904年）十月，故可大致前推钱澎续弦日期，但具体的时间仍无法知道。再查翁同龢日记，果然在光绪二十九年二月十七日有记："钱甥幼楞来，并送六簋及茶腿，十九日续胶也。娶沈氏。"十九日记："是日钱甥完姻，余未往。"[3] 萼孙，乳名申保，生于光绪三十四年（1908年）九月初三（公历九月二十七日）辰时，即为钱仲联先生。

二〇一九年七月十二日

又　记

我拜访钱仲联先生是在新千年之际，当时我有聚书之好，

1　翁同龢：《翁同龢日记》（六），陈义杰整理，中华书局，2006，第3519页。
2　赵平：《翁同龢书信笺释》，中西书局，2014，第423页。
3　翁同龢：《翁同龢日记》（六），陈义杰整理，中华书局，2006，第3437页。

除了各地的旧书肆必到，亦偶涉拍场，不经意间也陆陆续续收获了一些线装诗词集。其中，有李宣倜《苏堂诗拾》一种，因见其中有数首与钱仲联酬答，故去信请益。钱先生给我来信，约略讲了他与李宣倜的交往。

钱先生信中说："《苏堂诗拾》，系油印本，弟处旧有之，现经数次迁居，该书已遗失。"接此信后当即有了疑问，因为我庋藏的这一册，明明是线装排印本啊。《苏堂诗拾》前有陈声聪序，后有黄裳跋，均写于丙申年（1956年），故油印本可以确定为一九五六年刻印。关于这本诗集的油印本，有谢咏著文详释，此处不赘。

李宣倜（1888—1961），福建闽侯人，字释戡，号苏堂。早年毕业于日本陆军士官学校步兵科，与唐克明、方声涛同学。回国后曾任御前三品带刀侍卫，人称"三爷"。民国后继续任职，为北洋政府任命的中将，另曾任北京大学、北京师范大学教授等职。但李宣倜在近代最重彩浓墨的一个角色，是他曾经为"梅（兰芳）党"领袖。

梅兰芳出身贫寒，自幼学艺，十岁登台。李宣倜对梅兰芳极为赏识，帮他修改过不少唱词。梅兰芳十五岁那年，不幸染上白喉病，仍每日带病坚持演出，若治疗不及时，可能会危及生命。李宣倜得知此情，找到梅家质问。当得知全家要靠梅兰芳每天唱戏所赚的八吊钱来养活时，李宣倜决定每天接济梅家八吊钱，让梅兰芳安心养病，这对于贫病交加的梅家，无异于雪中送炭。后来梅兰芳大红大紫，身后离不开李三爷的影子。

抗战爆发后，梅兰芳在上海蓄须明志，李宣倜则不幸"落水"，去南京汪伪政权做了高官。抗战胜利后，李的境遇每况愈下。据说在一九四九年后，他因"妻死，子去国外"（陈巨来语）而无依无靠，晚景凄凉。但梅兰芳从不避嫌，每到上海必请李去聚餐，仍以"三爷"称呼之。陈巨来在《安持人物琐记》中言之凿凿，说梅每月资助李二百元生活费，还嘱咐在上海的女弟子前去陪他聊天解闷。

从《苏堂诗拾》中李宣倜赠钱仲联的诗看，他们之间至少到一九五七年仍是有来往的。钱先生在给我的信中证实："太疏（李宣倜）晚年目盲贫困，梅氏多所资助。"信中还说："闻言慧珠曾私人出钱，为苏堂木刻诗集，弟未见该书，道听途说，不能证明。"

一九六一年，李宣倜病重。弥留之际，梅兰芳侍奉床前，并向他承诺，将一力承担其身后之事。六月八日，李宣倜辞世，全部后事均由梅兰芳亲力亲为。但没想到的是，在两个月后，即八月八日，梅兰芳也溘然长逝。

再回到书，《苏堂诗拾》、《苏堂诗续》（甲、乙）三册，为一九五六、一九五七年油印本，刻印的钱据说是梅剧团出的。

此三种本子目前偶尔能见诸拍场，价格不算贵。我手中的那一册排印本《苏堂诗拾》，最晚的诗作作于一九六〇年。据知情人说，是梅剧团在李去世后将油印本三册选辑排印，以为纪念，印数大约是比油印本更少的。从钱仲联先生给我的信可判断，他并不知道尚有此版本。其出版时间，当在一九六一年六月李宣倜去世后。鉴于梅大师在李去世后随即往生，他生前是否见到此书，未可而知。但有一点是可以确定的，即这个版本一定是梅兰芳亲自拍板决定印刷的。

另：黄裳先生就此诗集也有一信与我，但所言极简，似并不愿就此多说。他为《苏堂诗拾》写的跋，未收入《黄裳文集》。

钱先生编著的书很多，是可以用"著作等身"来赞誉的那种学者。喜欢古典文学并且爱书的朋友，或许会有此种经历。在书坊，看到一本喜爱的书摩挲半天，一看，原来是钱先生的大著。再拿起一本，仍是喜欢，一定睛，还是钱先生的。有好事者将钱先生编著的书籍摆成两摞，与钱先生试比高，一比，还真是比老先生高出许多。对此，钱先生的回答魏晋得很：那是我长得矮！

二〇一九年七月二十一日

白寿彝的"白卷"

某日，北师大召集诸教授到图书馆报到。及教授们整装肃容至，便被告之每人一桌一椅，并发了一大张白纸。众人阅之，乃考卷。这是"突然袭击"式的一场考试。其中一教授，在卷眉自署大名，其他不著一字，拂袖而去。众大哗，有效仿者随之而去。此事轰动一时，交"白卷"者，白寿彝先生也。

自然，这是"文革"十年中的往事。近几年，在某次白先生寿辰纪念会上，还有当年"同考"的教授提及此事，称赞当年白氏的勇敢行为，并自愧未能接踵云云。

还有一例，亦是在那荒唐岁月中，当时宣扬儒法斗争，称法家一好二好样样好，儒家则皆坏极可杀。白先生于潮流中却发异声，称要实事求是，如对秦始皇的评价即如此。白氏高论，引起握权派的不满，然白先生却浑然不顾，他认为，搞历史研究要讲史德。

白寿彝（1909—2000）。北京师范大学教授、历史学家。

156

晚年白寿彝（北京。吴霖摄于 1993 年 8 月）

白先生的耿直，是一向如此的。早年求学时，他治学认真，也刻苦。他的导师黄子通对他要求极严，且脾气极大。一日，白氏对尊师称：有志想写一部《中国哲学史》。未想，其师讥讽曰："趾不高气甚扬，你想写《中国哲学史》，能超过胡适吗？"或许，黄子通此番话并无恶意，却由此激励白先生更加发愤苦学。大概有感于当年严师的教育法，今天，白先生对自己的学生，虽然也是那么严格，但多了些和蔼，绝不厉言相斥。他和学生"约法三章"：一要认真读书，二要反对摆"货架子"，三不要追求名利。他又告诫弟子们：不迎合时尚，不苟于立异，不随波逐流。

　　白寿彝先生并非从小立志于历史研究。受郭沫若影响，少年时他极爱文学。稍长，受《古兰经》熏陶，对哲学产生了兴趣。抗战时，他任教于云南大学文史系。当时，有一客观情况，倘教本行（哲学）则课时甚少，自然薪俸微薄，难以养家。系主任楚图南问白寿彝可否改教历史，历史课时稍多，工资便也多些。故此，学哲学的白先生，走上了历史学的讲台。然而自此，他深沉此道，终于积多年功德而成为此行中举足轻重的大学者。

　　今天，白先生是公认的史学家、中国史学家和回族史学家。他想主编三部《中国通史》：一部三十万字，为小型的；一部二百万字，为中型的；而另一部大型，则为一千二百万字。他这个主编，绝不是挂名的，而是从观点、体例，乃至最后定稿，一一悉心把关，决不肯敷衍了事。

有人称白先生的文章典雅秀丽，这大约得益于他的文学修养。他最喜欢的书，第一是《史记》，第二是"四书"，第三是《昭明文选》。白先生为回族，不抽烟不嗜酒。若读闲书，则常喜翻阅《聊斋》，百读不厌。

白先生的助手说："先生是不会休息的人！"前两年，因白内障几近失明，然他思考愈勤，与助手合作，一口述，一记录。白先生思维严谨，出口成章。现眼疾稍缓，则每每举断柄放大镜，伏案读书，写作不止。

白寿彝先生有个著名的绰号：白乐天，由此可见他的达观心境。他说他还是喜欢读书，做学问。他最高兴的时候，是写完文章之时，他说：创造的愿望是无限的。虽然这个事业很艰苦，但精神生活却极丰富。有许多人觉得很困难、很难排解的事，白先生总能一笑了之。

若问起学问方面的事，白先生能口若悬河，滔滔不绝。若问起他自己的事，他则为难，说："一部'二十四史'，不知从何说起。"

问起做人准则，答曰：没有。问起治学格言，再答曰：没有。然白先生称，他最重一个"信"字。"信"当何解？信念、信心、信义、信用、信实……实在是不一而足。

据说，白寿彝先生有三十多个头衔，其中多有炫目于常人者。问及白先生自谓为何种人时，先生淡然一笑，曰："书生一个！"

一九九三年八月十八日

补 记

白寿彝早年曾求学于上海文治大学，这是一个已经被历史遗忘的学校。我翻阅跨度为一八四三年至一九四九年的一本《上海近代教育史》——煌煌六百六十页的厚书，关于文治大学只字未提。在上海档案馆可供查询的信息中，文治大学的馆存文档数为零。这学校，诚如白寿彝先生在一九八一年十月所写："文治大学是个规模很小的私立学校。"

白寿彝享寿九十一，一生著作不算少，晚年更是因总主编了十二卷二十二册的《中国通史》而颇获良誉。但他对自己的一生，未留下完整的回忆录。现能见到的几种传记，应该是家属所写或提供了基础资料的。

一九八一年十月，他意外地给一本武术小册子《炮捶：陈式太极拳第二路》作序，一九八三年二月由香港海峰出版社出版。此书的内地版，不知何故延宕至二〇〇五年六月才由人民体育出版社出版。该书作者顾留馨（1908—1990）是很有声望的武术家，一九四九年前曾长期在上海从事地下工作，从他在上海甫解放即担任首任黄浦区区长就可以判断他当年在地下党中并非小角色。白寿彝给顾留馨写序，是因为顾正是他在上海文治大学时的同学。

白寿彝在序文中说："那是一九二五年，我和留馨都在上海文治大学读书，我们是同系同级还同宿舍，在当时同学中也是最相得的。"序文不长，其中饶有兴趣地回忆了几件旧事："还记得留馨读《庄子》入了迷。他买了一部《庄子集解》，晚上有空，就诵读起来，并多次就庄子的观点跟我抬杠，要把我说得无言可答，他才得意扬扬收场。还记得有一次，他读书入迷，随手把一根火柴丢在纸篓里，碎纸立刻燃烧起来，有的同学吓得大叫，留馨却从容地放下书本，从床上拿起毯子往篓子里一盖，火头立即压下去了。"这两件事，给白寿彝留下了极深的印象，数十年过去了，他仍津津乐道。

白寿彝说："文治大学是个规模很小的私立学校，但聘请了很好的老师。如，陈去病先生教词，胡朴安先生教文字学，顾实先生教《汉书·艺文志》。"白寿彝和顾留馨都喜欢听胡朴安的课，他还回忆，顾留馨对胡先生教课内容更有兴趣的是，也曾练武的胡朴安健步如飞。每逢周六晚上，胡朴安下课后会"一直从苏州河畔戈登路（今江宁路）底步行到赫德路（今常德路）新闸路回家"。顾留馨曾偷偷跟在胡先生后面走，回到宿舍后不止一次地说："胡先生走得嘎快，我啊，差弗多跟不上伊啊！"[1]白寿彝回忆，顾留馨当年还教过他打拳："可惜我当时不能坚持，学了几天就不干了。"据白寿彝哲嗣回忆，白先生一直到晚年，每天早晨都会坚持打一通太极拳。但结合白先生自己的回忆，他打的太极，或是另有人传授。

顾留馨是武术界的奇人，新中国成立之初担任过时间不算短的政府领导职务后，即暨入体育界，此后专心研究太极，终成一代名家。他曾数次进入中南海，教授中央领导打太极拳，留下了颇为传奇的轶事。白寿彝回忆，顾留馨原名顾刘兴，现在的名字正是在他建议下所改。

据白至德在《彰往知来：父亲白寿彝的九十一年》一书中叙述："一九二三年，开明的祖父同意十四岁的父亲（白寿彝）进入开封圣公会办的圣安德烈学校上学。圣安德烈学校是由加拿大人开办的一所四年制的教会中等学校。"该书披露："在父亲努力之下，原来需要四年才能完成的学业，他只用了两年多的时间就拿到了毕业证书，毕业成绩很优秀。正在这时，父亲在报上看到了上海文治大学函授班招生，便要申请入学。"[2]

1　白寿彝：《炮捶：陈式太极拳第二路·序》，香港海峰出版社，1983，第1页。
2　白至德：《彰往知来：父亲白寿彝的九十一年》，中国工人出版社，2008，第11页。

据民国十五年（1926年）出版的《寰球中国学生会特刊（上海著名大学调查录）》[1]刊载：文治大学"现设预科及文法三科，文科分国学、史地学、哲学三系……各科系分设四级，预科设一级"。关于报考资格，也讲得很明白："凡男女生在大学预科或高级中学毕业得有证书者，得考本科。在旧制中学毕业得有证书者，得考预科。在大学预科或高中毕业及有同等学力者，得考专修科。""专修科现设国学、英文、法政三科，各科设两级。"

　　如此，倘若严格审视文治大学的报考资格，那么仅有两年中学读书经历的白寿彝，报考的是文治大学的本科、专修科，抑或是预科呢？

　　依照《彰往知来：父亲白寿彝的九十一年》一书所述，白寿彝先生是在一九二三年春或夏进入圣安德烈学校，原来学制四年，姑且推算是有着初中两年和高中两年的完全中学。如书所言，两年后的一九二五年春或夏，即拿到了原本应该四年才能拿到的毕业文凭。依照推理，应该是属于跳级。当然，也不排除只是拿到了圣安德烈学校肄业证明，即相当于初中毕业，如此推理与报考文治大学有关。至于白先生离开圣安德烈学校的时间，初步推测为春季。因为，正是在一九二五年的一二月

1　寰球中国学生会编：《寰球中国学生会特刊（上海著名大学调查录）》，民国十五年（1926年）出版，第5页。

间，白寿彝看到了文治大学的招生广告。可能是本科、专修科的插班广告，也可能是升学预备班广告。

按照文治大学的规定，有几种可能：如果白先生有高中毕业文凭，他可以直接报考本科；如果有初中毕业文凭，则可以报考预科；无毕业文凭的同等学力者，则可以报考专修科。

《彰往知来：父亲白寿彝的九十一年》书中说："一九二五年，父亲先在上海文治大学的函授班上学。那时的函授班是要吃住在学校，学期没有固定的时间限制，短则几个月，长则不可超过两年，只要古文、历史、哲学三门的成绩为良好，英语成绩及格，就可以转入大学的本科继续学习。""经过三个月的苦苦奋斗，父亲以四门优秀的成绩，顺利地考入了上海文治大学。"[1]

从现在能找到的资料中看，并未发现性质不明的文治大学函授班的信息。但在一九二五年一月十七日的《申报》上，我找到了文治大学的招生广告，招生对象是本科及专修科插班生，以及升学预备班。校址正是白寿彝写到过的"英租界戈登路宜昌路"。广告上显示，文治大学校长有两位，一位是胡仁源，另一位是倪羲抱。

1　白至德：《彰往知来：父亲白寿彝的九十一年》，中国工人出版社，2008，第 15 页。

关于文治大学,虽然在今人所写的上海近代教育史上未着点墨,但因为终究是存在过的,总会留下信息。我们或许可以通过点滴的信息,拼凑出一个模糊的面貌。

一九二五年一月三日《时事新报》(教育界)刊登新闻:"文治大学由文科专门改组已届一周,前昨该校开纪念大会,新旧教职员到者二十余人,首由校长倪无斋君报告一周经过状况,及在江湾时被迁移一切详情,嗣与胡校长(次珊)商定进行方针。"从中可以获知,文治大学是由原来的文科专门学校改制而来,原校址在江湾,有两位校长。一位"倪无斋君"即为倪羲抱(?—1937),名中轸,字羲抱,号无斋,浙江上虞人,为同盟会会员、南社社员。[1]一九一五年在上海创办国学昌明社,编辑发行《国学杂志》和《文星杂志》,是上海文治大学的创办者。另一位"胡校长(次珊)"是胡仁源(1883—1942),字次珊,号仲毅,浙江吴兴人。一九一四年至一九一八年任北京大学校长,一九二六年任北洋政府教育总长。[2]

此处有一疑惑,即按一九二五年一月三日《时事新报》(教育界)所刊新闻,文治大学应是在一九二四年年底才改名并从江湾搬出的。但经我查阅,一九二四年一月十三日《申

1　陈玉堂:《中国近现代人物名号大辞典》,浙江古籍出版社,1993,第739页。
2　同上。

报》已有文治大学的招生广告，其中称"本大学由上海文科专门学校改组，旨在应时势需要提高文化，教授专门学术，养成社会适用人才"云云，校址是上海江湾。

据一九二六年出版的《寰球中国学生会特刊（上海著名大学调查录）》"文治大学"条载：此时的校址，已从一九二五年初的"戈登路底宜昌路（前南方大学旧址）"，再一次搬迁到了"上海英租界跑马厅西威海卫路"，具体门牌阙如。[1] 校长仍是胡仁源、倪羲抱。

关于学费，"文治大学"条目中也明白张列："每学期学费本科、专修科各四十元，预科三十五元，膳费各科二十八元，宿费各科十九元，图书费各科两元，体育费各科一元，讲义费各科四元，医药费二元。"如此，一学期的费用需九十多元，每学年两个学期费用则加倍。在当年，对一般人家而言，这学费也实在不算是低的。

从《彰往知来：父亲白寿彝的九十一年》书中获知：白寿彝在文治大学上学一年后，一九二六年夏，他转学到中州大学国文系。一九二七年，又转回文治大学，一九二八年再次转到中州大学。据该书称：一九二九年，"父亲（白寿彝）终于在中州大学毕业了，并获得了文学学士学位。随后，父亲又到上

1　寰球中国学生会编：《寰球中国学生会特刊（上海著名大学调查录）》，民国十五年（1926年）出版，第5页。

海文治大学，参加校方考试，又获得了中国古代哲学系的学士学位"[1]。

根据《申报》上刊登的招生广告，在没有实质性史料出现之前，我们不妨根据现有资料推测，白寿彝当年进入的"函授班"，可能是升学预备班，其性质大约相当于一年期的预科。在完成预科学习并经考试合格后，可进入文治大学本科或专修科学习。根据文治大学的规定，白寿彝很可能并不能报考该校的本科班。所以，如果结合顾留馨自述毕业于一九二七年，那么，满打满算也只有两年的学习时间，按照文治大学的规定，应该是专修科。

《炮捶：陈式太极拳第二路》两种版本中的白寿彝序基本相同，但经过仔细对读，发现相比港版，在"陈去病先生教词，胡朴安先生教文字学，顾实先生教《汉书·艺文志》"前，内地版多出了"蔡和森先生教'社会发展史'，杨贤江先生教'中国外交史'"[2]两句。考虑到港版出版时，白寿彝与顾留馨尚健在，而二〇〇五年内地版面世时，两位老人都已仙逝，故内地版加入的这两句，很有可能是"好事者"未经作者同意擅自添加。倘果是如此，这实在算是典型的"添足"行为。

1　白至德：《彰往知来：父亲白寿彝的九十一年》，中国工人出版社，2008，第20页。
2　白寿彝：《炮捶：陈式太极拳第二路·序》，人民体育出版社，2005，第1页。

白寿彝在晚年曾留下"彰往知来"的手泽。此四字，可以视作历史学前辈赠予所有愿意亲近历史的后进们的座右铭。其典出《周易·系辞下》："夫《易》彰往而察来，而微显阐幽。"[1] 其实，所有不厌其烦、孜孜以求的历史细节，都是一种"彰往"。信乎？概莫能外！

二〇一九年六月十五日

1　黄侃：《黄侃手批白文十三经》，上海古籍出版社，1983，第 48 页。

张岱年的宏愿

中关园属于北京大学，但在北大围墙之外，与北大隔着车水马龙的街，相距约千米。建筑是那种平庸的火柴盒式，一律六层，一幢幢相似之极。这里，烟火气十足，绝无朗润园的秀或燕南园的幽。哲学大家张岱年先生就住在此地。

张先生住的是三室一厅的房子。不久以前，还是三代同堂。所幸，当高级工程师的儿子终于觅得一间住房，一家人搬了出去，这里才稍见宽松。据说，校方曾有意让张先生搬至朗润园，有房四间。然张先生指着满屋的书说："两个老人无法搬家，而且，搬来搬去反而添乱。"索性，他们就准备踏实地住下去了。他是中关园里年纪最长的教授，同时，亦是声望最著的教授。

张先生自幼受长兄张申府影响，喜欢穷究

张岱年（1909—2004）。北京大学教授、哲学家。

人生和世界的奥义。稍长，由爱哲学至学哲学，他想走的，是哲学救国的道路。他说那时的苦恼，是国家和民族的苦恼。他坚信一条：一个民族，要是没有理论思维，是没有希望的。故此，他兢兢业业地在这条寂寞之路上，跋涉了六十多年。

学哲学之初，他受罗素和怀特海的影响极大，对于中国哲学，他则喜欢王夫之的理论。当代哲人中，除了其兄张申府，熊十力、金岳霖和冯友兰也对他有亦师亦友的影响。近年来，他提出了"综合创新说"，既反对"全盘西化论"，也反对"儒学复兴论"，受到同道的瞩目。

冯友兰先生曾如此描写年轻时的张氏："一忠厚朴实之青年，气象木讷，若不言者，虽有过人聪明而绝不外露，乃益叹其天资之美。"数十年过去了，张先生的拙朴，仿佛修炼得更加精纯。"古人中，我最亲近的是陶渊明，"张先生亲切地微笑着说，"但我不会作诗。"

张先生不喜琴棋书画，所有时间，他都用来写作了。他说："陶渊明说，开卷有得，便欣然忘食。我就是如此啊。"过去年富身健时，他和诸多读书人一样，爱逛琉璃厂的古旧书铺。每有所得，辄持之兴归。他最得意的，是他二十世纪五十年代从那儿买到一部明朝哲学家王廷相的明版《王氏家藏集》。据称，国内仅有两部，另一部藏于中国科学院图书馆。

1946 年于清华任教时的张岱年

晚年张岱年（北京。沈建中摄）

虽然，哲学现在成了"最冷的冷门"（张岱年语），但他却不怕清苦，也希望有后来者接力向前。他坚信，中国还会出现大哲学家。他有一个得意弟子，叫程宜山，对张先生的学说追随最力，却不幸于最近英年早逝，张先生对此痛心不已。

张先生希望自己能健健康康地活到九十岁，不仅仅是单纯为延长寿命，而且是为了再写两部哲学专著。他的最大愿望，过去是，现在仍是：追求真理和宣传真理！

近两年，张先生双耳失聪，倘与人交谈，必借重助听器才可。若读书，或思考和写作，他则不再需要这玩意儿了。此时他的世界，便沉浸在一片浩大的宁静之中，理性的思维在宇宙间扇动着双翼翱翔不止……

他种过花，也养过金鱼，都不成。他喜欢看山水，但这需要体力和脚力，似乎也不成了。他最爱荷花，说荷花有一种很特别的韵味。平时，他若去北大，则步行前往，北大的荷花好像是并不怎么灿烂的。中关园距清华亦不远，清华的荷花，是开得极好的。但是，倘要步行去，也有困难。毕竟，他年事高迈，对他自己而言，他有更重要的工作要做。

张先生每日黎明即起，亲自为夫人准备早点。早餐后，工作两小时，多是别人盛情约写的文章。他用来写文的钢笔，是极普通的那种，就像他所戴的眼镜，黑边，胶木，很老式。张先生头发既白，唇上一抹胡子也白得极有个性。张夫人说，这是学冯友兰先生的。张先生对此不置可否。

有一本《当代中国十哲》新近面世，其中介绍了李达、杨献珍、艾思奇、梁漱溟、冯友兰、熊十力、贺麟、金岳霖、胡适等哲人，张岱年先生是其中唯一健在者。

一九九三年八月十九日

补　记

以《学林侧影》为总题，体例一概以旧记＋补记的形式，已进行了多篇，却突然在张岱年这一篇停了下来。原因是，我坚持按照我自己既定的步骤，即以同一类型为一组，如已进行的一组，均是北人老学人（并不以原有采访的时间为先后），正好轮到张岱年先生了，因为补记的卡壳，就坚持非得把这篇整出来才能写下一篇，不能跳过。其实，是有点可笑的。如此用心，谁知道，且又有谁在乎呢？

在张岱年这里卡壳，固然与年代久远记忆茫然有关（这也正是我觉得这工作于我须赶紧做的原因之一），也与当年采访张先生的笔记遍寻后仍找不到有关。

采访他的时间是一九九三年的八月，他当时对我说，希望能活到九十岁，完成自己再写两部哲学专著的愿望，我写的张岱年的宏愿即指此。那一年，他八十四岁。张先生逝世于二〇〇四年，活到了九十五岁的高龄，也即在我采访后的第十一年去世。遗憾的是当初未能追问一句，他希望假以天年想完成的是哪两部著作，但愿张先生心心念念的宏愿已经达成。

记忆虽然模糊，但印象还是依稀有的。比如，张先生有河北口音，给人的第一感觉是小心木讷，讲话稍有口吃，基本是一问一答，并不擅自展开话题。我记得在讲述到自己早年（一九五四年）在琉璃厂偶得《王氏家藏集》时，他才表现出比较特别的兴奋。现在回头看，依然有一点小遗憾，就是关于此书的信息没有展开，比如版本缘何珍贵，再比如购书的价格等。我当时对张先生爱书并不感到意外，意外的是他为什么对这一部书如此情有独钟。如今，不知道这一部曾让张先生拱之如璧的家藏在何处安身。念之，惘然；思之，怆然……

在那篇短短的采访记中，我只是蜻蜓点水似的提了一下他的长兄张申府先生，并未铺排。一是囿于字数、体例，二可能也是稍有踌躇。印象中张先生在采访中，也并未刻意提及和强调他这位兄长。记忆中，似乎提到时也是直呼其名。我之所以知道张申府的大名和不多的事迹，还是因为盛成先生在回忆中曾多次提到。

张申府比张岱年大十六岁，在过去，这可以是两代人的年龄。张申府在一九八六年六月去世后，张岱年于八月写了一篇《学识渊博风范长存——悼念张申府同志》的文章，从体例判断，应该是给某家报纸的稿子。此文被收入一九九三年出版的张申府著《所忆》一书中。内容和题目一样，基本平铺直叙，并不见鲜明的情感涌动。最后一段："申府原名崧年，是我的长兄。我青年时期钻研哲学，深受吾兄的启迪。追念往昔，感念尤深！"除了这一段，此文若冠以别人的名字，大约也是念得通的。

张申府（1893—1986）曾经参与中国共产党的创立、黄埔军校的筹建、民盟成立等重大政治活动，但显然在主流历史的各种表述中，被有意无意地淡化，即便在斯人已逝很多年后的今天。对此，或许也只能长叹一声。

张申府同胞有两个弟弟、两个妹妹。大弟张崇年（物理学家，1904—1994），幼弟即张岱年。张氏兄弟的父亲张濂，为光绪二十九年（1903 年）癸卯科王寿彭榜进士。

可以说，张申府在每个重大的历史节点都及时赶到了，没有缺席，也没有迟到，但他的表现，却往往是文人的，迥异于政治家。如今时过境迁，但愿我们能孰是孰非问之，允许见仁见智归根结底也是一种美德。

张申府一生最大的癖好就是书，他曾经给自己的书斋起了个"名女人许罗斋"的斋名，一望而知，也是典型的文人气质。这个容易引起歧义的斋名是什么意思呢？他本人解释过。"名"就是名学，即逻辑学，"女"就是《列女传》，"人"就是《人物志》，"许"就是许桢，"罗"就是罗素。斋名中，他把自己毕生的追求和喜好高度概括，组成了一个逗趣的"名女人许罗"。

当年采访记中还有一处没有直接点明，就是张岱年和冯友兰的关系，其实也蛮有意思。

张岱年的夫人冯让兰是冯友兰的堂妹，当年（一九三五年）的介绍人正是冯友兰和张申府。因此，无论是在中国哲学的研究领域，还是日常生活中，两家一定会有各种交集。另，冯友兰同胞三人，弟冯景兰（地质学家，1898—1976）、妹冯沅君（作家，1900—1974）。其中，冯景兰的女儿冯钟芸嫁给了任继愈（哲学家，1916—2009），任氏也是研究中国哲学的高人。

冯友兰（1895—1990）与金岳霖（1895—1984）同庚。一九八三年，两位老先生八十八岁时，冯友兰写了两副对联，一给己，一赠金。给自己的一副是："何止于米，相期以茶；胸怀四化，意寄三松。"给金岳霖的是："何止于米，相期以茶；论高白马，道超青牛。"八十八岁雅称"米寿"，"茶寿"

者，一百零八岁也（盖"茶"字上面为"廿"，下面可拆为八十八）。冯友兰、金岳霖、张氏兄弟，都是研究哲学的，且是至交，均得享高寿。

一九八八年，冯友兰在医院里写成《张岱年文集》序。文中写道："张先生之学生有习篆刻者，欲治一闲章以相赠，请示印文，张先生命刻'直道而行'四字。余闻之曰：'此张先生立身之道也，非闲章也！'张先生之木讷气质，至老不变。孔子曰：'刚毅木讷近仁。'直道而行则'刚毅'矣。'近仁'之言，其意当哉。"冯与张的关系，在师友之间，且是姻亲，更是多年的同事，相知可谓极深。

一九五七年，张申府、张岱年昆仲同陷"丁酉罗网"。张岱年因此受到种种屈辱，感受了世态炎凉。他曾多次提到并感念的是，冯氏在当年的批判会上总是三缄其口，并未落井下石。

当然也有相反的例子，北大哲学系教授陈来《燕园问学记》中曾记录导师张岱年回忆："清华有两个才子：张荫麟和钱锺书。钱锺书说自己在清华最得力的老师是张申府。在张申府家我和他见过多次。解放后他请张申府吃饭，要我作陪，所以我还欠他一顿饭。我和钱锺书本来是有交谊的，1957年出事后，路上见面，我和他打招呼，他不理，以后我也不理他了，不高攀。他太太还客气，1957年后见面还点头。"

张岱年曾在一九九七年（时年八十九岁）写过一篇《我最喜欢的一本书》的短文，生前收入二〇〇二年出版的《晚思集》中。此书还有一个副标题为"张岱年自选集"。可见这个"最喜欢"的选出，绝不应该是敷衍的。那么，我们都会好奇，一位研究了一辈子哲学的哲学家，到底是哪一本书能得到他的青眼相看呢？

答案是恩格斯的《费尔巴哈和德国古典哲学的终结》。

二〇一七年年六月五日

燕南园中的林庚

　　骑着车，径直冲进燕南园。静静的，下午的阳光很烫。面对一幢幢汉字般矗立的旧宅，有些许敬畏的情绪。想找的那所房子，转了一圈，仍不可寻。问了路，才在燕南园郁郁的深处，找到了林庚先生的家。

　　两年前曾造访过的这所宅邸，仍被竹林青青翠翠地包围着，小楼旁，是一个大园子。凌霄花沿着陈旧的建筑盘旋而上，并且非常精致、非常灿烂地火红着。后来林先生证明，他的这个园子是燕南园中最大的一处园子。除了中间有一小块地，看出有莳弄的痕迹，其余处，则随心所欲地长满了生机勃勃的野草。间或有一两株向日葵，卓尔不群地立着。主人种的，有月季、玉簪，还有连他自己也叫不上名的花。

　　按响门铃，便看到纱门后林先生稳稳地走来，仍是旧样，精神却仿佛好了许多。上一次，记得是在冬天拜访的他。

林庚（1910—2006）。北京大学教授、诗人。

他的房间，出乎意料的整洁。或许在访问过诸多文化老人的家几近一致的零乱和丰富后，便更加惊异于这里的一丝不苟和简洁。有玻璃门的书架上，书籍分门别类，整整齐齐地按套排列着。没有玻璃门的书架，则用大透明纸罩了起来。地板上，一尘不染。墙上，挂着林夫人的遗像，很年轻的样子，安静平和。林先生说自己一个人独立生活，有一个上大学的外孙与他暂时同住着。另一间屋子里，果然传来活泼的谈笑，音响中的音乐和几声断断续续的笛声。林先生坐在旧圈椅中，谈诗。

年轻时，林庚先生是名震一时的诗人，写自由诗，属现代派。正春风得意时，却突然宣布要放弃写自由诗，而要开始探索写新格律诗。为此，他的好友戴望舒很是不解，先是劝说，后来还和他吵了一架。林先生当时认为，新诗的出现是一场革命，革命过后，应考虑建设。而自由诗始终面对白话散文的压迫，以至无法自拔，所以新诗须有一种形式，才能区别于散文。自此，他开始了艰苦的独自探索。

二十世纪二十年代末，林先生考入清华，先物理，后中文。一九三三年毕业，留校任朱自清先生助教。后因酷爱写作，翌年春，他跑到上海，想当职业作家，当然这仅仅是诗人的一厢情愿，不久美梦即醒。他打道回京，在诸高等学府辗转任教，抗战爆发后任教于厦门大学，著《中国文学史》，被朱自清评价为国内三部最有影响的文学史之一（另两部分别为郑振铎与刘大杰所著）。

一九五四年，林先生在旧著的基础上，写出了《中国文学简史》上册，下册则因其后接踵而至的政治运动不得进行。现在，这成了他最大的愿望之一，但他也终于老了。虽然思路尚敏捷，但手发颤，写字困难，所以，要完成几十万字的巨著须有极大的毅力。林先生已有了初稿，他希望能在年末改毕。

林庚先生的诗歌主张如今已鲜有人知，但他却坚信，新诗的格律化是诗歌获得新生的一条必由之路，终有一天会实现。他甚至从中国诗歌波澜起伏的发展史上找到了佐证。他为此孤军奋战了许多年，实在是有种高山流水、知音难觅的寂寞的。没有辉煌的战绩，这应该是十分遗憾的事。但他却不悔，就像他所著的《问路集》一书那样，他表示要不断地探索下去。生命不止，问路不止！

在林先生八十三年的岁月中，诗充盈着他的灵魂和生命。他最初涉足旧体诗词，然后写自由诗，写新格律诗，即便是做学问，也与诗密切相连。今天，在《楚辞》和唐诗研究方面，他有着一言九鼎的发言权。

自一九四七年始，林先生北归应聘于燕京大学，遂迁居燕南园。他是这里的"元老"居民，他爱燕南园。

林先生生于北京，他最爱北京的早春和秋天。他爱打篮球，从青年一直打到不惑之年，之后改打乒乓球至花甲之岁。再往后，他便用唱歌来替代体育锻炼。据说，他用的是美声唱法。听得出，他的嗓子不错。望着满目青葱的废园，林先生告诉我一条出燕南园的新路。

穿过他的园子，穿过那凌霄花装饰的门楼，竹叶装饰的窗，穿过那孤独的向日葵和冰心玉魄的玉簪花……燕南园外，正好是一家银行储蓄所。无端地，竟想起林先生早年的诗句：

因为把寂寞交给了感情
我已支付了最后的储蓄

一九九三年八月十八日

补　记

很多年前曾有幸见过林庚数面，无一例外是在他燕南园的家中。上篇文字写于一九九三年八月十八日，距今已然二十五年了，林先生过世也竟已十二年了，光阴忽忽，墓木已拱，往事历历，人何以堪……

一九八三年毕业分去北京，我在那里生活了多年，喜欢首

路灯　　林庚

站在那里有一盏路灯
白天里只是一味沉默
到夜间任凭人们走过
这儿应该有多少思索
它可什么话也不会说

孤独也许是並不寂寞
风々雨々中总是亮着
照着一丝々雨的残条
听着一声々风的音乐
人间为了它说这什么

九三年偶然作

林庚抄赠作者诗稿

晚年林庚（北京。吴霖摄于 1993 年 8 月）

都的种种，其中之一就有北京的气候。后来奉父母之命南归，最惧怕的也是上海的气候：冬天湿冷没有暖气，夏天则溽热非常，彼时，空调尚是稀罕之物。

回到上海的第一个夏天，那种溽热果然如期而至，让我难受至极。直到有一天，邮递员送来厚厚的一件纸包，打开一看，喜出望外，原来是林庚先生寄来的一本书——他最新出版的长达六十多万字的《中国文学简史》。那年夏天，工作之余的我就在阅读林先生的大作中度过。读着他精辟而优美清新的文字，仿佛酷暑顿消。

最初知道林先生的大名，是在万航渡路一五七五号的大学校园里。那时，我疯狂地爱着新诗。我知道在二十世纪三十年代群星璀璨的新诗人中，林庚先生是非常耀眼的一个。那时，我当然不可能想到若干年以后，在一本诗选中，我竟有幸与林先生相会。那本诗集是花城出版社的《朦胧诗300首》，一九八九年六月出版，印数三万册，编者肖野，责编林贤治。林庚先生被选进的诗是《无题》《春晚》《春天的心》，我被选进的诗是《明十三陵断章》《在远方》。选编者肖野是谁，至今不知，此书我是当年八月在北京新街口书摊偶然得见的。当时，我正准备从服务多年的法大离开，去往一个新单位。写诗的事情，就是那时下决心准备揖别的。

在后来结识的北大诸位老教授中，林先生是我互动较多的一位。回到上海后，我与林先生每年仍互通音讯，除了请安，我还简略地问学。比如，因为我也喜欢旧体诗，林先生在一九九六年十一月十一日的来信中，应我的请求抄录了四首早年所做的旧体诗词给我。词二首，一《菩萨蛮》，一《谒金门》；诗二首，一五绝，一七绝。

我在马嘶先生二〇〇八年出版的《林庚评传》中找到了前三首，最后一首七言绝句则未收。查阅二〇一四年清华大学出版社所出的《林庚诗集》，亦只收了前三首，最后一首未收。这部诗集，编者云出自二〇〇五年九卷本《林庚诗文集》，并称得到了林先生的"亲自指点"。如此，马嘶大著中所引诗词的出处，应该是《林庚诗文集》。那一首林先生在给我的信中特意注明写于一九三二年"九一八"周年的七绝，如果确实没有收入各种出版物，那林先生所留下的吉光片羽就太珍贵了。

与同林先生保持信函往来不同的是，在北京期间，我与林先生的当面晤谈并不很多，但每一次的交谈都很是欢畅。不过回想起来也不是没有遗憾，一是那时因为觉得自己已经放下了诗歌创作，所以与林先生在新诗创作上的交流太少。林庚先生的新诗创作历程，其实就是中国新诗的成长史。二是虽然我们的交谈似乎没有任何障碍，但我们都明白，要回避那个特殊的年代、那个特殊的名词。放到现在，也许早已不是问题，但在当时（至少在我自己心里）总认为那是一个林先生不愿意触碰的话题。即在"文革"末期，林先生曾短暂做过"梁效"顾问。假如，仅仅是假如，当年的我如果能更诚恳一点，或许林先生愿意解开很多人心里的疑惑，甚至，有可能会因此卸下林先生的精神"重负"？

那时，我们会在新年互致问候，林先生给我的总是一张贺年明信片，称呼永远是"吴霖君"。林先生那时也还写一点诗，有一次，他还特意把一首新作抄在一张硬卡纸上，放在信笺里寄给我。

在为数不算少的信函中，我和林先生相互提及《中国文学简史》一书的频率很高，老人家一直视完成该书为人生夙愿。我在一九九五年七月收到此书，从此书后记中得知，林先生是在一九九四年五月四日（一个多么富有意义的日子）写完他的后记的。次年七月，此书面世。从版权页得知，书是七月出版的，而林先生在扉页给我的题词也为七月。我当时很感动，立刻写信给林先生，一是道谢，二是询问印数几何（因版权页未载印数）及其他一些出版方面的情况。不久，林先生的回信让我更加感动，他寄给我的，竟然是他最早拿到手的十本样书中的一本！

一九九六年十一月二十四日，我又在燕南园与林先生见过一次。为什么日子记得如此肯定、清晰？因为，那时我在冷摊上买到一本林先生早年的著作《诗人李白》。该书为一九五六年八月古典文学出版社初版，一九五七年九月第四次印刷的版本，印数五万一千册。关于此书，后来林先生在信中曾告诉我，此书书稿和《中国文学简史》为文怀沙先生为《新文艺》（上海文艺联合出版社）所约，书名的书法也是文先生所写。

关于此书，还有一个比较有趣的细节，该书的原主人将购书发票仔细贴在了书后，购书时间是一九五八年十二月二十二日，书价：0.42元。在扉页，原主人留下了签名、购书地点和时间等信息——"李昭购于黑省肇源，1958.12.24"。这个热爱文学的李昭是谁呢？

林先生就在那一次见面时，在我带去的这本《诗人李白》的扉页签了名并留下了时间记号。为写这篇补记，我在书架上找到了此书，发现其中夹着两页北京大学的信笺，是我的笔迹，应该是我当天访谈的速记。那天，他告诉我，他发表的第一首新诗是《夜》，发表在《现代》杂志上。他在上海的住处，在愚园路上，而愚园路，离我现在的居处，仅咫尺之遥。

在我记忆世界里，在那燕南园的深处，经过一个青砖门楼，是林庚先生的家……啊，永远的燕南园62号！

二〇一六年十月二十五日

罗洪赠书

这一天，正好是我的生日，不惑前的最后一个生日，而我要去造访的罗洪先生比我大整整一倍还多。

罗先生把我引进屋子，因为是阴天，屋子有些暗，家具都是旧的，书桌整洁得有些反常。后来罗洪解释，这一间，是她已故丈夫、著名翻译家朱雯先生的书房。有几只大书橱立着，也是旧的，书并不多。我正在诧异，罗先生说，她现在正在整理，将藏书分批送出，赠书的对象是她和朱先生家乡的图书馆——松江图书馆。

对爱书的人来说，聚书不易，赠书更难。虽不至于"挥泪对宫娥"，但难舍难分的情感肯定是有的。

先说聚书不易。与许多的老知识分子一样，

罗洪（1910—2017）。
作家。

188

罗洪经历了至少两次毁书：一次是抗战时期，一次是"文革"。

一九三一年的五月九日，巴金到苏州，罗洪和朱雯与之相识。时值阳春，江南最美好的季节。朱、罗均年方二十，比他们年长的巴金也才二十七岁。他们坐着马车，在杨柳拂面中游了虎丘。同行者中有一位叫毛一波的，回到上海后写了一篇《春天坐了马车》发表。其实，对当时的罗洪他们而言，坐着马车的，岂止只有春风？还有洋溢的青春！

一年后的同一日，朱雯和罗洪喜结连理。那日，真是高朋满座，其中有巴金、施蛰存、赵景深、穆时英等，在以后的岁月里，他们之间"维持了一个甲子的友谊"（朱雯语）！当时在青岛的沈从文，也写来了贺信，幽默，风趣，句子很隽，有着沈氏特有的风格。信的最后，是散文一样的祝福："天保佑你们，此后尽是两张笑脸过日子。"

婚后的朱、罗夫妇"渴望有个书室"（罗洪语），于是开始放手买书，定制的三个书橱很快就装满了。除了传统的经典，他们还买了许多朋友写的书。

全面抗战爆发后，他们辗转去了大后方，而留在故乡的家则被敌机炸毁，其中包括全部的藏书和与朋友们书信往来的珍贵的手札。

在以后的二十年里，他们用并不丰厚的工资和稿费，慢慢地又聚起书来，而且，书的数量和种类比第一次毁书前更多。但"文革"中，他们的藏书再一次遭受了劫难。

某日，前来抄家的"革命小将"，用大床单将全部的书一包包地裹起来，用大卡车运走。动乱结束后发还抄家物资，还回的书籍只有二百多本。而且，俱蓬头垢面，沧桑之极。罗洪说，当时的她不忍面对这些劫后余生的书，马上将之放进了深柜里。

书有劫，书橱也难逃厄运。当时与书同时被扫地出门的，还有罗洪家的红木写字桌、椅子和几只书橱，只有一只书橱因为放在三楼的亭子间而得以幸免。然而不久，他们家的房子里又挤进了几户人家，于是，这只没有书的书橱只好被请进了卫生间。再往后，卫生间也被人挤占，这只书橱只好另寻出路。

最后，罗先生将书橱以十八元的价格，卖给了别人。当时，她还谢了谢别人。直到今天，罗洪还在怀念那只香红木做的书橱。她回忆道：这只书橱上下两格有门，中间一格空着。上格橱门上刻着张继写苏州的那首著名的七绝（苏州对于朱雯和罗洪有着春天般的意义），下格的两扇门上，刻着梅花和兰花，非常雅致。罗洪说："我们都非常喜欢它。"

罗洪是小说家，许多年前，她写了很多的小说。当时，赵景深先生曾高度赞扬她的小说，甚至断然说"以前的女小说家都只能说是诗人，罗洪女士才是真正的小说家"，并希望罗洪成为"中国的巴尔扎克"。当然，由于历史的玩笑，罗洪最终没有成为巴尔扎克级的文学大师。但不可否认的是，在中国二十世纪的新文学史上，罗洪是占有一定位置的，尤其是在女作家中，罗洪更有着不可动摇的地位。

她热爱写作，以至于当我面对着这位耄耋老人，问她晚年最大的愿望时，她仍坚定地说："写长篇小说！"她指的是将已经出版的《孤岛岁月》重写一遍，过了一会儿，她踌躇地说："这个，你不要写了。"她叹了口气，"年纪大了，力不从心了。"

写《孤岛岁月》的一九九六年，罗洪不慎跌了一跤，手上打了石膏，吊着绷带，有八个月不能写字。她心急如焚，总觉得来日无多。所以，她用左手托着右手写，拼命地写，在纸上写出的字，只有自己认识。终于抢时间一般地，她写完了长篇小说《孤岛岁月》。但出版又成了问题，最后，写了一辈子书的老作家，只好用刚刚拿到的朱雯先生的一笔稿费自费出版。书，最终是出版了。但罗洪的心里还是留下了遗憾。"应该可以写得更好一些。"罗洪无奈地说。

现在，罗洪除了写些短文，到近处走走，她的生活很平静，她说她自费订了好几种报纸，每天一大功课就是认真看报，再就是整理藏书和赠书。现在，当年聚书时燕子啄泥般的幸福，似乎已被赠书的快乐所代替。罗先生的子女都青睐自然科学，甚至第三代中也无人操持文学，所以，除了留给后辈做纪念的一小部分，其余的书她将全部捐赠。

那天，我带去了一本罗洪与朱雯先生合著的《往事如烟》，这是我在书肆中唯一能找到的罗洪著作。她给我签了名。另外，她赠了我三本书，分别是上海古籍版的《薄暮的哀愁》、学林版的《孤岛岁月》和百家版的《春王正月》，均是一九九七年出的。《薄暮的哀愁》是一本短篇小说集，共收录了她早年的十六篇作品，罗洪细心地在《践踏的喜悦》等五篇小说后用圆珠笔做了记号，这是她满意的作品，希望我能好好读一读。

回家后，在灯下展读赠书，书中有罗洪年轻时和现在的照片。读着，读着，突然有一段文字让我悚然一惊，那是她写于一九四六年的短篇小说《逝去的岁月》中的最后一节：

> 冬天的阳光温煦地照耀在她面前。她娓娓地向孩子们谈着。我看见她眉梢眼角的皱纹，这几年仿佛就是几十年，把一个优雅温柔的姑娘摧残得这么苍老。

二〇〇〇年十一月三日

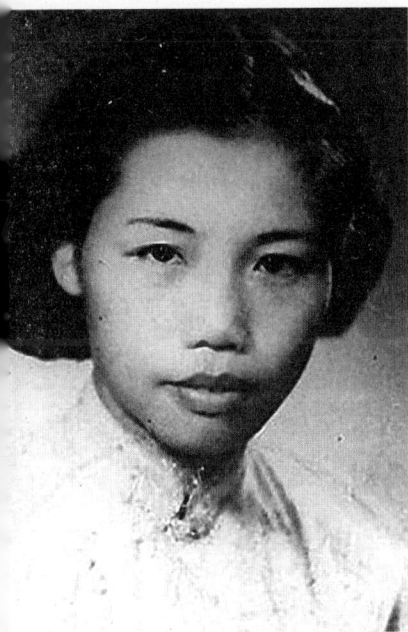

青年时代的罗洪

晚年罗洪

补　记

"雯先生：我们已许久不通音讯，想你总不会忘了一个不相识面的女孩吧！"[1]

署名：虹；时间：三月四日晚。这是罗洪致朱雯的一封信，年代可以确认，是一九三〇年。

在罗洪的创作年谱中，有一本书是最容易被忽略，事实上已经被忽略的。在罗洪朱雯各自的回忆文字中，几乎都不提这一本书。这就是一九三一年九月由上海乐华图书公司出版的《恋人书简》，印数一千五百册。署名：罗洪、土坟。

因为二十世纪九十年代出版的某种书信集选入了罗洪致朱雯的一封信，因此罗洪在一九九八年《我和朱雯》一文中说："是的，我们是出版过一本书信集。但经过抗日战争，我家保留的一本随着众多的书早已化为烟灰。此后再也没有看到过。"[2]但此书在上海图书馆有藏。罗洪朱雯的家——吴兴路十二弄距上海图书馆只有一箭之遥，但罗洪至少在写《我和朱雯》之前似乎并未有缘与自己的这本青春之作重逢。

由中国社会科学院文学研究所总纂的《中国文学史资料

1　罗洪、王坟：《恋人书简》，上海乐华图书公司，1931，第 1 页。
2　罗洪：《我和朱雯》，《往事如烟》，上海古籍出版社，1999，第 1 页。

全编·现代卷》的《罗洪研究资料》一书出版于二〇一〇年，在《罗洪著译目录》一篇中，"疑似"收入了此书。为什么是"疑似"？因为所录入的书名与出版者均与上述图本迥异。《罗洪研究资料》收入的信息是："《从恋爱到文学》（书信集），文华美术图书印刷公司1931年9月初版。"[1]因此，只有两种可能：一是另有一种《从恋爱到文学》（书信集）存世，一是录入有误。

《恋人书简》共收入罗洪朱雯来往信件一百零九封。第一封信罗洪致朱雯的"三月四日"在一九三〇年。这一年，朱雯还在苏州东吴大学上学，罗洪早一年刚从苏州女子师范学校毕业回到家乡松江，在一所小学任教。本年初，罗洪从别的杂志上看到了《白华》旬刊含有目录的广告，觉得不错，想订阅故而给在东吴大学的编辑部去信。不久即收到《白华》编辑部的回信，称杂志可能近期有变动，暂不收新的订户，但仍欢迎投稿，附信还寄来了两期杂志。罗洪如约寄去了稿件，罗洪回忆这是自己"第一次写稿"。

半个月后，回信来了。信中寄来了最后一期《白华》，并告知《白华》因经济困难决定停刊，稿件已转《真善美》杂志。这次回信，不再是以编辑部名义，而是署名"朱雯"，这正是《白华》主编王坟的本名。朱雯在信中告诉罗洪自己也是

1　艾以等编：《罗洪研究资料》，知识产权出版社，2010，第151页。

松江人，这应该是朱雯两人正式通信之始。由朱雯转至《真善美》的罗洪文章，就是发表在一九三〇年五月号杂志上的《在无聊的时候》一文，这是罗洪发表的第一篇作品。[1]

从罗洪的回忆文章中获知，一九三〇年的春假，朱雯从苏州回松江，与罗洪在醉白池正式见了面。是谁先发出了邀请？具体是什么时间呢？文章中未写。但《恋人书简》中的书信全都记录了下来。三月廿七日朱雯致罗洪：

> 春假，我们是从四日放起。你说要我于三日来拜访，那可不可能了。假如我回来的话，也不过五日有空。你能在五日抽些空吗？五日是礼拜六。我们到×××去，岂不也好？

三月卅日朱雯致罗洪：

> 我决定三日下午三时多到故乡。五日下午四时我们都到×××。我那天穿淡灰色西服，你认到一个这样的头发中分的人就来招呼吧！虹，这一来有些像绑匪吗？……哈哈。

见面的地点×××，在罗洪的回忆中已经解谜，就是松江著名的名胜醉白池。罗洪回忆，那天是与同学一起去的，见

1　罗洪：《我的第一篇作品和第一本书——一个重要的补正》，《往事如烟》，上海古籍出版社，1999，第92页。

了面以后，"我和朱雯在园里坐了一会，说了些话，我就急于回去，第一次谈话是局促不安的，便匆匆向他告别"[1]。当天晚上，朱雯给罗洪写了一封热情洋溢的信，感情因见面迅速升温了。信中还提出，将两人的书信往来编一本通信集，朱雯建议："我拟书名为《从恋爱到文学》，内容系间接地描写一个青年作家和一位女作家从文学到恋爱的步骤。"[2]

由此，《罗洪研究资料》收入"《从恋爱到文学》（书信集），文华美术图书印刷公司1931年9月初版"的讹误信息也有了出处。正是当年朱罗恋爱时就有的创意，只不过在出版时改了书名。该书中最后一封信写于一九三〇年八月九日，在一年后的九月，这本书信集得以《恋人书简》为名出版。事实上，这是罗洪的第一本书，而且，被罗洪本人遗忘、研究者疏忽的"虹"，也至少是罗洪的一个别名。

罗洪与朱雯在一九三二年五月九日在上海举行婚礼，他们的朋友沈从文从青岛发来一封贺信，在婚礼前一天寄到。这一封现被收入《沈从文全集》（北岳文艺出版社）的贺信，无收信人抬头，也无具体写信时间，编者大约根据信中内容，仅将写信时间定在了"春"。以青岛至上海的路程，写信当在五月最初的几日，宽泛一些的话，定在"五月"也比泛指"春"更为精确。《沈从文全集》在此信下注明，选文是根据一九五七

1　罗洪：《我和朱雯》，《往事如烟》，上海古籍出版社，1999，第4页。
2　罗洪、王坟：《恋人书简》，上海乐华图书公司，1931，第7页。

年香港新学书店出版的《沈从文小说散文选》。沈从文真是一个爱写信的人，《沈从文全集》中，仅书信卷就有煌煌九卷之巨。他的信，写得都别有韵致，情怀总是浓郁饱满，但笔调又是一以贯之的雅致。这九卷书信中，致朱雯的信，仅此一封（严格说来并不完整）。

沈从文给朱雯夫妇的信当然不止这一封，罗洪在一文中说："抗日战争爆发的第二天，我们全家离开家乡，开始了颠簸的长途跋涉。松江受到轰炸，我们家被毁，一无所有。"[1] 朱雯在另文中痛惜："可惜这些珍贵的手札，跟我所有的藏书、整个的家一起在抗日战争中统统被敌机炸掉了。"[2]

罗洪在《悼念朱雯》中说到与朱雯结婚："在上海租了个礼堂，举行结婚仪式。新房租在现今的复兴西路。""我不愿意请文学界的朋友，他却认为结婚大事，一定要邀请几位前辈，于是请了巴金、施蛰存、赵景深等。"直到晚年，巴金还记得此事，他对朱雯罗洪笑着说："朋友中间，就数你们正式举行仪式。"巴金与施蛰存的第一次见面，就是在朱雯、罗洪的婚礼上。

罗洪说的"礼堂"，地点是在今汉口路湖北路西南面的孟渊旅馆，在当时的上海算是很高级的。"复兴西路"应该是复

1　罗洪：《悼念朱雯》，《往事如烟》，上海古籍出版社，1999，第 111 页。
2　朱雯：《致沈从文》，《往事如烟》，上海古籍出版社，1999，第 12 页。

兴中路。据罗洪回忆，房子应该是桃源邨二十六号二楼前间。他们租住的时间并不长，在当年八月朱雯毕业后，这对新婚夫妇就搬回松江老家去了。当时，二十七号亭子间住着演员王莹。二十七号二楼亭子间的窗子，与二十六号二楼楼梯口的窗子，是呈直角的很近的两面，罗洪与王莹对话、交换杂志都是窗对窗。那一年，王莹才十九岁，在演戏之余，还热爱着写作，并已秘密加入共产党。罗洪与王莹都没想到的是，他们会在一九三八年的桂林又一次见面。

沈从文不能出席朱雯罗洪的婚礼，是因为人在青岛，只能以信为贺。这一封信写得实在生动有趣，尤其是提及赵景深结婚时的场景细节。此信被有心的朱雯带去了婚礼现场，并在朋友中传看，让朋友们都忍俊不禁。

这封信后来被朱雯以《沈从文论结婚》为题，发表在一九三三年　月八日《中报·自由谈》上，这也应该是一九五七年新学版《沈从文小说散文选》收入的原始出处。这封洋溢着友情与青春的信，可在《沈从文全集》中查阅，此处不赘。《沈从文论结婚》中还披露了沈致朱的另一封信（似未全引，姑算半封），此信未收入《全集》，但也是着实有趣的：

　　我因为自己是个老人了，所以见年青人有太太，即或还无资格成婚，也劝这人冒险。（还有笑话是我还做过三次媒人）。所以我劝你特别努力写文章，也劝你冒点险去结

199

婚。事业比起女人来，事业是又算不了什么东西了。人是
只有年青才可佩服，其他全是空的。不过自己年青，却成
天在自得自足中过日子，不知道好好地去生活，那年青的
人又好像是不足道了。爱女人，爱朋友，爱生活，好好地
去做罢，年纪大了一点，一切都完了。女人是只有年轻才
事价的，让年轻女人在空气里老去，这是男人的罪过。[1]

朱雯称此信写于一九三〇年夏天的吴淞。正是那一年的夏
天，沈从文和张兆和的故事开始了。在信中自称是"老人"的
他，这一年廿八岁。

《恋人书简》收录的最后一封信（第一〇九），朱雯致罗
洪，写于一九三〇年八月九日上午。信的最后写道："祝你
好！祝你有一个美丽的好梦！"

抬头称呼：我爱。落款署名：你的爱。

朱雯：生于一九一一年，卒于一九九四年。罗洪：生于
一九一〇年，卒于二〇一七年。他们从一九三〇年开始相识、
相爱，用尽一生的漫漫岁月，完成了从恋爱到文学这本大书！

二〇一九年十月六日

---

1 朱雯：《沈从文论结婚》，《申报·自由谈》1933 年 1 月 8 日。

坐拥书城的季羡林

立秋那日，夏还非常热烈，蝉鸣悠扬。道路蜿蜒的深处，是朗润园。竹林掩映之中，走出从凉台推门而出的季羡林先生。昨天，是他八十二岁生日。

在季先生指引下，我走进他的家。过道里，满满的，是书橱；书橱里，满满的，是书。走进房间，是更多的书橱和书。大凡读书人都会艳羡这丰富的收藏，而这感叹也使这位爱书长者高兴起来，他要引来访者，去参观他的书房和他的书。几乎所有的屋子都井然有序地放满了书，其中有他留德十年带回的外文版图书，还有以相当便宜的价格购齐的整套《大藏经》。

季先生非常"奢侈"，因为他有三个书房，这是他读书、写作的三个地方。他喜欢采取"打一枪，换一个地方"的战术，在一张书桌

季羡林（1911—2009）。北京大学教授、语言学家。

上，写一个专题的文字。因为资料书及稿子等摊子铺得很大，所以一旦写累了，就空手转移到另一个书房，继续写作或读书，只是换了主题。

其中一个书房，是用凉台改装的，四个简易木质书架，叠罗汉般地矗着，书便有惊无险地拥挤在其中。访者隔着书桌，与季先生相向而坐。不仅书桌上有书，上下左右全是书。因此，说季先生坐拥书城，挥笔如剑，绝对是不为过的。

在这里，特殊的书香和主人所营造的文化氛围，使无数访者流连忘返，灵魂，在这里可以得到平和的宁静。

季先生每日凌晨四点即起身工作，这是他多年的习惯了。竹林后的那盏灯光，应该算是朗润园乃至整个燕园最早的灯光吧？俟清晨八时，他便像上班一样，走出家门，穿过未名湖，步行到大图书馆去看书。早两年，他是以骑车代步的，但近来由于家人"严令禁止"，他便也"少数服从多数"，安步当车起来。季先生自称没有体育锻炼的爱好，"这就是锻炼！"他认真地说。在图书馆看两小时书后，他便循来路走回家中。

他最近的大动作是从文化交流的角度撰写一部《糖史》，这部打算写四十万字的巨著，已写就十多万字了。

季先生爱猫是出了名的。两年前造访季府时，尝见两只

留学德国时期的季羡林（左）

晚年季羡林（北京。唐师曾摄）

波斯大猫。此次去，季先生告知，其中一只竟于数月前被人窃走。剩下的那一只叫"咪咪"，给工作之余的季先生带来了不少欢乐。"咪咪"已五岁了，季先生风趣地说，已是"猫到中年"。

季先生虽然是功成名就的学者，但他坐拥书城却不甘心把朗润园当作世外桃源，他的忧国忧民之心依然如故，每每让人怦然心动。

立秋那日，他与访者又谈起敏感而又不可回避的话题，季先生陈词慷慨，一席话刚落，窗外竟响起了雷声。

在季先生的家门口与他握别，面前是一片细致的湖，正对着楼门，长着一片荷花。荷叶已绿到极处，而花，尚含苞待放。

"那是我们种的。"季先生说。

"怎么种的？"访者问。

"撒下一把种子。"他做了个撒种的动作，"三年了，就长成现在这个样子了。"

此时，雨已开始下了，寥寥落落的。

"我喜欢雨！"他说，"今年雨少啊。"

刹那间，我从一个严谨严肃的大学者季羡林身上，看见了抒情的散文家季羡林的形象。他们是那么奇妙又和合谐地统一在了一起。

他的那本散文选，厚厚的，重重的，承蒙相赠，正在访者的行囊中，上面的作者签名，形拙而有妙趣。

楼门的两边，均是季先生的家。一侧是卧室，放着"二十四史"，挂着齐白石的画，当然，还有他的书桌，他的纸和笔；另一侧是他用凉台改装的那个书房。

雨，打在竹林的叶子和窗玻璃上，声音先是碎碎的，继而连成一片。季先生穿着黑绸布衫，站在门洞下，像一本厚重的书，默默观雨。

一九九三年八月八日

补　记

季羡林先生在一九三三年六月六日日记中写道："晚饭后，到朗润园一游，风景深幽。"彼时的他二十二岁，在清华园已生活了两年多，因此无法印证此游是否是他与朗润园的第一次亲近。出清华西门，如果没有围墙，斜对角就是朗润园。

一九八〇年，季先生在散文集《朗润集》自序中说："我在北京大学朗润园已经住了将近二十年，这是明清名园之一，水木明瑟，曲径通幽，绿树荫郁，红荷映日，好像同《红楼梦》还有过一些什么关系。我很喜欢这个地方，也喜欢'朗润'这个名字。"

季先生是朗润园中人，我在朗润园中拜访过他。印象最深的自然是第一次，那是一九九一年六月十九日，那天，我和他在他家一楼的阳台上合了影。看着这张近三十年前的旧照片，有不胜讶异和惶恐之感，也让我顿时理解了"光阴似箭""白驹过隙"这样的成语。这张照片于我还有另一个意义，因为摄影者是我一九八三年相识于学院路41号的老友唐师曾。大致算了一下时间，大约正好是他从海湾战争归来，去新华社开罗分社任职前。

那天在季先生家里，唐师曾至少用了两台相机，分别用了黑白和彩色两种胶卷。彩色照片我还保留了几张，拍照地点是在季先生家的客厅。我和季先生相对坐在一张方桌前，至于聊了些什么，早已漫漶不清。但当年的照片保留了一些细节，现在看来颇有些意思的是屋内的环境：季先生身后，有一台十四英寸（不知是彩色还是黑白）的电视机，罩着绛红色绒布套。

墙上挂着的除有风景的月历外，还有一个必须每天翻阅或撕开的日历。季家的日历，从照片可以看到是向上翻阅并用夹子仔细夹起的，日历的底板是一个美女。桌子上，有白瓷的茶壶，还有貌似盛放调味品的瓶子。这里，应该是季先生家的客厅兼餐厅。

还记得一个细节，我们正在聊着的时候，一只硕大的白猫忽然跳上桌子，就在季先生站起安抚白猫的一霎，唐师曾用装黑白胶卷的那个相机抓拍到了那一个瞬间。后来，老唐把这张照片戏称为"猫争人权"。

快离开的时候，我和季先生在客厅外的阳台上，以比较流行和正式的方式合了影。我应该也在同样的地方给老唐按下了快门。

通过这张一九九一年八月与季先生的合影可以看到，季先生住在一楼，阳台外是一片葱翠的小竹林。我腰间的 BB 传呼机看上去很抢眼、突兀，且有喜感。如今，这种俗称 BB 机的传呼机早已绝迹，但在当时却是即时通讯的利器。我还记得我的号码是 126-53630，老唐的呼机号码，我也记得：126-5566。

唐师曾后来与季羡林有了更多的交集，乃至衍生出社会新闻，这是后话。或许，一九九一年六月的那一天，是他和季先生的缘分之始吧。

季先生出生于一九一一年八月六日，一九九三年他八十二岁整，按中国人算法也可算八十三岁。《坐拥书城的季羡林》一文写于一九九三年八月八日，从文章上看，我是八月七日去拜访的季先生。我找出了当年季先生所赠、我文中写到"厚厚的，重重的"那本书，我讲的"厚、重"自然有双重含义，物理上的厚重也确然，那本书有五百五十六页。那是一本《季羡林散文集》，北京大学出版社一九八六年十二月初版，印数三千五百五十册。季先生在扉页留下了钢笔签名，时间正是一九九三年八月七日。这应该是我又一次去拜谒季先生。

　　季羡林先生的学问在当时的我看来，几乎是高山仰止，比如他说当时正在写的《糖史》，按今天的流行语来说，当时就觉得十分的"高、大、上"。我记得还问过他为什么要写《糖史》，以及怎么写的问题，可惜季先生的回答我早已记不清。如今，《糖史》业已出版，非常惭愧至今尚未一读。我想，我当年问的问题应该可以在那本书里找到答案。

　　回想当年的季先生，马上就清晰浮现的，是他朴素的衣着，似乎几次见面，他穿的不是衬衫就是蓝色的中山装。季先生说话慢条斯理，有较重的山东口音。能让他兴奋和自豪的，似乎就是那一屋子一屋子的书。第一次去，他还为书的无处摆放而烦恼，第二次去的时候，北大已经给他增配了一套房子，就在原先住房的对门，专门用来放书，对这一点，他是很感念的，在二十世纪九十年代早期，房子是多么稀缺的资源！

因为增配了一套房子，家中的布局也就有了变化。季先生带我在他家参观，记得他夫人当时有病坐在床上（后来得知，季羡林夫人名叫彭德华，一九九四年去世）。再就是，他指着墙上齐白石的画给我们看，告诉我购于二十世纪五十年代初期。我问价格，他的回答让我惊呆了。今天看，画价便宜到令人咂舌，以当时季先生的工资计算，也着实是便宜得很。依稀记得，季先生告诉我当时是通过朋友去买的，买了两张，仿佛还买二赠一了。

二〇〇四年夏天，我第一次去德国，以马丁·路德大学所在的城市哈勒为原点，每天往不同方向的城镇坐火车随意转悠。某一天黄昏，从某个城市回哈勒，要在爱森纳赫转车，不知什么缘故，却坐上了去另一个方向的火车。当火车在终点停下，是个完全陌生的城市，我定睛一看，原来是哥廷根！呀，我第一反应是，这是季羡林先生曾经留学生活过十年的城市啊……

二〇一六年十月十八日

追求人生真谛的熊伟

熊伟（1911—1994）。北京大学教授、哲学家。

"我是清朝人！"

熊伟先生出语惊人，然后话锋一转，说："但我不是遗老，我是遗婴。"确乎，当中华民国的旗帜升上天空的时候，熊先生已经半岁多了。如今的熊先生，业已进入老境，视觉、听觉和记忆力均有所衰退，但他仍充满信心地每天出外散步两次，步行三四公里。他的观点很简单："既然是人生，就要有人生内容。"他极赞赏他的恩师海德格尔的一句名言："自由地走到死中去。"熊先生认为，此话与中国的成语"视死如归"有异曲同工之妙，境界是完全一致的。

作为大哲学家海德格尔尚健在的早期学生之一，熊先生现在似乎理所当然地成了海氏门生中的大师兄。故此，"北美海德格尔协会"每年来函，邀请他出席年会，德国方面也几度请他访德。熊先生朴实地说，在早年留德之

熊伟重回德国波恩大学（波恩。1982 年）

晚年熊伟（北京。董亦农摄）

前，他是学哲学的，但是却连海德格尔的名字都未听说过，但一旦聆听之后，便一发不可收。自一九三三年起，连续三年听海德格尔的课。海氏对他的影响，至今犹存。

或许一开始，熊先生并未能领悟海氏哲学的奥义。张岱年先生曾向我转述过一则趣闻。熊伟先生始听海氏课，课毕，师生俱散。熊氏面有惭色，语德籍同学：未懂海先生上课内容也。未想同学哈哈大笑，答曰："吾亦听不懂也。"熊氏遂释然。此故事确否未经考证，但熊先生初抵德国，德文既未精通，海氏哲学又博大精深，一时难懂是可以理解的。

熊先生于一九三九年获波恩大学哲学博士学位，他的博士论文为《论不可说》。未几，他穿过硝烟弥漫的欧亚战场回国。从此，他在中国传统文化的海洋中，用西方哲学的舟楫，穷究人生与哲学的真谛。

熊先生淡泊名利，他的观点是："名利并不重要，重要的，是人生质量。"他还说："我就不相信倒退几年，让我去学万元户的那一套会很困难！"言下之意，自是不言自明：非不能也，实乃不屑为之。

熊先生于几年前翻译了海氏的著作《形而上学导论》，计十多万字。先交至甲出版社，甲称可以出。但著作中海氏引用的希腊文无法排出，故只好……熊先生识趣，赶紧取回，送至乙出版社。乙很痛快，说可以马上出，但需熊先生交五千元钱，熊先生道无钱可交。故而，马上可以出的书，只好慢慢出，且遥遥无期了。又荏苒两年，有丙出版社侠肝义胆说可以出，但按正常程序，大约在两年后方可面世。熊先生一听，虽然得在七百多天后才能出版，但总比判无期的好，故将稿子从乙处转到了丙处。熊先生一向对版权和稿费之类不感兴趣，最关键的是要把书出版。因为，在他看来，这是人生的内容之一。

这件事到此原可画上句号的，但后来发生的另一件事，使得一向豁达的熊先生也不免感慨良多。

却道某日，台湾一出版人慕名拜访熊先生，席间听说熊先生有译著某某，马上索要原稿，次日即飞回台湾。以后又来数信，称此书年内即可出版云云。连熊先生早几年在全德哲学大会上用德语所做的《海德格尔与中国哲学》论文，也不知通过何途径，被有心人找去翻译成中文，在台湾发表了。

熊先生的译著终于不必等两年就能与读者见面了，熊先生很高兴，他说：两岸是一家人。

熊先生的家非常整洁，家里的钢琴和电视机都罩着布罩。阳台上有鲜花若干盆，他说他很喜欢在空气流畅的阳台上伫立。满头银发的熊先生穿着整齐，几可说是一丝不苟，甚至风纪扣也扣着。他的眼神，真诚而智慧，像是在问人，又像是在自问："哲学是干什么的？"

一九九三年十月十六日

补 记

一九三三年九月十二日，熊伟从上海乘坐 Conte Verde 船赴欧洲，住在二等经济舱 49 号房，"共四榻位，左右各二，分上下"[1]。同舱中，有清华大学的浦江清（1904—1957），从浦氏留下的日记中，我们得知除了熊、浦，另两人为清华大学的蔡可选和同济大学赴德学医的黄君。同船者中，还有清华教授冯友兰（1895—1990）和浦薛凤。从日记中看，西行途中浦江清与熊伟互动较多。

浦江清九月二十四日日记："与熊伟君散步，入头等舱小坐。见 Catholic（天主教徒）做礼拜，同舱中有数人乃 Catholic。昼夜打牌之一邓某，乃独越诸座而前，随一牧师，诵赞文，执烛甚虔。熊君言，彼手执烛，口念经文，但心中恐念念不忘红中白板耳。"[2]

1 浦江清：《清华园日记 西行日记》（增补本），生活·读书·新知三联书店，1999，第 90 页。
2 同上书，第 100 页。

关于此行，熊伟曾在当年十一月二十一日的莱茵河畔写过《Conte Verde 的伙伴》一文，对船上众生相有过神肖的速写："海程无聊，船上的中国人，无论学生，教授，都常是摆到三桌麻将之多，大都是为消遣时日。只有五位教徒中的一位，是由湖北的教堂派来的，不但每场必在，而且认认真真地呼卢喝雉，打错一块牌，便拍桌打板，脸红脖子粗。我也不知道天主教中有没有'十戒'，如果有又不知道其中有没有赌戒。如其无之，这位教徒或者也可以美其名曰赌徒。"[1] 这位让熊伟心生厌恶的"湖北教堂派来的"赌徒某某，或许就是浦江清笔下的"邓某"。

浦江清日记九月二十六日至十月四日有缺。十月五日复有记录："上午九时，船抵意大利的 Brindish（布林迪西）。"[2] 浦江清与冯友兰在此下船，结伴从布林迪西往那不勒斯、罗马、佛罗伦萨、威尼斯而去。至于熊伟，与浦江清等在何时何处分手，日记未著。最后，还是在几年后（一九三九年）熊伟致冯友兰的一封信中，才有了答案。

我初次知道熊伟先生大名，是朋友老董向我力荐的。他对我介绍说，熊先生是海德格尔的学生、萨特的同学。老董是北大七八级哲学系研究生，学数理逻辑，师从王宪钧（1910—

1　熊伟：《Conte Verde 的伙伴》，《自由的真谛：熊伟文选》，中央编译出版社，1997，第 308 页。
2　浦江清：《清华园日记　西行日记》（增补本），生活·读书·新知三联书店，1999，第 100 页。

1993）。但老董之所以认识熊先生，却与他在北大学哲学毫无关系。老董是为了寻找早年在南京师范学院附中的一个学弟李天燕才主动登门认识熊先生的，因为此位李学弟，当时正是熊先生的东床。熊夫人钱竞阳也是南京人，而且还是南师附中前身中央大学附中毕业的，算起来，跟老董有老乡兼校友之谊。

查阅当年日记，发现老董不仅向我推荐了熊伟，而且还在一九九三年十月十六日上午亲自陪我一起去了熊家。关于此一关节，当我在微信上告诉老董时，他已经完全不记得了。

熊先生家住中关园，位置在北大东门的东侧。另一个大师级的哲学家张岱年先生也住在这里。就在我采访熊先生后未及一年，一九九四年七月三十日，熊伟先生去世了。据他的学生记载，熊先生临终前曾有遗言："人类史与自然史是一致的，不可分的。人与自然，分享着共同的命运，是为天命。"[1] 以此盖棺，作为定论，熊伟先生无愧是一个哲学家。

虽然有着足可矜夸的资历，但熊先生似乎依然是寂寂无名的。仔细想想，原因大约可以推论出来，比如，他毕生所学、身所专长的，基本上在革故鼎新之后，被天翻地覆了一番。在很长一段时间里（几乎是他的大半生），只有马克思主义才是当仁不让的主流哲学。至于其他的西方哲学，有侥幸的，可以

---

[1] 王炜、陈嘉映：《于天人之际，求自由之真谛：忆熊伟先生》，载熊伟著《自由的真谛：熊伟文选》，中央编译出版社，1997，第394页。

成为似有若无的背景，被偶尔提及；堕为不幸的，则一概成为主流哲学的对立面，或被奚落，或被批判。据熊先生当年学生回忆，在一九五二年思想改造运动中，时任南京大学哲学系主任的熊先生曾自我批判，把自己所从事的工作，说成是"戴着口罩掏垃圾箱"。此言一出，斯成一时之名言。熊先生一生求道的学问被自己如此自毁和丑化，其内心想必是五味杂陈吧？！熊先生晚年得以枯木逢春，完全得益于二十世纪八十年代"存在主义"在中国的一时风行，以及海德格尔被重新发现。熊伟先生一生最重要的标签，始终是海氏的亲炙弟子和海氏学术在国内最早的传播者。

作为民国时代赴西方的取经者，熊伟这一代学人的价值在二十世纪八十年代、他们人生的最后时刻闪耀出了意外的光芒。与他相仿的，还有老董的导师王宪钧。王宪钧，山东福山人，为甲骨文发现者王懿荣裔孙。一九三三年清华大学哲学系毕业后，先是从金岳霖读研究生，一九三六年赴奥地利和德国进修，师从数理逻辑大师哥德尔。一九三八年回国，曾任西南联合大学、清华大学和北京大学教授。王宪钧学成归来后，除了著有一本薄薄的《数理逻辑引论》，似乎别无所成。究其原因，也大致如熊伟。

缘何当年老董向我推荐了熊伟却没有推荐自己的导师，问了老董，老董想了想说，可能当时已经去世了。但王宪钧是一九九三年十一月十九日病逝的。我自己推测，理由只有一个，就是我当年根本不知晓王先生的大名，对其事迹完全茫然。我只依稀记得，王先生也是住在燕南园，是林庚先生最近的邻居。

熊伟先生一九三三年十月入德国弗赖堡大学，海德格尔正是该校校长。熊先生在弗赖堡学习了三年，但最后他却是在波恩大学获得了哲学博士学位。我记得曾就此事问过熊先生，他如何回答的，我忘记了。另外，我似乎也问过他与萨特的关系，也应该是没有答案的。所谓的同学关系，当系误传。从熊先生和萨特各自的年表上，看不出两人曾有过交集。

我在二〇〇四年夏天曾去过波恩，并在波恩大学附近短租过一间斗室，住了有近半个月。每天以波恩为原点，坐火车去往四周的德国城市和小镇游玩。波恩大学更是我黄昏后经常散步的地方。

熊伟与浦江清，可以确定相识在一九三三年赴欧的 Conte Verde 号船上。熊伟认识冯友兰，如果没有更早的记录，那么也可以具体定位在此时。这一年，熊二十二岁，浦二十九岁，冯三十八岁。一九四九年后，他们三人都在院系调整后的北京大学服务，直至各自生命的终点。三人相互交集的后续故事，似乎少见。

熊伟有一封写给冯友兰的信，被保存了下来。信写于柏林，时为民国廿八年（1939年）五月。缘起是王宪钧给柏林的熊伟寄去了冯友兰的著作《新理学》（石印本）。熊伟阅读后不仅著文回应，还在致冯的信中说："柏林同好皆大欢喜。"另，此信还揭示了浦江清日记遗缺的部分，即熊伟与浦江清、冯友兰是何时、何地分手的。信中说："Brindish 一别，倏逾五载。"原来，他们正是在一九三三年十月五日上午，在意大利的海港城市布林迪西分手的。

　　熊伟此信的最后几句是："长夜漫漫，欲闻鸡声，云山在望，不禁依依。"[1] 怀人的文字，是如此情真、意切，是那么词雅、字醇……

二〇一六年十二月二十日

1　熊伟：《自由的真谛：熊伟文选》，中央编译出版社，1997，第39页。

启功的烦恼

今年入夏以来，北京持续高温，因此"居大不易"也。已逾八旬的启功先生，便是盛夏酷暑的"受害者"。

眼下，启先生极少出门，而且，除了老朋友的电话，启先生是难得与外界联络的。并非刻意追求修身养性，他实在需要的，是清静。

白天的喧嚣过去之后，夜晚，启先生仍然时常失眠。大凡读过《启功韵语》的读者，相信都会记得数年前启先生有关失眠的戏作，多达八首。现在，失眠又开始困扰他了。

于是，但逢夜阑更深而不能寐时，启先生便或听收音机，或握卷细读，直到实在困了乏了，才能睡上一会儿。就像他曾写的："何须求睡稳，一榻本糊涂。"可是，睡不好觉的滋味，实在是令人烦恼不堪的。

启功（1912—2005）。北京师范大学教授、书法家。

前些日子，有人寄材料至启先生所在的师大，称某处某人在伪造启功作品云云。校方拟沿线索去顺藤摸瓜一番，未想，启先生却莞尔一笑，轻描淡写地说："不值一查。"

早在几年前，启先生曾和谢稚柳先生被邀宴于深圳，席上，主人称自己珍藏有一幅启先生书法，想请他看一下。启先生当时笑曰："不用看了，写得不好的，必是我写的；写得好的，想必是假的。"一番戏谑之语，顿时惊了四座。

启先生接着悠然地说："倘是真品，无所谓好坏。如是假冒的，必刻意求工求精。"谢稚柳一听，拊掌称妙。其实，赝品再怎么模仿，又如何能得启先生手迹风采之万一呢？

还有一事也属奇事：某人周游山东，兜售启功书法条幅若干，每幅仅数千金。买者大喜，便宜买到了好货，焉能不喜？遂派专人赴京，直奔荣宝斋装裱。未想，见多识广的师傅一眼看过，便告之：假的！

买者不信，径奔北师大而来。又鉴定之，始知荣宝斋不谬。买者痛心疾首之极。启先生知道后，便送了一幅字与其。买者遂欢天喜地而去，此番所持者，真迹不容置疑耳。

对近来频频出现的假冒事件，启先生含蓄地说："这位（些？）'朋友'大概是短钱花了。对此事，我不追究。"其实，启先生何曾希望署上自己大名的"假冒伪劣"货色去招摇撞骗？后来，他说了真心话："要想追究，也追究不过来，花不起那个精力呵。"或许，那些假启功还很盼望真启功能诉诸公堂呢，果如此，他们岂不是皆能一夜之间成为"名人"了。

让启先生最为烦恼的，是另一类假冒。某日，一位台湾人恭敬地对启先生说，他花了上万美金，求得几幅明清书法精品，上面还有启功的鉴定题跋。启先生有众多头衔，其中一个是国家文物鉴定委员会的主任委员。所以，但凡经他过眼的文物，当是有一言九鼎的分量的。

启先生一听此事，便赶紧声明："我从未在这几件上题过！"其实，这几幅作品还真曾被启先生过眼过。只是当时启先生一眼便认定是赝品，拒绝了题跋。他又怎样想到，仅隔数日之后，该作品竟被另一个"启功"题上了。

对这件事，启先生非常有意见。他说："造假古画，本来就是错。假冒我的题跋，使我成了假见证，这是我决不能容忍的。"

对这些已明显侵害了启功的违法行为，不知道启先生还会有什么进一步的对策。不过，他特别想告诉大家的是："朋友，千万不要因为古字画上有我的题跋，就轻易相信。至少，可以拍成照片寄给我看一看，以辨真伪，免得吃亏上当。而且，今后我连真的也不再题了。"

启功与陈垣（北京。1960 年代）

晚年启功（北京。吴霖摄于 1993 年）

与启先生相处，深感他是个外圆内方，谈吐智慧幽默，办事却极有原则的人。他为人非常随和，却绝不随便。他喜欢温顺的小动物，他说："小动物再老实，你老用棍子捅它，它也会龇牙。"遇上忍无可忍的事，启先生也会拍案而起，而且是非有个结果不可的。

盛夏的烦恼，终会过去，取代而来的，是秋天的沁凉和气爽。可是，启先生的另一种烦恼，何时能解呢？"唯有杜康"，大概是自欺骗人的，或许是"扫帚不到，灰尘不会自己跑掉"罢！

一九九三年七月五日

附：

启功"坐游"万里山河

启功教授不爱看电影，并声称绝不看悲剧。他的理由大概是充分的：人生何必自个儿找不痛快！所以，启功平常只看电视。但是，看电视也不是没有选择的，除去《新闻联播》，他常看《世界各地》和《祖国各地》，而速战速决的喜剧小品和相声以及《动物世界》，则是他最为喜爱的节目。

近两年，旅游形成热潮，登山攀岭者纷纷争先恐后，启功却不敢追众。有一次，他对我说："别人登山揽胜，高兴得很，我却老想哭。"

为什么？

因为启功面对大好河山，良辰美景，总会不自觉地想起已去世多年的老母亲和爱妻。

启功是有名的孝子。一岁丧父后，是母亲含辛茹苦抚育他长成。母亲晚年病中，适逢北京王府井百货大楼新成，老母亲想去看看，但终因病得厉害，未能遂愿而殁。对启功来说，这是人生一大憾事。启功夫人章佳氏，长启功两岁，与启功相依为命数十载，经历了许多的风风雨雨，吃过许多的酸甜苦辣，也从未有机会坐上火车去游山玩水一番。一九七五年章佳氏撒手西去，启功痛不欲生。启功有《痛心篇二十首》，俱言其哀伤之状，举凡读者，无不含泪神黯。许多年后，有人试着为启功做红娘，启功一概拱手谢绝。

一九九〇年，启功带了一百多幅自己的字画去了香港，举办了一次辉煌的书画展。此次书画展卖书画所得二百多万港币，但这些钱一分也未入启功私囊。他将全部收入捐献给了国家，用来设立励耘奖学助学基金。

这事的缘由是：启功所供职的北京师范大学前些年有意为他建一个艺术馆，启功坚辞，口称不敢，实则不愿。他倒有心搞一个奖学助学基金，用来鼓励和帮助那些学习优秀而家境困难的学生。他将这个基金命名为励耘奖学助学基金，以此来纪念他的老师、原辅仁大学和北京师范大学的校长陈垣先生。

励耘书屋是陈垣先生的书房之号。当年，启功以高中学历，任教于辅仁大学，多得益于陈垣先生。今天，启功以自己成功的奉献，报答恩师当年的培育之情，不正是一种最好的纪念方式吗？今天的启功，以书画、古典文学和文物鉴定三绝而驰名海内外。滴水之恩，当涌泉以报，这古老的道理，在启功看来是很自然的事。启功先生曾认真地对我说："初进辅仁，陈先生对我书如何教，文如何改、如何圈、如何点，都一一加以指点。我启功能有今天，是一分都不能离开老恩师的好处的！"

说起来，启功还是清朝雍正皇帝的后裔，所以，他自然也有爱新觉罗的姓氏。但大约是没有人叫他爱新觉罗先生的，因为从清朝起，就没有人把爱新觉罗姓氏作为口头称呼，所以，人们多将他的名字前后拆开，称他"启老"和"启先生"。启功没有子女，倘若有一子半女，启功说必让他们以启为姓，代代相传下去。启功对某些人不论场合到处将爱新觉罗的姓氏挂在嘴上，是颇有些微词的。

启功是个名人，名人自有名人的烦恼，单是神出鬼没的求字大军，就足以使他难以招架。于是，便有一传说，云：启功曾在自家门楣处，贴一字条"大熊猫冬眠，谢绝参观"，以阻挡不屈不挠的不速之客。某次，我笑问启功，启功亦笑答：此系讹传。

倒是在前两年，启功为对付不约自请者而在自家门上贴过一张字条："谢绝参观，启功冬眠，敲门推户，罚一元钱。"但根本无效，认识的和不认识的，总是鱼贯而来。于是，启功便伺机东"躲"西"藏"，仿佛地下工作者一般。

"躲"进钓鱼台国宾馆的启功，在四号楼的一间客房里对我说："最近刚刚完成了一篇近四万字的论文《说八股》，就是在北京师范大学的一个僻静之地，用一个月的时间写成的。"那里离启功的家只有一箭之遥，且自费住宿，缘何？逃避也。

启功戏称自己的字是十年"文革"中抄大字报练出的功夫，故应称"大字报体"。当年，启功抄写的大字报，很少有能保存多日的，因为总会有喜欢启功书法的人，偷偷揭下藏起，以致后来凡有启功所抄的大字报贴出，需让人看守。

医生对上了年纪的启功谆谆告诫，戒食这物或那物。但自称不是美食家的他，总是置若罔闻，譬如酒照喝，肉照吃……过去，启功会抽烟，但现在不知不觉中也不抽了。他的养生之道仿佛就是四个字：顺其自然。学过太极拳的启功，现在早已忘了路数，也不觉得有什么可遗憾的。今年七月盛夏，这位一九一二年出生的老人，就将满七十九岁。

某次，我偕启功先生看一个书展，启功对其中一些以动物为主题的书连连称好，还幽默地以成语加以评点。这是一位天性善良、热爱生命的长者。启功很遗憾地对我说："文革"中抄家时曾丢失了一本很有趣的《白狗图》。还有一个故事：启功出访他国归来，海关的先生们很诧异这位先生一件电器也未带时，启功却变戏法似的掏出一个小兔打鼓的电动玩具。启功不爱陌生人随便给他照相，但如蒙准，在他家里可以给他照相，他必坐在一大堆动物造型的玩具中，抱着一个布制大青蛙或大耳兔对着镜头微微而笑。

钓鱼台国宾馆。窗外，桃红柳绿，灿灿烂烂；启功在安安静静做学问、写字。他临时的邻居，来自江苏的著名国画家宋文治，正在神气荡漾地画他的一丈六尺泼彩大山水……启功指着宋文治送他的《宋文治山水画集》对我说："我最喜欢看山水画册了，一翻一大张，一片大好河山。"

我说："您这是'坐游'万里山河呵。"

我们相对大笑。

一九九一年五月八日

补　记

记忆里初次见到启功先生，时间是盛夏，地点是钓鱼台国宾馆，由南京来的宋文治先生介绍。我恭敬地称呼他"启老"，他双手抱拳，连续两声回答："岂敢、岂敢。"翻了日记，发现关于时间的记忆有误。准确的时间，应该是一九九一年四月二十四日。那一天，我参加了在荣宝斋举行的"宋文治画展"，然后被宋老邀往钓鱼台共进午餐。

与启功先生交游不算多，但也不算很少。自己是不能妄称为启先生学生的，但每次见面，总会顺便请教问题一二。这些问题，多是自己平日在看闲书时所积攒的疑问，属于"有备而来"。于启先生而言，则相当于被"突然袭击"，不可能事先准备。但每一次请教，总会有比较肯定的答复。记得有一次，我向他请教一个词的原意，他马上告诉我，可以到某一本书中某一章节去找出处。启先生在外待人接物，多给人以幽默快乐的形象，但在平时交谈中，非常平实，从不倚老卖老，更不故作高深。几乎在所有的问题上，他都能与对方平等交流；加之一口圆润的北京话，抑扬顿挫，婉转有致，与他交谈，往往如沐春风。

与他见面算不上多，但我也当面见过他两次发火。一次是在钓鱼台国宾馆，门卫打电话进来，说有秘书某某求见，启先生很疑惑，盖与秘书所在单位素无往来。与之通话，秘书云奉某某领导之命前来求字。启先生温言婉拒，但对方似乎不依不饶，正在交谈中，启先生陡然说话声高，当场拒绝。另一次是某名人（恕不点名）未事先联系，擅自带了陌生人到小红楼。启先生在两人走后，也是冒火批评之。

除了正儿八经的采访，我因骑车上下班，每天往返于清华东路学院路的林大与府右街之间，北师大是必经之地，偶尔会兴之所起"突袭"拜访老先生。如，日记载："下午直奔启功处，在。聊一下午。"（一九九二年三月二十四日）"晚去启功家，聊了一个多小时。启老赠我《汉语现象论丛》一书。师大九十年校庆。"（一九九二年十月十一日）进出北师大校区，如从府右街向北走，我总是从铁狮子坟的东门（人门）进，从北太平庄的北门（小门）出。

我给启功先生写过多篇稿，最长的一篇写于一九九二年。五月八日日记："《启功》一稿抄改完，共二万四千字。"这一篇，后来以《书法大师的悲欢交响曲》为题收入我的第一本书《名人采访录》（中共中央党校出版社，一九九三年一月版）中。

初次见面时，启先生对我称呼他"启老"回以"岂敢"，并非只是礼貌上的客气，除了在谐音上幽了一默，更深层次的原因，是后来彼此熟悉后他才告诉我的：他其实一向不喜欢别人叫他"启老"，大约是不喜欢那个"老"字。启先生希望别人称呼他的，是"先生"二字，一则普通，少长咸宜；二则他本身是个教了一辈子书的教师。教师者，先生也。记得与启先生住一起照拂他日常生活的景怀大哥对外人称他时也是以"先生"相称的。但我好像一直以"启老"称呼他，在付诸文字时则一贯以"启先生"行文，总以为这样才更能表达我的尊重。叫他"启老"虽然稍稍有违尊意，但时间一长，他似乎也就默然了，并无不悦。

回忆曾与启先生的交谈，林林总总，似乎并无局限。我与他曾经"躲"到师大招待所中，在无人打扰的情况下，他用数小时比较系统地漫谈了自己的家世和一生。那一次，经启先生同意是有录音的。那次的录音材料，构成了我写启功长文的骨干。那篇文章，在一九九二年以及之前可能是写启功先生最长的一篇，且因为其中有好些细节是初次披露，故发表后，颇得了一些好评。稿子按照行内的规矩，是经他本人审阅过的。与如今多种启功传记纷纷问世相比，我大约可算是"起了个大早，赶了个晚集"。

我曾对启功先生说我第一次听说"启功"大名，还是因为林散之。缘由是这样的：在"文革"后期，南京的书法家林散之仿佛横空出世，以草书得大名，乃至各种逸事流传纷纷。南京的父执毛治平先生对林字甚为推崇，曾对当时还是少年的我讲过一个小故事——北京有个大书家叫启功，因病卧床，某一日偶然得见林散之草书真迹，当场坐起，病也霍然而愈，云云。关于此事，我专门求证于启先生，启先生说林老的草书的确是好。但对其余部分，并未给出答案。

启先生跟我仔细谈过二十世纪五十年代关于《兰亭集序》真伪争论的始末，以及与自己相关的背景；也谈过如何欣赏范宽《溪山行旅图》的佳妙。在他的客厅兼书房中，就悬挂着一幅"下真迹一等"的复制品；作为书法"帖派"的代表人物，他讲中碑、帖两派的争论要点，他自己的观点也毫不含糊。他甚至还聊起过如何寻找汉字间架结构中的"黄金分割线"，乃至如何握笔、如何磨墨，等等。当然也会偶涉时事，兼及人物。对于古人，他的臧否且会很直接，往往一步到位。但对于时人，他还是点到为止的。他对我止在进行以文字速写为老文化人留真的工作很是肯定，并积极支持。他向我推荐过两人，一位是他的邻居钟敬文，另一位是他少年时代的玩伴王世襄。后者，他还当即打了电话过去，说明事项，并让我与王先生直接通话约时间。

我选择从北京返回上海，跟启先生我是说过缘由的。后来我多次回过北京，但只有第一次因有事去找过他，他开口第一句就问我父母还好吗。一个小细节，说明他记性仍然极好，且自己高龄仍会关心他人。对此，我唯有感念情动。

启先生的书法，是书家字，但更是文人字，我是很喜欢的。他的书法行情在那些年中日涨夜涨，但我从未开口向他求过字。我有先生大著数种，悉由他主动相赠。

一九九一年五月二十八日，我去北师大小红楼启功先生处，先生以《启功韵语》一册见赠。是书竖版繁体，前有铜版纸印墨迹多帧，颇为可观。一九八九年一版一印，精装，印数五千。有一可噱处，该书后有出版社所附铅印勘误表活页一张，数了数，达二十二处。但，此表仍是有误的，因此，启先生又亲自在勘误表上再勘误了一次，并用笔一一改正之。那天，启先生还向我出示了一册未刊诗稿，诵读数首。对其中一首，我表示欢喜，启先生便用我的钢笔，在是书首页给我抄写了此诗：

　　　　吾爱诸动物，尤爱大耳兔。
　　　　驯弱仁所钟，伶俐智所赋。
　　　　猫鼬突然来，性命付之去。
　　　　善美两全时，能御能无惧。

落款："杂诗之一，书奉吴霖同志哂正，启功。"如今，这诗、这字、这书，都成了我难忘的记忆……

二〇一九年八月二十日

精打细算的关山月

在广州，关山月先生住在他参与创办的美术学院里。自一九五八年以来，他就生活、工作在这个大院里。虽然住所屡有乔迁，但关先生始终未离开过这里，即使在大走背字的那几年。

关山月现在居住的，是一幢爬满青藤的小楼。在楼门旁，有"隔山书舍"牌子一张。关先生给我解释，其中有双重含义：一是此地距隔山村不远；二是恩师高剑父的恩师居廉先生雅号隔山先生。

在关家的客厅，你可以见到两尊关山月塑像，一尊平和安详，一尊严肃紧张，它们同时安置于客厅，想来所表现的精神，还是得到关先生首肯的。有一幅瓷盘画，线条稚拙，画的也是关先生，饶有情趣的是，关先生眉心那颗吉祥痣被重重地夸张了。有四个字题在上面：我的爷爷。

关山月（1912—2000）。广州美术学院教授、画家。

关山月（右）与傅抱石联手为人民大会堂创作《江山如此多娇》
（北京。1959 年）

晚年关山月（北京。吴霖摄）

说起这幅画，关先生竟然喜不自胜，介绍说是大外孙关坚的杰作。关先生对自己的后代，在职业上声称绝无"长官意志"，而是尊重他们各自的意愿。可是，他的爱女关怡是学有小成的画家；两个外孙，一个已进入美院附中学画，一个在少年宫涂鸦，关先生因此后继有人了。关先生的快婿，是他的得意门生，自然亦是圈中人物。

　　在客厅的墙上，有关山月的梅花芬芳馥郁，关山月的山水高山仰止、细水长流，关山月的小鸟们无声啼唱……毛泽东的一张手书被挂在正面的墙上，似乎在评价这一切：江山如此多娇！关先生说：这是复印件，原件已捐给国家了。

　　有一副竹刻对联，也被相向挂于壁上："文章最忌随人后，道德无多只本心。"关先生说：这是集王山谷的句子，也是我的座右铭。

　　关家的院子并不大，内容却很丰富：几棵高大的小叶桉树，使盘绕着的日本万年青也得以直上青天；花盆整齐地罗列着，看得出得到了主人的精心莳弄。关先生说，只要有时间他就会在院子里浇浇花、扫扫地。简式太极拳打了好些年，气功却新学不久，他笑称效果尚且不错。

　　三年前有朋友送了一只猴面鹰给关先生，他很是喜欢，经常亲自给它喂食。还有一只海南八哥，关先生自豪地说：会说话的。

我一听便与八哥打招呼："你好！"未想连说了十几遍，该鸟只是呆呆地望我，依然毫无反应。我正疑惑，关先生大笑，说："你说的是普通话，它听不懂，你要用广东话向它问好。"说着，关先生便用粤语很有信心地与鸟打起了招呼，可是那八哥却坚定地默不作声，只是转睛东西，王顾左右，令主人、客人俱快心不已。

关先生的生活很有规律，除了必须外出，他通常就是在家中画画、看书、写诗……看报和看电视是关先生了解外界的最佳方式。关先生对我说，最近正在播放的《庭院深深》，他很爱看，他评价这部电视剧是很有文艺味的。平时，他最喜欢看的当属足球赛，他称之为休息脑筋的最好办法，而且最喜欢你冲我杀却难分伯仲的比赛，一旦分出高低，他便兴趣寡然。

关先生在香港的朋友很多，朋友们也很关心他。有一次，一位香港朋友问他需要些什么，可以从香港带来送他，关先生认真而幽默地回答："我什么都不需要，我想要的东西你们也送不了。我需要时间！"

临别，关山月先生在他的院子里握着我的手说："现在苦恼的是太多的会要参加，不是我想偷懒，实在是有许多创作计划需要完成。"他摸了摸自己的口袋说："口袋里就那么几个钱，要精打细算呵。"

一九九一年十一月十七日

附：

关山月的"西沙情"

关山月先生有一个《祖国大地组画》创作计划，一年一幅画，要把神州的山南海北、春夏秋冬尽收笔底，可是，踏遍青山的他，却一直未能有机会去南海，去西沙。一九八三年，关山月到海南写生，站在"天涯""海角"石旁，他就开始做"西沙梦"，这一梦，一晃就近十年呵！

今年春天，关山月由女儿关怡陪伴，终于在海军方面的支持下，由海南坐直升飞机飞向了西沙。十年"西沙梦"得以遂愿，关山月的高兴自不待言，喜欢写诗的他，兴奋地写下了"八十奇缘还夙愿，天高海阔任翱翔"的诗句。

飞抵西沙群岛中最大的永兴岛时，飞机还破例为关老在岛上低飞、盘旋，好让这位国画大师能从空中深刻地领略西沙的美丽。

关山月终于踏上了西沙的土地，他笑了……

事隔一月，我在北京饭店见到关先生时，他仍然沉浸在西沙的风景中，他对我说："西沙的海浪很特别，特别的好，沙滩很漂亮……"正在这里出席全国人大会议的他，感慨万分：

"生活在我们这个时代真是最幸福，条件多优越啊。"

关先生的窗下，就是华灯初上、车水马龙的长安街。人大会议期间，他就是每天从这条街出发，去人民大会堂，坐在主席台上为人民参政、议政的，可是，他又怎么能忘记遥远的西沙群岛上的那一条"长安街"呢……

虽然是三月，但西沙的气温已经平均高达三十多度。关山月每天出去写生，就像上班一样，他画了奇形怪状的抗风桐树和成片的羊角树林，也画了水兵们靠从大陆上一书包一书包背回土来建起的蔬菜基地。当然，他也画了海滩和雪一样白的海浪，虽然是速写，但从简练的线条中，足以窥见画家热烈奔放的灵魂。

岛上，有一条简陋的小路，被这里的水兵们亲切地叫作"长安街"，而且，这里甚至还有"王府井"呢。关山月每天都会在这条"长安街"上漫步。

水兵们非常欢迎关山月到来，他们说关先生创下了两个西沙之最：一是迄今为止上岛年龄最大的长者；一是知名度最高的画家。对于水兵们的挚诚，关山月深深感动，他和水兵们一起种下了纪念树——一棵幼小的椰子树。

关山月要走了，带着他画下的三十多幅速写素材，带着永生永世也不会忘怀的西沙风景，也带着西沙人的盛情……

关山月饱含激情地为西沙守卫者写下了一副对联："雄风安海岛，一柱定南疆。"

水兵们回赠关老的，是西沙的海螺和贝壳。从此，西沙的涛声将长久地回响在关山月在广州的隔山书舍中……

一九九二年四月十二日

补　记

我有两本《情满关山：关山月传》的签赠本，一本得自广州隔山书舍，由传主关山月先生签赠，另一本得自作者关向东。这本出版于一九九〇年的传记，至今几乎是仅有的关山月之传。在画家生前出版，在史实上得到关山月本人的认可，那是肯定的。

关山月出生在广东阳江一个叫果园的村庄，他原名关应新，上学后改名关泽霈。一九三五年入春睡画院，拜高剑父（1879—1951）为师，时年二十三。关泽霈向老师提出想取个艺名，高剑父说：你姓关，有个词牌叫关山月，你就叫关山月吧。[1]

画家关山月声名鹊起于抗战时期。他曾驻足桂林，与夏衍等左翼文化人相契。巨赞法师有《辛巳人日，与方孝宽、盛成、徐值松、李焰生、雷震林、林半觉、唐伟、余维炯、关山月、林爱民诸公，为龙翁积之预祝期颐于月牙山纪事，步方孝宽韵》诗一首，本诗已佚失，但诗题却显示了在一九四一年正月初七，关山月与盛成先生也有过短暂的交集。那一次短聚，徐悲鸿一定会是他们的话题。关山月离开桂林后，遍游大西南，写生、创作、办画展。某次画展中，他偶遇徐悲鸿，彼时，在桂林的盛成也一定会是他们的话头。那一时期的广泛交游，奠定了画家关山月一生的格局。

多年以来，我素有聚书之好，曾在十几年前于文庙书市得关山月著《如梦令》散文集一册。我当然不会将作者与画家关山月相勾连，仅为同名者而已。但作家关山月为谁？虽小做梳理，但并无头绪，又以无暇，遂放下了。两年前，游弋网上忽见一文直指《如梦令》之关山月者，即为画家关山月，于是引起我的再次关注。

最简单的，当然是得到已知这一位关山月的直接指认。但画家关山月已去世多年，我试图通过"关山月美术馆"联系有

---

1 关怡:《关山月与二十世纪中国美术》，广西美术出版社，2013，第530页。

过几面之缘的画家之女关怡。然多次未果。

这一本关山月著《如梦令》，一九四七年五月由日新出版社在上海出版，为胡山源主编"日新文艺丛书"之一种。从《情满关山：关山月传》一书后附的《关山月先生艺术年表》看，一九四七年关山月在广州、南洋一带活动，一九四八年曾在香港、上海两地举办西南西北和南洋写生画展，并出版了《西南西北纪游画集》和《南洋纪游画集》。但具体办展地点、反响均未载，关山月本人是否亲临上海，也未提。在《情满关山：关山月传》中，对此事，是干脆跳过的。

《如梦令》一书中，收《如梦令》（代序）、《答客问》、《法利赛人》、《魔经》等共十六篇散文。这套丛书共十五种，除胡山源本人两种（《我的写作生活》《早恋》）、赵景深一种（《小说论丛》）、叶德均一种（《戏曲论丛》），另十一种均为新晋作家的创作，署名分别为沈寂、石琪、萧群、中原、汤仙华、方培茵、程育真、张珞、关山月、施瑛和巴彦。[1] 其中方培茵为胡山源夫人，中原、汤仙华、张珞为计中原一人的三个笔名。

"笔名大王"陈玉堂编著的《中国近现代人物名号大辞典（续编）》一书中，第七十四页有"关山月"条："广东阳江人。

---

1 巴彦：《抗战胜利后胡山源主编的〈日新文艺丛书〉》，载杨郁编《胡山源研究》，江苏文艺出版社，1994，第530页。

原名关泽霈，亦名子云（或为字号），又名汪霆……"[1] 此后的介绍虽全然是画家关山月的，但陈玉堂也将"关山月"与"汪霆"联系在一起。

循着"汪霆"的线索寻找下去，山穷水尽中渐渐浮现柳暗花明。最重要的一个线头，指向这一位也曾叫关山月的汪霆先生，曾在上海师范学院中文系任教。

近年已不写日记，但手机所拍的照片，从某种角度承担了记录的功能。翻找手机所存照片，确认我是在二〇一七年十二月十四日去上海师大寻找作家关山月的。先到校长办公室，其指点应去管理教工退休人员的退管办。复去退管办，他们明确表示现在尚在活动者中，无此人。再去档案馆，有收获，值班人员费心帮我查了两次，确定汪霆已去世，档案存奉贤校区。人文学院的院办老师很热情，但不知汪霆为谁，问了周边多人，均称不知其人。最后他灵机一动，打电话给原中文系主任王纪人，王果然知道，也知道汪早已去世，他还提供了汪霆家的住址：广延路三五〇弄上工新村，具体门牌不详。那里曾是师院早年的一处教工宿舍。

第二天，我直奔上工新村而去。见到上了年纪的人，就打听有没有是从师院退休的。在新村棋牌室里，果然见到一位从

1　陈玉堂：《中国近现代人物名号大辞典（续编）》，浙江古籍出版社，2001，第74页。

体育系退休的老人，九十岁了，身体不错，声音洪亮，但他并不认识汪霆，让我去找新村某号某室另一位师院老人。但那位老人不在家，据说去儿女处住了。何时回，邻居也不知道。所以，既然无法间接得到汪霆曾经的住址，也就无法从他后人处了解作家关山月的生平。上工新村不算很大，但也不算小，大约只有两排房子曾经住着早期师院的教工。这些教工健在的已经很少，第二代中，迁走的大约也会不少。

有一点是确定的，就是"日新文艺丛书"之一的编者胡山源一定了解关山月。胡山源在逆境岁月中蛰居于江阴老家，陆陆续续写了几百位与之有过交往的文人。写作时间大约在一九七三年至一九八五年凡十二年间。此书在胡去世十二年后出版，以《文坛管窥——和我有过往来的文人》为名，约二十六万字，以人名为题，收入者不满二百人。按编者在后记中所言"《文坛管窥》手稿共六卷，约四十万字"推算，可能有十多万字未被编入。书中，"日新文艺丛书"的作者沈寂、计中原、程育真是有条目的。很遗憾该书没有为关山月留下一段文字。

说到胡山源与汪霆的渊源，至少可以上溯到一九三八年胡山源从王任叔手中接办《申报·自由谈》。[1] 胡在十一月一日正式接手版面，十一月三日的《自由谈》上，就发表了署名汪霆

1　胡山源:《我编〈申报·自由谈〉》,《胡山源研究》,江苏文艺出版社,1994,第41页。

的文章《"安分守己"》，文后还保留了写作时间，正是十一月一日。如此，可以确定汪霆所发表的文章不是前任遗留的积稿。以后，汪霆又以关山月之名在柯灵主编《万象》上发表文章。在杂志报章上，关山月与汪霆的名字是交相出现的。

一九四七年二月二十五日出版的第六期《幸福世界》杂志上，有一则"日新丛刊"即将出版关山月著散文集《魔经》的新书预告。可见，这是最后五月出版的《如梦令》一书的原拟书名。"关山月"与"如梦令"的组合，在视觉上的确是有雅趣的，使人第一眼即可留下深刻的印象。

《幸福世界》杂志由沈寂（原名汪崇刚）主编，他与汪霆结交于柯灵时代的《万象》杂志。《幸福世界》在一九四八年元旦出版的第二卷第二期（总十四期）《本刊作者动态》栏中披露："关山月现主编《华美晚报》副刊《夜谈》，内容甚为精彩。"同栏中，另有一则："令狐彗来信：'身在异国，想起朋友，寂寞得要哭。'"令狐彗，为董鼎山笔名，时以青春小说风靡一时，一九四七年八月赴美留学。一九四八年三月二十五日第二卷第四期（总十六期）杂志《本刊作者动态》栏中，位列第一条的是："关山月已于前月结婚。"

据《上海师大报》载王尔龄《怀汪霆校友》一文披露，一九五六年汪霆从福建师范学院调入上海第一师范学院，也是由胡山源推荐的。王尔龄曾问过汪霆，如何切换本名与笔名，汪当时给他的回答是：写散文用汪霆，写小说则用关山月。[1]
此处有两点值得注意，一是胡山源正是原来福建师范学院的中
文系主任，所以，汪霆在彼任教，或亦是胡山源带去福建的。
二是，《如梦令》一书，是散文集，此说与写散文用本名，即
汪霆一说有异。

以胡山源与汪霆各自的履历推演，两人交集是很多的，最
后他们均以上海师大中文系作为职业的终点。缘何《文坛管
窥》中缺失关山月，只有两种可能，一是胡山源对汪霆无话可
说，没费笔墨；一是已经写了，但被编书者因故留中不发。仔
细检阅此书，有一处提到汪霆，是在《丁祖祐》一文中："汪
霆曾对我说过：有二三百人在你的领导之下，不妨以此为根
据，出外活动活动。他的意思是要我借此造成一种势力，为自
己谋些利益。"[2] 比对上下文，胡的笔下，对汪霆的建议是有微
词的。

胡山源一九八八年去世，汪霆去世要晚许多，大约是在新
千年之后。对胡山源，汪霆似乎也没有公开发表的回忆。不管
是胡写汪，抑或是汪写胡，写到两人彼此的因缘，总不会不写
以关山月名字所出那一本《如梦令》的。倘果如此，此关山月
非彼关山月的误会，也会早早地揭开谜底。

1　王尔龄：《怀汪霆校友》，《上海师大报》（第 416 期）2017 年 1 月 5 日，
第八版。
2　胡山源：《丁祖祐》，《文坛管窥——和我有过来往的文人》，上海古籍出
版社，2000，第 273 页。

很巧的是，画家关山月与作家关山月这两位"关山月"的原名中都带着"雨"，一有"霈"，一有"霆"，只是两人的际遇迥异，一位声闻于野，另一位则大隐于市。

二〇一九年九月二十日

辛笛是手掌中的一片叶子

和辛笛先生握手！他的手掌，凉凉的。

曾经看到过一棵树，树上有九片灿烂的叶子。曾经读过一只手掌，掌上有奔腾的河流和清澈的湖……即使喑哑，即使在人生的冬季，有一枚叶子在手掌，被举向温热的唇，笛声遂像春天的一缕清泉，四处流淌……

辛笛说自己写得最好的诗，还是属于年轻的时候，在《手掌集》中。而且是在英国留学时写的诗。因为与祖国相距遥远，相思和苦恋，使情真意切的诗句变得纯粹。

小时候，辛笛的父亲因为崇尚"实业救国"，所以希望自己的儿子也走这一条路，但是辛笛却想"文学救国"。对辛笛中学进文科，搞文学，他的父亲是不满意的。但他没有想到的是，解放后，辛笛先生主动放弃了"文学

辛笛（1912—2004）。
诗人。

辛笛与徐文绮（摄于 1940 年）

晚年辛笛（上海。吴霖摄于 1997 年 12 月）

梦"，要求到工业战线去工作，他说他当时的动机，是十分真诚地想和工农兵结合在一起。后来，他搞过工业经济活动的分析，也主持搞过食品原料基地。直到现在，他仍担任上海一家颇有名气的食品公司的顾问。这期间，他似乎有意无意地和缪斯疏远了，自新中国成立一直到一九七六年，他总共只写了三首新诗。从事后看，他与文化界的这种距离，无形中使他逃过了一次又一次的劫难。辛笛说他的性格是甘居中游的，并且一直信奉着"诸葛一生唯谨慎"这句话。"我大概不能成为彻底的革命者"，说这话时，辛笛先生微微笑了。

"不求出名，不求回报"是辛笛做人的准则，在清华读书时，有一次国民党想抓的蒋南翔躲到了辛笛的宿舍，直到危险过去。对此，辛笛从未向人说起，甚至新中国成立后蒋南翔成为高级干部，辛笛也无意表功。这当然也使他在"文革"中少费了不少口舌。

辛笛先生在清华念的是外文系，后来去了英国，在爱丁堡大学攻读英国文学，但他却不会跳舞；回国后，他曾在著名的金城银行工作，但也不会打算盘。说起爱好，去过辛笛府上的人一望而知：辛笛先生爱书！他的书房、女儿的房间，以及过道，都矗立着巍巍然的书架，书的颜色大多泛黄，显然已经跟随主人许多年……他自己估计，现在的藏书，大约有三万册，这当然是劫后幸存和近二十年重新聚集的成果。"文革"前，他也有几万册藏书，但被抄家，流失不少，主要是外文书。对爱书和搞外国文学的人来说，这当然是一件令人心痛的事。（曾经采访过施蛰存先生，说起当年的抄家，他说被抄的，大多是中文书籍，外文书则幸免于难，他的理解是洋文红卫兵们看不懂。）

至今，每每读到好书，辛笛先生总是不甘独享，除了向朋友力荐，他还会"肥马轻裘与朋友共"，买上几册甚至十几册，分赠爱书的同道。比如，他喜欢《读书》杂志，如今在他家里还有好几期自费购买的副本。用他的话来说，就是读书不要自私。

书多了，大约不乏坐拥书城、南面称王的自豪；但也许间或有"书满为患"（辛笛先生夫人语）的感觉。有时候，想找一本书，家人往往会束手无策，但辛笛总会从书山深处找出想要的那一本。

问他对新诗的评断标准，他拿出一本新出版的《20世纪中国新诗辞典》，这是由他主编，并由他的女儿王圣思等人协助编成的皇皇巨著。辛笛先生说他把新诗诞生以来他所认为的好诗大致罗致在一起。编辞典，其实是他的本行之一。所以，每有文学青年来访，对他所讲述的内容知一不二时，他常常会说："去查一查辞典。"

辛笛的家，在上海最繁华的南京路上。房子是老式的，虽然有些美人迟暮的味道，但建筑立面细部一丝不苟，终究属于雅的品位。辛笛的夫人是一位翻译家，想来当然经历过欧风美雨，她对我说：这房子是维多利亚式的。辛笛告诉我，他家原来住在街的对面，有两间房，那房子原先是曹禺住的，曹在解放后去了北京，辛笛才搬了进去。曹禺先生是辛笛在清华大学的先后同学。

我曾认真地请教过辛笛先生：世风日下，人心不古，物欲横流，诗歌还有希望否？刚刚过了八十七岁生日的辛笛老人，行动不便，嗓音嘶哑，却很果断、很坚定地一挥手说：新诗肯定有希望！

我无端地想起，多年以前的一个夏天，我曾在北京车水马龙的西四，见过一个横笛而吹的旅人，一边赶路，一边吹笛，旁若无人的样子，卓尔不群，和周围喧嚣的闹市，似不和谐，又和谐之至。

噫，人在诗里呼吸，叶在树上辉煌，笛在掌中悠扬。

一九九七年十二月三十日

补 记

二十年前我写过辛笛访问记，文章第一句这样写："和辛笛先生握手！他的手掌，凉凉的。"

在"九叶派"的诗人中，我与辛笛和郑敏有过晤谈，也写过访问记，短短的，一篇是《郑敏的花园》，另一篇是《辛笛是手掌中的一片叶子》。后一篇写作时间是一九九七年十二月三十日。其实，我第一次见到辛笛的时间要早很多。应该是二十世纪八十年代初，在上海市青年宫组织的一个诗歌座谈会上，见其人，听其言，但完全不知其事。几年后，《九叶集》出版，我才第一次读到他的诗作。

访问辛笛的那一次，他送了我一本诗集，是一九八六年版的《印象·花束》，签了名，盖了章。现在舍下的一本一九四八年版的《手掌集》应该是后得的，不然，当时也一定会请他签名留念。

辛笛说自己写得最好的诗，在《手掌集》中。《手掌集》是辛笛的代表作，也得到诗歌史的公认。这本《手掌集》，一九四八年一月由星群出版社出版。印数一千零五十册，其中用西报纸印了一千册，道林纸五十册。是年八月，该书再版。出版者改为森林出版社。内容没变，与星群版不同处，一是封面作了改动，原由辛笛亲书的"手掌集"三字，改成了美术体；二是在版权页上，增加了发行人辛白宇。就如同印刷者是子虚乌有的森林印刷厂一样，至今仍未有人揭秘这个在一批森林出版社出版物中赫然在目的发行人是为何人。是曹辛之？是辛笛？抑或谁都不是，只是障眼法而已。再版印数不载，想来不会多过初版的数量。如今，初版、再版均不易寻见。品相上佳的，更珍稀如凤毛矣。

　　诗集由辛笛本人在一九四七年年底编成，根据创作年代分《珠贝篇》《异域篇》和《手掌篇》三辑。每一段的引首，都有一小节英文诗歌，分别来自霍普金斯、艾略特和奥登。所引诗歌，想来都是作者所喜爱的。这是一个汉语诗人用诗人的方式在向英语诗界的前辈作遥远的致敬。

　　一九四八年元月，辛笛随金城银行董事长周作民前往美国考察，随身只带了一本《手掌集》样书。在旧金山，辛笛喜遇清华时期的同窗好友唐宝心，遂将这身边仅有的一册诗集题词赠予。唐宝心归国时，携回此书。在后来的生活跌宕中，所有书籍被无奈散尽，此书自未例外。在流浪了若干年后，这本《手掌集》被爱书人姜德明（著名新文学版本藏书家）慧眼收藏。他在以后终于云淡风轻的日子里，分别找到了作者和受赠人。于是，这一本曾经珍重相赠、认真庋藏又流离冷摊的诗集，有了"回家"的幸运。[1]

　　在"九叶派"的九人中，有的人之间终身并未谋面，有的却相识很早。其中，辛笛与陈敬容应该是相识最早的。[2]

1　唐宝心：《〈手掌集〉的归宿》，《天津日报》1994 年 10 月 28 日。王圣思：《智慧是用水写成的：辛笛传》，华东师范大学出版社，2003，第160 页。
2　王圣思：《智慧是用水写成的：辛笛传》，华东师范大学出版社，2003，第 42 页。

一九三一年，辛笛从天津考入清华大学外文系。在校期间，他接替盛澄华和李长之，担任《清华周刊》文艺栏编辑。陈敬容一九三五年二月孤身到达北京。是年五月，《清华周刊》上发表了陈敬容的《对镜》和《夜蝇》，即是经辛笛发出的。相识之媒，相信应该是已在清华研究院的曹葆华引荐。曹于辛笛，是学长、是诗友；曹与陈敬容，是师生、是恋人。曹葆华的《落日颂》一九三二年由（北平）新月书店出版，这本诗集俨然爱情的宣告。辛笛与弟弟辛谷合著诗集《珠贝集》一九三六年由光明印刷局印行。

辛笛在清华毕业后，负笈英伦，回国后进入上海金城银行。董事长周作民是辛笛的父执和同乡。在海外期间和回国之后，他一直没有放弃诗歌。直到他与星群出版社的诗友们猝然相遇。

最初星群出版公司（星群出版社）酝酿于重庆，由同道朋友集资所办。参加的人有曹辛之、郝天航、林宏、解子玉，臧克家未出股金，但以《罪恶的黑手》和《泥土的歌》两本诗集的版权收入作为投入。故此，此五人应该是星群出版社的原始出资人。到了《诗创造》创刊，在曹辛之的叙述中，增加了沈明，去掉了解子玉。前期的《诗创造》没有名义上的主编，诗稿由大家分看，曹辛之负责编务，最后汇总征询一下臧克家的意见。虽然可能他们都视臧克家为精神上的"带路的人"，但也为后来该诗刊在编辑方向走向上的纷争埋下了伏笔。

诗人郝天航（鲁风）结婚在一九四七年，妻子是张洁，扬州人。婚礼地点就在西门路六十弄四十三号星群出版社租用的那一套房子的底楼。婚后郝张夫妇也在这套房子里居住，一直到他们离开上海。郝天航当年曾有一诗，记载了当时的生活："西门路近城隍庙，九曲桥上闲话少。低语多关未来事，夜深归来看诗稿。"[1]

今年早些时候，我偶然得知一九一九年出生的郝天航仍健在，且住处离我竟然只有一箭之遥，辗转一番，终于找到了身体仍然健旺的老人家。郝老基本失聪，交流需将问题写在小黑板上，他方能作答。据他回忆，当年股东中，他出资较多，大约在总数的三分之一。林宏当时在国防部后勤部门做会计工作。星群和森林在内部没有分家。

星群出版社出版的书和《诗创造》得到了读者的拥护，但由于出版印刷和销售回笼资金之间有较长的时间差，加上物价飞涨，出版社很快就捉襟见肘。这时，臧克家介绍曹辛之认识了辛笛。曹辛之晚年称：当时出版社"经济压力很大，主要经济来源靠向辛笛同志所服务的银行借支。辛笛在这方面帮了大忙，如没有他的支援，出版社早就停业了"[2]。

1　郝天航：《想念辛之》，载中国出版工作者协会书籍装帧艺术委员会编《艺术之子曹辛之》，天津教育出版社，1998，第311页。
2　曹辛之：《面对严肃的时辰——忆〈诗创造〉和〈中国新诗〉》，《读书》1983年11月号，第74页。

出生同一母体——星群出版社（森林出版社）的《诗创造》和《中国新诗》，或许在政治（反蒋和亲近共产党）上并无太大的分歧，促使二者分野的主要原因应该是编者在诗歌创作观上的迥异。刘岚山在一九四八年六月对臧克家的访问记中，写到臧的诗歌观："他觉得现在的诗，应该朴素有力，适宜于朗诵，而富于人民精神。对于空喊'艺术性，永久性'以掩护自我中心的落后意识与情感的诗作品，则猛烈抨击。"[1] 刘岚山本人也是诗人，他认为，《中国新诗》"这本诗刊从发刊词到作品，都比较隐晦，显然有现代派意味……"有着现实主义诗歌观的他，当年曾用化名著文批评《中国新诗》。他感到内疚的，是从未向好友曹辛之坦诚说明此事。[2]

　　《中国新诗》的诞生，实际上就是与《诗创造》的分道扬镳，关于分野的详情，虽然在当事人的回忆中都着墨不多，但还是能从只字片语中看到其中的一些比较情绪化的描述。在很多年后，当年分开的两拨人等，又曾聚集 起，并在淡化当年的矛盾上，似乎达成某种共识。当然，也有不释怀的。这可以从曹辛之将《九叶集》送给"诗翁"，"诗翁"并未积极回应得到证实。"诗翁"者，正是当年星群出版社和《诗创造》的"带头大哥"臧克家。

1　刘岚山：《诗人臧克家》，《新民报·晚刊》1948 年 6 月 14 日。转引自冯光廉、刘增人编《臧克家研究资料》，甘肃人民出版社，1990，第 363 页。
2　刘岚山：《祭曹辛之》，《艺术之子曹辛之》，天津教育出版社，1998，第 382 页。

"我们另办一本诗刊吧！"在唐湜的记忆里，是辛笛率先提出此议，然后，辛笛在林森中路（今淮海中路）中南新村的家中，邀集曹辛之、陈敬容、唐祈、唐湜吃饭，席间商定了新诗刊的名称和编辑宗旨。这一本新创刊的诗刊就是《中国新诗》。[1]

《中国新诗》的提议者为辛笛，经费问题也由辛笛所工作的金城银行贷款解决。子虚乌有的森林出版社没有实际地址，故最后请在邮局工作的唐弢申请了一个邮箱代替，[2] 邮箱号码为六四五号。但发行者仍为星群出版社。《中国新诗》每月一期，一共出了五期，便同星群出版社和《诗创造》一起被当局查封了。

一九四八年年底，星群出版社被查封时，臧克家一度东躲西藏，也曾以"北方朋友"身份匿名被辛笛带回中南新村的家中躲避数日，还曾躲到李健吾家中，后来实在无法，找到党组织的联系人陈白尘（之前的联系人先后为以群、蒋天佐，此时均已去了香港）。陈写了条子，让臧去某银行找某人可取七百元"金圆券"，以为路费，嘱可去香港找以群。辛笛知道臧克家要逃难远避，再一次伸以援手，慷慨赠予二千元。[3] 虽然当

1　唐湜：《九叶诗人："中国诗人"的中兴》，上海教育出版社，2003，第48页。
2　曹辛之：《面对严肃的时辰——忆〈诗创造〉和〈中国新诗〉》，《读书》1983年11月号，第74页。
3　臧克家：《臧克家回忆录》，中国工人出版社，2004，第205页。

年金圆券的实际价值待考，但七百和二千的对比，也可以确信辛笛此举，无异于"万人丛中一握手"，臧克家由此感念了很多年。

黄裳为南开中学的同学好友黄宗江编了一本散文集，但出书却很不容易。某日跟辛笛说了后，此书很快就印出了。这就是一九四八年十二月森林出版社出版的《卖艺人家》。封面题签黄裳，装帧设计曹辛之。道林纸印，毛边。发行人照样是面貌不详的辛白宇。[1] 扉页上，印着黄宗江的题词："纪念亡友郭元同——艺名艺方。"这位郭元同，是黄宗江在燕京大学的同学，也是他妹妹黄宗英第一次婚姻的对象。这一册小书，给朋友们留下了很深的印象。对作者而言，"垂老难忘"[2]（黄宗江语）是可以理解的。但很多年后，老资格的出版家范用还建议，称这个版本应该原封不动地再印一次。可见此版给他留下的印象之深。

关于森林出版社，很多人都认为是星群出版社的副牌，当事人在叙述两者关系时，也往往将其归于一类。如，辛笛在《忆盛澄华与纪德》一文中，讲到森林出版社时，随即加了括号，特别注明"亦即星群出版公司"[3]。我觉得，似乎有点

---

1 黄裳：《忆辛笛》，载王圣思主编《记忆辛笛》，宁夏人民出版社，2006，第27页。
2 黄宗江：《怀辛笛》，《记忆辛笛》，宁夏人民出版社，2006，第29页。
3 辛笛：《忆盛澄华与纪德》，《琅嬛偶拾》，上海教育出版社，1998，第121页。

移花接木。森林出版社的横空出世，更像是曹辛之们在出走星群出版社之后的独立所为。有关这一点，也许辛笛的好友黄裳已经给出了答案："我曾说过，这一切全藏在诗人王辛笛的大皮包里。"[1]

辛笛在中南新村的住所，曾给诸多文化人留下深刻印象。施蛰存的记忆里，辛笛家的栗子粉蛋糕极好、极好。黄裳的评价是：辛笛是好客的，文绮夫人烧得一手好咖啡。钱锺书的"雪压吴淞忆举杯"诗中，记录了第一次登门，和徐森玉（辛笛岳丈）、李玄伯、郑西谛、陈麟瑞（柳亚子女婿）等人一起享用火锅的旧事。[2]

中南新村位于今淮海中路（曾名霞飞路、林森中路）一六七〇弄，建成于一九四一年。共有十三幢（现存十一幢），每幢有两户或更多相连。由中南银行投资兴建。辛笛应该是在一九四〇年购买了其中的一户，次年八月入住。每户独门，共三层。底楼是饭厅和客厅，二楼是卧室和书房，三楼是孩子房和保姆房。抗战期间，郑振铎收集的线装古书就曾秘密地存放在三楼。那里也曾是臧克家的藏身之处。底楼屋外，还有个小院子，辛笛种了一棵桂花树、一棵海棠树。

1 黄裳：《忆辛笛》，《记忆辛笛》，宁夏人民出版社，2006，第27页。
2 王圣思：《智慧是用水写成的：辛笛传》，华东师范大学出版社，2003，第123页。

解放之初，此处房子卖出，辛笛一家搬进南京西路曹禺原来租住的房子。和辛笛在"更正朔"之后，与文学界虽然且行且珍惜，但在离开银行界后却一蛰走进工业界直至退休一样，辛笛当年的选择，回头看，属明智之举。

李健吾在文字回忆中，曾写过"辛笛家的扬州菜，特别是扬州汤包，到现在想起来，舌根还有留香之味"[1]。当年，辛笛有自备车代步，家里还请有一位淮扬菜厨师。以淮安为代表的淮菜跟以扬州为标志的扬菜固然同属一类，但细究起来，还是小有差异的。辛笛原籍淮安，虽然自小长在天津，但口味还是最有乡愁的。当年他家那一位大师傅应是烹淮菜小鲜的好手。告别中南新村后，这位淮扬厨师也就散去，惜乎背影隐然，不传其名。另，辛笛飨客，每以佳肴待之。其本人未必是老饕，但应是行家，惜乎在他留下的文字中，关于美食，终于不著一文。

辛笛是典型的读书人，但待人处事有豪迈之气。鼎革之年的七月，第一次文代会在北京召开，辛笛请一批文化人吃饭，吃得高兴，于是第二天又请了一次。方令孺称辛笛是"慷慨好客"的"小孟尝"。一九八三年新疆举办诗会，当得知有的青年诗人路费无着时，他又解囊相助，不计回报。

黄宗江在辛笛去世后曾著文回忆，文字还是一如既往地旁

1　王圣思：《智慧是用水写成的：辛笛传》，华东师范大学出版社，2003，第129页。

逸斜出。其中精彩的一节，直可入当代《世说》：

> "文革"后，我来沪，黄裳兴高采烈地说："辛笛又可以请客了。"当然要请！辛笛问我去哪儿，我说上海有一家可吃东坡肉，比杭州的不差。结果却是食兴大败，只因那时百废待兴，又百业难兴。扫兴之余，辛笛击案曰："重请！"[1]

二〇一七年十月十四日

1　黄宗江：《怀辛笛》，《记忆辛笛》，宁夏人民出版社，2006，第29页。

季镇淮的乡音乡情

　　季镇淮先生的名字，是他的塾师所起的，取自他的故乡淮安的一座名楼——镇淮楼。据说，淮安的另一名人周恩来在童年时，最喜登此楼远眺。楼的名字，是一种愿望，即治理淮河。季先生的字"子韦"，亦含此意。及长，季先生觉得此名不太好，遂自改名字，取镇淮谐音为振怀，字来之。但是，今天季先生周围的亲朋弟子等，却鲜有知道季振怀之名的。终究，还是季镇淮三字占了上风。而且，在文凭、户口本乃至各种证件上，均以此为准。然根据振怀的含义而起的字，却作为笔名，伴随了季先生近半个世纪。最近，他还将自己的一些论文，辑成了《来之文录》，出版行世。此外，他尚有手抄的《来之诗钞》一册，诗数百首。但季先生很明白："这年头，想出版不赚钱的诗集，难！"

　　季先生和游国恩先生联合主编的《中国文

季镇淮（1913—1997）。北京大学教授、古典文学家。

学史》，出版了三十年，印数达百万册，现在仍在出。而且，出版者人民文学出版社最近又与作者续签了十年合同，听说，台湾也要出版繁体字版。这无疑是喜事！但季先生却认为此书实际有诸多内容需修改。他晚年想干的第一件大事，就是独立完成一部新的《中国文学史》。对书中应涉及的内容，他一直在孜孜不倦地研究。有许多章节，也已写成独立的论文。只是出版不易，发表也难，他便干脆不打扰别人，将文章束之高阁。他估计，全书大约得写百万字。

这百万字的巨著，如同一座大山。而季先生所面临的，又岂止这一座大山！他的眼睛，因长年专心读书，左眼肌肉竟至松弛，两眼遂不能聚集。倘若要从热水瓶中倒水，非得睁一眼闭一眼，才不至于看岔。最要命的，是哮喘。每到换季时节，就如临大敌。即使是在正常的日子里，季先生紧促的喘气声，也让人顿生沉重之心。他的藏书，不可谓不多，分布在几个房间里。但对一个高深的研究者而言，终属有限。他需要查看的，往往是珍稀或偏僻的图书，这就需要到北大图书馆乃至清华或北京图书馆相借。家中无人可搭手，他又没有助手；虽然他有学生，但季先生总觉着不能经常麻烦别人，因为学生有自己的研究课题，也是忙人。而这些书，却是必须借必须看的。

他的研究，要求有眼疾的他，必须一字一字地去读，去写。

出版难，研究难，甚至借书难……季先生面对大山连着大

中年时期的季镇淮

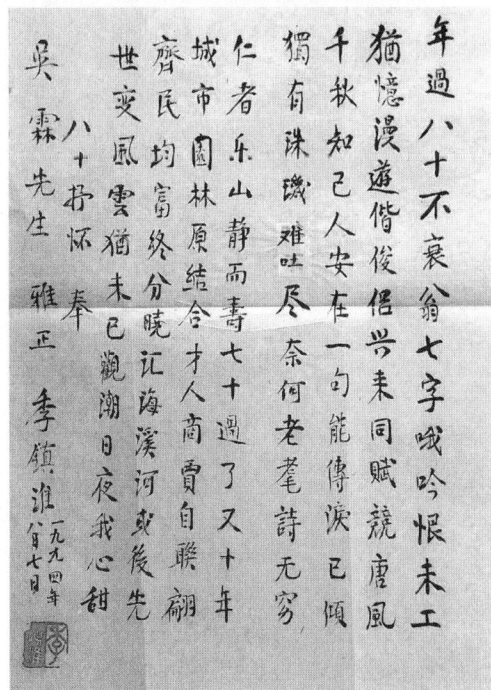

年過八十不衰翁七字哦吟恨未工
猶憶漫道偕俊侶共來同賦競唐風
千秋知己人安在一句能傳淚已傾
獨有珠璣難吐盡奈何老耄詩無窮
仁者樂山靜而壽七十週了又十年
城市園林原結合才人商賈自聯翩
齊民均富終分曉記海溪河我後先
世變風雲猶未已觀潮日夜我心甜
八十抒懷

吳霖先生 雅正 季鎮淮 一九九四年
七日

季镇淮抄赠作者自作诗手迹

山的跋涉，并未有过稍稍迟疑。他说："如果我们放弃这一切，如果中国古典文学零落到无人能读懂的地步，多危险！难道以后的中国人学中国古典文学，都到日本和韩国去学？为了民族文化能够传下来，我不能停止。"

季先生说需要五年时间来完成他的计划，前提是不能生病。除了文学史，他还想做一本《龚自珍集笺注》。今年来他最苦恼的，就是自夫人去世后面临种种不便；最高兴的，是在医院工作的女儿告诉他，哮喘有了治疗的新方法。他对此充满向往。

季先生尊师，但凡提及闻一多、朱自清先生，他总是恭恭敬敬的。两位尊师风格迥异，但对他的影响却是终身的。季先生在二十世纪三十年代末，曾从语言角度着手，考证《道德经》的成书环境。原先的观点是，《道德经》为楚国人所写，而《论语》《孟子》则属于齐鲁。但季先生用高本汉先生的方法，考证出《道德经》中的语言规律，是与《论语》《孟子》如出一辙的，即此书亦为齐鲁人所写。这篇文章研究方法是新的，结论更新。当时，西南联大的先生们曾多次表扬这位肯动脑筋的学生。

不久前，王力先生去世，他的家人在他的藏书中竟发现了这篇文章的剪报。虽历经半个多世纪的风风雨雨，却整洁如新。王力先生生前如何评价此文已不得而知，但他曾对此非常关注，当是肯定的。当王力家人将剪报送给季先生时，季先生感动非常。

离开家乡数十年，季先生依然保持着他的苏北乡音，他说："这很好，我根本不想改变。"他回忆自己的老师朱自清先生是另一类人，朱是扬州人，口音亦重，但他努力地去改，并用小本子时时记下难发的字音。

季先生说："我最想回老家看看，每年都讲。"但是，子女们都很忙，似乎没空，而让老人独自前往，又不放心。于是，想念终成想念。季先生怀念那个叫淮安的家乡，怀念西门外小店里的炒鳝鱼，还有城里的馄饨……他为自己的家乡自豪："我走遍南北，可以与我们淮扬菜相比的，没有！"

一九九三年十月十九日

补 记

一九六九年十月，我外祖父尧龄公从南京被勒令下放到苏北泗阳县城厢人民公社朱码大队。一九七一年春节，家母带着才上二年级的我第一次去苏北探亲。当时交通极为不便，先是坐火车到镇江，已是深夜，然后渡江，再换坐长途汽车。我一路上睡意蒙眬，几乎被母亲拽着走。颠簸很久，睡梦中到了淮安。我记得淮安，是因为当时与我们同行的，有母亲单位的一个同事，是淮安人，叫吴兆云，到淮安下了车。而我们还要继续前行，大约在凌晨，才抵达泗阳。此后，我几乎每年寒暑假都会去泗阳，每一次必路经淮安，却从来没有片刻驻足过。所以当季镇淮先生跟我说他是淮安人时，我一下子记起了一九七一年二月那个极为寒冷的深夜。

　　季镇淮先生的老家，在江苏淮安的季桥村。我曾见过淮安当地一支"宗鲁堂"季氏族谱，该谱表述，当地季氏来自定远，先祖季瑞图曾跟着朱元璋打天下，季瑞图曾"位列都统，挺身灭寇，一挥太白，直破张士诚之乱"，后被封忠义侯。洪武二年（1369 年），举家迁至淮安。此说既出自淮安季氏族谱，自然是应该重视的，但仍需查证求实，如确曾封过侯，也非平常人，总会在正史上留下诸多痕迹，有好奇者可以在《明史》中一查，应该还是方便的。特别要说明的是，这并非季先生当年亲口对我所说。聊备一格而已。

　　我是一九九三年十月十九日在北大朗润园拜访季先生，当天就写完了《季镇淮的乡音乡情》一文。四年后的一九九七年三月，季镇淮先生在北京去世，当时我已辗转回到上海，诸事繁杂，除了心中感怀遥奠，也未能做更多的事情。

　　如今，距离那篇小文的写作，竟然已二十三年了。回想与季先生晤谈的点滴，印象最深的，还是他那坚强的乡音和浓浓的乡情……尤其是他谈到家乡的美食时候的表情，我至今难忘。他的眼睛专注地看着我，但神情却早已自我陶醉其中，仿佛微醺。

他特别给我提到的西门何永镇（音）的小笼包和炒鳝鱼，还有城里的馄饨，今天俱已渺不可寻。我的文章中提到了炒鳝鱼，却省略了"何永镇"的店号，当年为什么没有写进文章，估计是"何永镇"三字当时我未及向季先生求证。至于刻意省掉了季先生提到的"小笼包"，是以为那只是寻常之物，没什么可稀奇的。"何永镇"当年或许只是个鸡毛小店，但小店的美味，却长久萦绕于一个大学者之怀。此即乡愁乎？

现在被视为一体的淮扬菜，早先是有区分的。"淮"在前，"扬"在后，可见"淮"菜的地位。季镇淮的老师朱自清先生在一九三四年曾写过一篇《说扬州》，其中说："北平淮扬馆子出卖的汤包，诚哉是好，在扬州却少见；那实在是淮阴的名字，扬州不该掠美。"所以，淮安的小笼包被小觑也是不应该的事情。

为写此文，我翻箱倒柜地找出了当年的采访笔记和日记。十月十九日那一天的日记中写道："下午采访季镇淮先生。从清华旧书摊购《人·岁月·生活》四册。"

关于《人·岁月·生活》一书，也离题岔开写几句。那套得自清华旧书摊的残书如今仍在我的书架上。找出一翻，我还发现购书当夜在第一册扉页写的小记，照录如下："在大学期间，有几本书最难忘，一是《人·岁月·生活》，一是《瓦尔登湖》……许多年过去，很想重读，竟不可寻，似也无再版。今天，赴北大采访季镇淮先生，在北大书店无缘由又想起了爱伦堡的这套书，甚至还想，如果有一套旧书就好了。奇怪的是，俟黄昏采访毕，路过清华，竟在旧书摊发现此套书，首册封面已损，且缺第四册，最后以三金购得，是记之。"

翻看日记，还看到当年南归决心已下，十月十九日采访的季先生，一周后的二十五日即将全部行李用集装箱从北京广安门寄往南京。当时，是想在南京扎根的。"好记性不如烂笔头"，诚哉斯言。

我访问过的北大老先生中，住在朗润园的有好几位，除了季镇淮、季羡林两位季先生，闻家驷、吴组缃两位先生也都是住在这里的。去过多次的朗润园，于我，仿佛前世经历。关于该园的地形地貌和各位先生的住址早已漫漶不清，向曾居住朗润园多年的王海老弟询问，蒙赐手绘草图一纸，稍稍想起一点。至少季羡林家住十三号公寓应该是确定的，因为当年一出大门就是种满"季荷"的水面。季镇淮先生的家，我找出他给的信件，信件上的地址是：十二公寓105号，邮编：100871。

此后，与季先生也通过信件。季先生的回信，用毛笔写在中国大百科全书出版社三百格的绿色稿纸上。其中一封中，还另用宣纸抄写了自己的两首七律《八十抒怀》。信中，他还谈道："对传统诗歌前途，常有忧思，以为旧形式，不能适应新时代之要求，新思想、新名词，不得进律绝诗。这是一个问题，不知以为然否？"

与季先生的交谈，忘了是否还有采访录音。当时，在他身上，我很明显地看到了暮气，但那种暮气有着夕阳般的温暖。曾心有所动，但还不太明白，现在，时光又过去了二十多年，季先生的墓木已拱，我已能渐渐体会到了：人生有种悲凉，如同暮色，从四周升起。前路迢迢无计，但还没有绝望……

我在笔记本上还找到当时写文时故意漏写却很精彩的一个细节，当年故意省略，过了许多年，现在却觉得极有意味。那是季先生对我回味让他萦怀不忘的故乡美食后，我起身快告别时，季镇淮先生似乎很突兀地又加了一句，很大声地对我说："南京的板鸭是无双的！"

是的，突然提高音量，很大声。现在想起当时的情形，已然含泪……

二〇一六年十一月八日

高冠华 "抢救" 时间

七十八岁高龄的高冠华先生想活得长些，再长些。为此，他积极地锻炼身体，并且信心百倍。

高先生一生坎坷，尤以 "文革" 中为甚。他所遭受的磨难和委屈，他早已无意再向人说起，只是鬓上飞雪和感到光阴似箭时，才痛心疾首于那最宝贵的十数年竟然被迫与心爱的文房四宝疏远。如今，他对局促的住房和并不游刃有余的物质生活并不在意，他只是抓紧分分秒秒，去读书、作画和写诗。他把这叫作 "抢救" 时间。

尽管过去了许多年，但高先生仍记得他在考入国立艺专后，潘天寿先生上第一堂课时的开场白。潘氏要求他的弟子们："不问政治，埋头业务，留千古之名于后世。" 高冠华毕业后留校，在重庆与潘天寿成了同事，并在同一

高冠华（1915—1999）。中央美术学院教授、画家。

个办公室办公。其时，正是抗日战争进行到最残酷之时，潘先生又对他说："现在只剩半壁江山了，但只要中国文化还在，中国就不会亡。"潘天寿对高冠华要求很严，高也须臾不敢松懈，故而在艺术上，他日有精进。某次，他在昆明开画展，卖画所得竟达百两黄金。欣喜之余，他劝潘先生也搞一次画展，但潘氏却认真地对他说："国难临头，要钱何用？！"此话不谬，但于高先生来说，却未必现实。因为高先生一生数次婚姻，多以失败告终，而每一次离异，都使他背上了沉重的经济包袱。除了作画，他别无生财之道，唯有以此来养家糊口。

"文革"之后，高先生已穷困潦倒之极，且身患重病，甚至连看病的钱也没有。此时，他一位学生的母亲，出于惜才之心帮助了他，以后，还与他缔结了他生命中"最幸福的姻缘"（高冠华语）。时至今日，他仍感谢比他小二十二岁的夫人，说："是她救了我一命，我能有今天，她立了功的。"

高先生为江苏南通人氏，离家数十年，却乡音未改。除了每天在院中散步两千步，现在，他是连大门也从不迈出的。在家中，他的"专业"就是读书、作诗和画画。

高先生爱诗，迹近癖。有朋友说高氏的诗已超过了老师潘天寿先生，他连称不敢。他是极尊师道的。多年以来，苦吟成篇的诗作，已盈数百首。他与夫人很恩爱，平素却各忙其事，很少说话，但若得到佳句，他必会向爱妻吟诵一番。甚至，他在卫生间出恭，也会大开其门，边看挂在远处的画，边吟诗不止。他的夫人是医生，自称现在是丈夫的专职保健医生。他的起居饮食，均由她照料得细致周到。或许从高先生近年的画中，可以看到这种心情舒畅的心境。她自谦不懂诗词歌赋之类，但对丈夫的喜爱之句，却也能倒背如流。

生命在于运动，高先生最爱足球。他甚至从足球比赛中寻找到了绘画艺术的构图和节奏。他曾在上课时，让学生们从凌门一脚中体会中国画的奥义。若看电视，他是逢球必看，倘遇转播足球赛，更是绝对不肯错过。他的夫人张旭，最爱看戏，尤其是儿女情长的言情戏。于是，两人免不了要为自己据理力争一通。某日，高先生笑嘻嘻地对刚回家的高夫人说："我从报上看到，连邓小平都最爱看足球，你以后不会干扰我了吧？"洋洋得意之状，令其夫人忍俊不禁。

在日本东京举行的第一届国际书画展上，高先生以力作荣膺最高荣誉奖。消息传至国内，同行纷纷向他致贺，但高先生却一派超然世外的模样。他想得更多的，是如何发扬光大中国写意花鸟画，是自己如何能创新、变法，使创作进入更幽远更峻美的佳境。与时下不少国画家醉心制作商品画，以及在卖画上竞技斗巧相反，高先生声明自己不卖画。他认为凭自己并不丰厚的薪水，已可度日生活，没有卖画的必要。他说，倘要他卖画，就如同自割其肉一般痛苦。创作出的新画，他但凡不满，即自毁之。他郑重说：他以艺术家的人格保证，对每一张拿出他家大门的作品负责。

高冠华在中央美院（北京。1981 年）

他的心愿是："此生再借三千日。""我希望长寿，不为别的，只为艺术。"高先生如斯说。

一九九三年九月十五日

补　记

一九四〇年，重庆璧山，高冠华从国立艺专毕业留校，与老师潘天寿从单纯的师生，兼而成为同事。在暂作校址的天上宫（福建会馆）内同寝一室，晨昏相随。高冠华晚年忆及此说："（潘）先生桃李遍天下，但谁都没有我幸福。"[1] 次年，潘氏请假归浙。行前某日半夜，他摇醒已睡熟的高冠华，再次叮嘱："你想要有成就，非得诗、书、画齐头并进，切不可分先后高低，否则就断臂缺腿，只能拿着拐棍，一弯一弯地走呀！"[2] 以后的岁月里，高冠华每每将恩师的此番叮咛比喻为醍醐灌顶的"夜半钟声"。

高冠华几乎是横空出世的，没有来由。在他的履历中，抗战时期受知于潘天寿先生，并紧随流亡的学校辗转颠沛到重庆，是其人生面貌的高光处，如果还捎带有一些一九五〇或稍

1　高冠华：《诲与学：追忆先师潘天寿先生三十年的教益》，载邵大箴编《高冠华文集》，人民美术出版社，2007，第43页。
2　高冠华：《高冠华诗词集·自序》，中国文学出版社，1995。

后年代的事迹，也基本是与潘先生交往的补遗。再往后，空白。

　　本人不愿回忆，我自然也不会"逼"他。检看高先生写下的文字，关于这一段（有十多年）也是一样的，空白。只是传闻，他从北京被开除后，遣送回原籍南通乡下，并无固定工作，收入当然也不能固定。据说，在那些最困顿的年月中，他靠画大型的领袖像维持最基本的生活。先后总共画了一百七十八幅。有一种《高冠华年表》说："他被下放南通后一直从事艺术工作。在南通港、天生港高空作业绘制巨型油画领袖像，忘我工作，宣传毛泽东思想。"[1]对这样的表述，我不能苟同。因为，高先生对这十多年，至少在与我面对面的回忆中，一向是直接"跳"过省略的。

　　高冠华的"时间"，大约是从二十世纪八十年代初重新开始的，更准确地说，之前的"时间"消失在无时间概念的黑洞中。但回到中央美院那一刻，对高冠华而言，可套用新中国成立之初一位著名诗人最著名长诗的标题——"时间开始了！"诗中有这样的句子形容"时间"："跨过了这肃穆的一刹那／时间！时间！／你一跃地站了起来！……"[2]

　　高冠华成名于抗战时期，匿迹于"文革"。在更早一些的日子里，作为花鸟画家，由于不能直接反映热火朝天的社会主

1　邵大箴：《高冠华年表》，《高冠华文集》，人民美术出版社，2007，第247页。
2　即长诗《时间开始了》。

义建设，他应该可以感受到被疏离于时代的寂寥。很明显，高冠华的"时间"是被割裂的。加之直接被下放到最底层，其实是与美术界和最顶尖的画家直接相区隔了。没有同行的交流（激赏或批评）作为自己艺术创作的坐标和参照，这里阙如的，不是柴米油盐冗长的庸常生活，而是艺术家生活最需要的空间。因此，即便他在政治上可以被一夜"平反"、在身份上被集结"归队"，他依然需要时间去弥合生活跌宕所造成的心灵创伤，需要时间重新审视失焦多年的创作角度和高度。被磨销的才气、灵转的笔墨，都最需要时间恢复。

在抗战时期的国立艺专，高冠华有同窗吴冠中。据说他们二人在校时，国画竞赛曾是高冠华第一、吴冠中第二；油画竞赛则吴冠中第一、高冠华第二。潘天寿的两个学生，一个"冠中"，一个"冠华"。此成为一时佳话，流布颇广。

但此则逸事我始终未能找到其原始出处。高先生晚年勤于绘事，除了寥寥几篇回忆潘天寿的文章，几乎没有留下其他回忆文字。吴冠中先生在杭州艺专时即与高冠华同学无误，此外，他们还曾在二十世纪五十至六十年代中的数年在北京艺术学院同事。大约在一九六四年，艺术学院解散，吴冠中去了中央工艺美院，高冠华去了中央美院。吴冠中有《望尽天涯路》回忆录一册，由零散的文章集结成书，出版于高冠华去世前的一九九三年。在与高先生有交集的两个时期的文字中，均未提及高冠华。

在二十世纪九十年代，作为潘天寿最年长的在世学生，高冠华被人尊称为"潘门学长"，也被公认为学潘天寿花鸟最像的画家。他的画，诗、书、画并举，无不用力经营。题画的诗往往自作，可咏可品。书法用墨则喜欢浓淡不一、正倚斜行，极有辨识度。我本人最喜欢他将北京的"北"字那一横写得宽广无比。他在画面上，构图之险峻、色彩之泼辣、笔墨之淋漓往往有出人意料者，有着其师风格形式上一以贯之的霸蛮、强悍和十分的不讲理。但假如允许批评，我也想说高先生的画，少了些淡定与从容。原因也是确定的，时间紧迫也。

问："此是耶非耶？幸乎不幸乎？"

答："孰能知之？！"

高冠华先生"抢救"时间最终是否成功，答案，仍将由时间做出……

一九九四年夏天到来之际，我即将离开北京。我一一向老先生们或电话、或写信请安及告别，大多是并不见面的。六月二十五日早上，高冠华先生来电招我去帅府园高家，那天上午正下着小雨。去后没想到的是，高先生为我画了一张画。这张画落款有作画的时间，正是昨日（六月二十四日）。高先生指着画上的一句诗"卧听雨声怨夜长"，对我说："这句诗是专门给你写的，这是我的心情啊。"

桃花潭水深深如许，此时，我还能说什么呢？！

回上海后，因工作的转向，与北京诸位老先生的联系渐渐远淡了。当时，艺术品拍卖方兴，我给高先生去信，有"劝进"之意。高先生给我回了一信，写了满满两页。一页的最后一段再一次回忆了与潘天寿的往事，既明心志，又是对我建议的回复：

> 弟自台湾返京后，并自您等在报上发表宏文后，各大报十余家，又相继刊登长篇文章，国内外影响很大。现在全国各地络续来信、电话，甚至出高价收购。但"物稀为贵，质量第一"，切不可晕头转向，唯利是图，日必孜孜精进为上。昔日函告先师（潘天寿），拟在京（重庆）个展，迅赋四绝代简，以资鼓舞。待昆明、重庆两度展出，告以"黄金百两"。却缓言指责，迄今犹历历在目，未敢一日忘怀耳！此语决不有违兄意，请勿误会。谢谢！谢谢！

另一页是他的诗作，在白笺的正反面抄录了《黄山行》《西递》《过方城》《白洋淀》《重棹西湖》《再到金陵》六首诗。这六首诗，现已收入《高冠华诗词集》[1]。此集出版于一九九五年，当是高先生亲自编定本。

1　高冠华：《高冠华诗词集》，中国文学出版社，1995。

我还保存有《高冠华八十寿辰展》请柬一张，上印："订于一九九五年九月十五日上午九时半举行八十寿辰展，敬请光临。"主办者是中国美术家协会和中央美院等，展出地址是北京王府井帅府园中央美院陈列馆。主办者还细心地在请柬上备注："乘103、104无轨电车至百货大楼车站。"这应该是高先生专信寄来的，路途遥远，不能趋往，唯有遥望和遥祝。如今，这一片纸头，成为刻念。

二〇一九年九月十二日

亦庄亦谐的杨宪益

"你喝酒吗？"

杨宪益先生每每会一面端上茶水，一面对第一次造访的客人如此询问。倘若得到肯定的答复，他会马上用玻璃杯斟上两杯，与客人共享美酒佳酿。在杨先生的人生辞典中，朋友来了有好酒，是相当重要的一条。当然，还有烟。他和夫人戴乃迭都喜欢抽烟。或许是多年的习惯，或许是性格使然，杨先生不抽带过滤嘴的香烟，他嫌那没劲。他喜欢烟酒，却不讲究品牌，往往是逮着什么就抽什么喝什么。比如，最近喝的是孔府家酒，抽的是翡翠烟。

烟酒茶俱全，用以待客，礼数是绝对周到的。然后，主宾自可安坐在沙发上，神清气爽地开聊，家事国事天下事，次第展开。杨先生的谈吐，直爽、机敏、幽默，时而还相当的辛辣。与他对话，你的思维，得"跑步"，还时

杨宪益（1915—2009）。翻译家、诗人。

不时地要"急转弯"。这是一种锻炼。

以前见过一张照片：照片上的杨先生，一手持杯，微笑着端坐在沙发上，飘然欲仙的样子。背景墙上，是一副对联，曰："毕竟百年都是梦，何如一醉便成仙。"镜头仿佛离杨先生很远，给人以空间宽敞和明亮的感觉。

亲临杨府客厅后才知，那镜头并非完全写真。这里虽说不算很局促，但宽敞是算不上的。至于明亮，则更属虚有。可能是窗外有高墙挡住了光线，或者是树，房间里的幽暗和楼外阳光的灿烂，形成了很强烈的对比。于是，杨先生家的客厅里，经常是大白天也灯火通明的。

杨宪益、戴乃迭夫妇今年早春曾联袂赴香港访问一个月。作为访问学者，他们积五十年甘苦的翻译心得，很自然地受到了香港翻译界同行的极高评价和真诚的敬意。倘若不算他们各自独立作战译就的篇章，如杨宪益先生直接从原文翻译成中文的《奥德修纪》《罗兰之歌》《牧歌》等，戴乃迭女士从中文翻译成英文的当代文学作品等，半个世纪以来，他们携手翻译的中国古典文学作品，竟达三千多万字！

三千多万字！日积月累，垒成了一座飞架中西方的桥梁！或许，需要提醒的是，这五十年，是先战祸连绵，后政治运动不断的五十年呵！

《诗经选》《楚辞》《史记选》《宋明平话小说选》《老残游记》《儒林外史》，直至《红楼梦》……杨氏夫妇将中国遥远年代的诸多文学精华，译成了典雅的英文。有多少异邦的朋友，正是通过这座大桥，向东方走来，向中国的时间深处走去。他们沐浴着春秋的风，小雅地穿过秦皇的长城；觑见玲珑的汉宫月，正照耀着红楼里的梦和梦里吟诗的读书人……

这醉人境界的酿造者，正是善于品酒的杨氏夫妇。杨夫人何时开始与酒亲近，不得而知。杨先生的品酒历史，却是有案可稽的。他曾自述：从小家境不错，且父辈中多留洋求学者，故家中多有洋酒和洋书。长辈每逢饮酒，总爱用筷子蘸酒，给怀中的他品尝。如此再三，杨宪益便开始懂得了美酒的滋味。大约是己所欲者，应慷慨地施于人，某日，天真烂漫的杨宪益取了父亲留下的一瓶上好白兰地，竟想去喂金鱼。及倒若干，金鱼们皆飘飘然，左旋右舞，煞是好看。他暗忖：好玩，好玩。既然如此快活，干脆都给它们喝了吧。于是，他将剩下的大半瓶酒，尽数倾入鱼池。结果，醉死了全部的金鱼。其时，他才三四岁。

在杨家，空气中都含着酒的芳香。在这芳香中，再去读墙上的对联，体会便能深许多。杨先生嗜烟爱酒，关心他的朋友遂有两种意见：一是赞他，说他是"酒仙"；另一种是劝他，说毕竟年已高迈，为健康计，应戒烟酒。杨先生本人对前一种说法，表示并不敢当；对后一种说法，他表示感谢，

新婚的杨宪益、戴乃迭（1940 年代）

晚年杨宪益（北京。吴霖摄于 1994 年 4 月）

但他还是认为，"听自己的话，总比听朋友的话更合适一些"。于是，杨先生仍然间或有"花间一壶酒"的散淡，"把酒问青天"的豪迈。

年高八旬的杨先生，自然已是退休赋闲之人。他有时自己也奇怪，老了，反倒多了许多琐碎的事，时间依然很紧。搞了一辈子翻译的他，已不想把余下的岁月再用在翻译上了。他想自由地写一些文章，还想兴之所至地写一些被他谦称为"打油"的旧体诗。

他的诗，很受朋友们喜欢。虽说他自己认为，只是"学成半瓶醋，诗打一缸油"。但有许多篇什见诸报章，并在朋友间流传。近来，他有意将旧诗收集整理了一下，想出个集子，拟名《银翘集》。他说："银翘解毒丸是北京同仁堂的成药，专治感冒，我常常服用。银翘是草药，功效是清热败火，我的打油诗既然多半是火气发作时写的，用银翘来败败火，似乎还合适。"杨先生曾有句云"久无金屋藏娇念，幸有银翘解毒丸"，被同样幽默的启功先生视为妙句。

也许，在经历了大半辈子悲喜交集的人生苦旅之后，杨宪益先生已不会简单和绝对地看待世界。所以，问他最喜欢的书，他答没有；问他最高兴的事，他还答没有。他解释说，不是没有所喜欢的书，或所高兴的事，实在是这一个"最"字，让人踌躇。

再问他最喜欢什么样的人，他突然从沙发上直起腰，用手一指坐在他对面的戴乃迭，肯定地说："我最喜欢她！"

一九九四年五月十六日

补　记

英国时期的青年杨宪益，曾钟爱远足，又叫徒步旅行。从一个宿营点到下一个宿营点，往往"身上只带一只软式背囊，每天通常走十五至二十英里"。他对这种"斯巴达式的、健康的消遣活动"（杨宪益语）乐此不疲。如位于英格兰北部的湖区，他就徒步过三次，两次是独行，最后一次，同行者有女友戴乃迭和初抵英伦的萧乾。据他在回忆录《漏船载酒忆当年》中记载，那是一九三九年春天。[1]

杨宪益之所以记录了这次徒步，是因为此行遭遇了迷路的插曲，多走了许多冤枉路。杨宪益回忆：当时，"戴乃迭又累又饿，竟哭了起来"。为了鼓劲，他们决定用最大的嗓门唱进行曲，所唱的曲目计有：《蒂帕雷里路途遥远》《安妮·罗莉》《罗蒙湖》《前进，基督的士兵》。那一天，大约走了二十五英里，终于走到了目的地。杨宪益晚年写道："我们确实走得筋

1　杨宪益：《漏船载酒忆当年》，北京十月文艺出版社，2001，第61页。

疲力尽，但这次经历给我们日后留下多么美好的回忆呀。"[1]一九三九年，杨宪益二十四岁，戴乃迭二十岁，萧乾稍长，也只有二十九岁。

此事杨宪益记忆深刻，且值得记忆的，不仅是与女友戴乃迭初次远途徒步。另有一证，当年所唱歌曲中有一首《罗蒙湖》，七十年后的二〇〇九年，作为杨宪益最喜爱的歌曲出现在他最后的告别仪式上[2]……

查萧乾年谱，一九三九年初，萧乾在港版《大公报》任上，当年春天从香港经河内赴滇缅公路采访。初夏，他采访归来，接受了伦敦大学东方学院年薪二百五十镑的聘约，九月一日登上了赴欧洲的轮船。因此，在这年春天，萧乾无论如何是不可能与杨宪益、戴乃迭一起远足的。因为，此时他正忙于滇缅公路上的采访，且"往返跑了将近三个月"[3]（萧乾语）。

萧乾回忆录《未带地图的旅人》中记载："由于战局沉寂，1940年春间我还同杨宪益和戴乃迭（当时他们还未结婚）以及其他几位即将回国的中国同学一道挎上背包，去湖区爬了十一天的山，欣赏了一下英国中部的绮丽山水。"[4] 所幸，萧乾对于那一次湖区远足，也是有记忆的。除了证明远足时间是在

1　杨宪益：《漏船载酒忆当年》，北京十月文艺出版社，2001，第 61 页。
2　李伶伶等：《五味人生：杨宪益传》，北方文艺出版社，2015，第 249 页。
3　萧乾：《未带地图的旅人》，江苏文艺出版社，2010，第 66 页。
4　同上书，第 97 页。

一九四〇年春，还证明了同行者除了杨、戴、萧三人，另有"几位即将回国的中国同学"。惜乎对其他几人未记其名，或是年代久远，早已忘记了名字。杨宪益与萧乾自二十世纪五十年代起均生活、工作在北京，晚年住处相去不远，保持着良好的互动。

萧乾与戴乃迭在一九九九年同年去世。十年后的十一月二十三日，杨宪益在北京煤炭总医院逝世，享年九十五岁。官媒报道给予的定语是："中国著名翻译家、《红楼梦》英译本作者、外国文学研究专家、诗人。"

孟子云："颂其诗，读其书，不知其人，可乎？"[1]杨宪益去世十年了，但对他的评价并未因盖棺而得到完全的论定。在他的一生中，不管是新旧政权交替时期以"民联"为名义的地下活动，或是二十世纪五十年代末的"神秘"工作，再或是晚年的"临大是，金刚目"[2]（杨宪益胞妹杨敏如语），杨宪益的形象是生动而丰满的，自始，至终。

一九八一年，杨宪益参加一个外事代表团访问西欧。在爱尔兰的一个欢迎晚会上，代表团合唱了一首《五星红旗迎风飘扬》，爱尔兰朋友很有礼貌地鼓了掌，"但不太热烈"（杨宪益

1　杨伯峻：《孟子译注》，中华书局，1960，第251页。
2　杨敏如：《愿得身化雪，为世掩阴霾：怀念胞兄杨宪益》，载张世林主编《想念杨宪益》，新世界出版社，2016，第42页。

语）。这时，杨宪益自告奋勇要求唱《丹尼男孩》，"我的演唱获得完全的成功，大家纷纷站起来，跟我一起唱，直至把这首歌唱完。有些女士甚至感动得流下热泪"（见杨宪益回忆录）。但回国后，杨宪益受到了批评。说是在某几个场合，表现得太自由了一点。

这首抒发父子之情的爱尔兰民歌，是晚年的杨宪益和戴乃迭最喜欢的歌曲，每一唱起，往往老泪纵横。此时，两位老人最想念他们早逝的儿子……杨宪益的告别仪式上，这首歌也曾久久地萦绕。

我有幸拜访过杨宪益、戴乃迭夫妇，地点是北京百万庄外文局宿舍。我写作有个习惯，总会在文后署上具体的年月日。可是，我写的这一篇《亦庄亦谐的杨宪益》，却不知缘何未署时间。经查旧日记，找到准确时间，拜访杨、戴先生时在一九九四年四月二十九日，五月十六日写完。这一年，杨宪益七十九岁，戴乃迭七十五岁。

记得那天，我一落座，杨宪益未征求我的意见，便一手端茶，一手给我端上了一杯白酒。我选择了茶。我此生与酒无缘，因此对杨先生端上的是什么酒自然也没有关注，但据文中记载可能是当时颇为风行的"孔府家酒"。回头看我当年的文字，似乎也是为今天的回忆所做的备忘，至少于我，是珍贵的。

我与杨先生并排坐着漫聊，戴乃迭坐在我们对面，静静地（非常安静，一言不发，却始终关注着我们），头发如雪，蓝色的眼睛依然动人，给我留下极深的印象。后来看见她年轻时候的照片，惊为天人！

　　杨先生那天签名送了我一本一九八三年初版的《译余偶拾》，并非常明确地表示了对此书内容的偏爱。当时，他后来非常"著名"的旧诗集《银翘集》正在筹划中，尚未出版。不然，我是一定要向他讨一本的。

　　二〇〇九年十一月二十五日，我在《亦庄亦谐的杨宪益》文后又敲下了一段文字，表达对杨、戴两位先生的怀念，最后一节是："记得那天离开的时候，我是将那一小杯酒一饮而尽的。因此，在回家的路上，我是一路微醺地骑行，从百万庄到五道口，在暮春抑或是初夏的风中……"

二〇一九年五月十日

贾植芳微笑在春风里

这是属于复旦大学的一个普通的院子，坐落在上海西北面一条叫国顺的路上。没有像北大燕南、朗润一个个诗意浓郁的园名，大门口，只是简简单单地挂了块"第×宿舍"的牌子。这里，住着贾植芳教授。

贾植芳，山西人，为求真知，少年时代即离开了家乡，浪迹天涯一辈子的他，至今仍顽强地说着一口山西味的普通话。他喜面食，也爱吃醋。第一次见到他，给我印象最深的，是他很重的烟瘾，和他的微笑！

当他在这种微笑中，把自己一生所经历的种种磨难娓娓道来时，我愈加感到了这微笑的魅力，贾先生朴实，为文、说话都是如此。朴实自有朴实的力量，比如贾先生说："生而为人，又是知书达礼的知识分子，毕生的责任和追求，就是努力把'人'这个字写得端正些……"

贾植芳（1915—2008）。
复旦大学教授、作家。

贾先生一生坐过四次牢，第一次是因为参加了"一二·九"运动，那是一九三六年正月初一的夜晚。贾先生笑着对我说，这是他第一次坐汽车——警察局的小汽车，而且还有"保镖"！抓进去后，他被审讯了好几次。直到专登社会新闻的小报刊登了某日某处抓了某某学生，而又恰好被熟人看到，于是，家人用一千块银圆和五十两鸦片，把已经关了三个月的他保释了出来。北平是不能住了，有钱的伯父干脆把他送到了日本。他在那里上了大学，学的是社会学。他开始了认真的文学创作，因为一篇小说《人的悲哀》而与胡风结缘。胡风因此成为贾植芳先生一生的朋友，与胡风的友谊，也因此成为贾植芳先生后来走向"炼狱"的通行证。

　　抗战爆发后，贾植芳先生和许多热血青年一样蹈海回国，投笔从戎。一九四五年他路过徐州，意在策反有两万多人马的伪军，不想被日本特高科所抓，关了两个多月，险些丧命。一九四七年，在上海，他参加了反饥饿运动，又一次被关进了牢房。抓他的国民党特务说他是暴徒，"冥顽不灵"的贾先生针锋相对地回答：暴徒万岁！

　　出了监狱以后，他在上海近郊找了一个地方，在窄小的阁楼上，贾先生趴在两个箱子上面，用两个月写了一本二十万字的《近代中国经济社会》。此时的他，立德立言的崇高感或恐有之，但"著书都为稻粱谋"的无奈，也是确实有的。这本书出版后，似乎颇受欢迎。贾植芳先生也因此得到了五两黄金的稿酬。

像所有的文化人一样，贾植芳先生是一个爱书如命的人。在他自购或朋友弟子送的新书上，他一律钤上了"贾府藏书"的印章。可是，在这个爱书人书橱环绕的书房里，触目可见的，却都是新书。贾先生告诉我，新中国成立之初，他实实在在地收过许多好书，但在后来的岁月中，人进了监狱，家被毁了，书自然也就风流云散，不知所终……

贾先生仍然是在微笑中向我述说这一切的，新春的阳光透过窗棂，我却感到了暮冬的寒意。

一九五二年，贾植芳先生从震旦到了复旦，成了当时中文系最年轻的教授。一辈子在动荡中生活的他，此时，几乎开始很仔细地咀嚼和享受和平安宁的日子。但好景不长，不久，贾先生便因是"胡风黑帮"的骨干分子而被重新"请"进了监狱。奇特的是，一九五五年被捕后，判刑却是在十一年后的一九六六年。而正式平反则是在漫长的一九八〇年的冬天。

对这一段痛苦而无奈的岁月，贾先生近年出版了一本《狱里狱外》，其中，贾先生用时而冷峻时而幽默的文字，写下了一生中四次的牢狱生涯。这是一本让人沉思的书，是一本从狱中走出的老知识分子写给光明中的新一代知识分子看的书……

宿舍区的院子里，早开的桃李依旧无言，天天灼灼地在苍松和绿色的草地之间，美得很是灿烂；不知名的小鸟，几

贾植芳任敏夫妇（上海。1984 年）

晚年贾植芳

（上海。吴霖摄于 1997 年 3 月）

滴清凉的鸣叫，使得黄昏愈加宁静；院子一隅，有几幢小楼，贾植芳先生告诉我，这里还曾住过另一位令人尊敬的长者苏步青。楼，是老楼，和住过它的主人一样，经历了数不清的风风雨雨，粉刷过的墙壁上，红色的标语依稀可见……楼道里，矮小的贾先生在昏暗中向我告别，可他说的话"应该用尽吃奶的最后一点力气，把'人'这个字最后一画，画到应该画的地方去"，却伴随着我，我骑着自行车汇入了滚滚的红尘人流。

一九九七年六月十日

补　记

一九九七年三月二十九日，我在国顺路第九宿舍十三号贾植芳家的墙上看到一副书法对联，曰：

> 倔强犹昔，不易行不傲物；
> 沉吟至今，无伐善无施老。

之所以记住，是因为我当时将联语记在笔记本上了。但是，在记忆中搜索了半天，究竟还是忘了书法是篆隶行草哪一种面貌了。可以肯定的是，最先让我印象深刻的，是"倔强犹昔"和"沉吟至今"这八个字。后来发现，此八字已有何绍基书联传世。始作者为谁？是何本人，或是另外的某人，不得其详。比起何绍基含蓄的四字联，在贾府看到的十字联在四字之外补缀了六字，但并不算添足，用在贾府此处，是更完整也更精确的。我想，贾植芳先生是喜欢此联的。

我读过贾植芳一九八二年至一九八七年的日记，其中前三年的日记出版时叫《早春三年日记》，那是贾植芳自己认定的晚年早春。通常早春到来，总是在不知不觉中。贾植芳的晚年早春始于何年？或可参看他在一九九九年写的《一九七九年进京记》。早春有春意，虽然也会乍暖还寒，但万木总是在不可阻挡中复苏。世界的一切，在早春季节悉数忙忙碌碌。相对于之前几十年被迫的"闲"，此时的"忙"，显得贾植芳愈加的忙。这个忙，也几乎填满了他每一天的时间。他在一九八三年一月三日日记中，说是想写一副对联挂在墙上："壶中有酒可待客，穿上袈裟事更多。"大约就是对忙碌起来的生活的一种婉转描述。

贾植芳最爱交朋友，所以朋友很多。朋友一多，按过去的说法，就是"社会关系复杂"。那天，他跟我漫谈，并未预设确定的主旨，话题遂一概洋洋洒洒地奔腾而去。他对我说，眼下自己已成为写"序"专业户。还对我说，他这一生，上过前线，住过监狱，两种对人生最大的考验都经历过了，所以，也没什么可怕的。平生不喜欢官府，最喜欢"侠客"。说到评价自己，他坦陈有两个基本点：一是爱国和救国，一是个人思想自由。他还微笑着说，时代的变化，可以从对人的称呼中见着，比如：贾先生、贾同志、贾植芳、老贾、贾先生、贾老，等等。

与贾植芳一席谈，可以感到此人有着与通常意义上的学者迥异的气质。他个子小，但气场却不小。眼睛不大，但炯炯有神。他的目光真诚、锐利，但又略含笑意，宽厚中带着鼓励。偶尔，他的眼中还会闪出一丝令人难以察觉的狡黠，那是洞察后的得意与顽皮。

施蛰存是贾植芳在震旦时期的老同事，互相熟悉，私下说话相对随意。贾植芳回忆："一九五四年批评胡风文艺思想，上海作协开会，我在门口遇到了施先生，他皱着眉头说：'这是你们吵架，把我找来干什么？'"贾植芳反应极快，突然想开个小玩笑，幽施蛰存一默，便说："施先生，你到底还是第三种人哪。"[1]

说此话时，贾植芳还不知道有"山雨欲来风满楼"之祸。未过多久，他就被迫与施蛰存们全都切断联系。一直到沧海波平，他才与施蛰存恢复了联系。他还记得一九五三年为欢送孙用赴京工作，施蛰存曾在家中客厅设宴，贾植芳说："给我的印象是布置得非常有气魄，而且高雅。"那次，宾主喝的是茅台，余香悠长。但沧海桑田后的施蛰存颇有点黯然地对

1　贾植芳：《狱里狱外》，上海远东出版社，1995，第60页。

贾植芳说："现在客厅、茅台酒都没有了，只有雀巢咖啡相待了……"[1] 不仅如此，连当年一起喝茅台的朋友们也大多天人永隔了。

日记中还保留了一些有趣的片段：一九八三年，夏志清到复旦访问，由于某种原因，"接待规格放低了，由上午九时到十一时半，既未留影，也未赏饭"[2]。当夏志清把"贾植芳"的名字与眼前的人对照起来时，大吃一惊，最后连说："贾植芳，贾植芳……你们姓贾的有名的人物……"贾植芳马上接口说："是的，最有名的是贾宝玉。"大家轰然而笑。此事还有一个前因，就是夏志清的《中国现代小说史》在论及胡风的时候提到了贾植芳，却误作"贾冀汸"了。[3]

日记中有很多买书的记录，因为贾植芳曾拥有的旧书早就被一扫而光、再扫干净彻底了。所以，他对我说："我这家里，全是新书。"他说他也没有什么最大愿望之类的宏愿，就是能做点事就做点事吧。

贾植芳对我说，他还是最喜欢吃面食，当然也爱吃醋。那天与他对话，他一口浓烈的山西口音，要想完全听明白，往往得连估带猜。他说他是都市中的农村人，最早到上海的时候，

1　贾植芳：《狱里狱外》，上海远东出版社，1995，第 60 页。
2　贾植芳：《早春三年日记（1982—1984）》，大象出版社，2005，第 179 页。
3　同上书，第 177 页。

他能碰到的老乡，还不及外国人多。贾植芳有个晚辈亲戚到上海念书，他问："你吃过'狗舌头'吗？"亲戚说，没有，甚至没听说过。以后，只要两人见面，贾植芳总会不时提起"狗舌头"。亲戚后来想，应该是老人记忆出了偏差，把外省的小吃当成了家乡的了。[1] 但实际上，"狗舌头"是一种面食，正是山西特产。是年轻的亲戚错了。

我曾写《贾植芳的书缘》发表在一九九八年二月的《中国文化报》上，样报寄给我后，我又装进另一个信封，准备寄给贾先生。南京一个朋友想要一本贾先生的签名本，所以我特意去买了两本《狱里狱外》。但不知是什么原因，此事一直拖着未办，也就懒懒地延宕了下来，直至有一天听到贾先生去世的消息。如今，这一张装了样报的信函夹在一本《狱里狱外》中，和另一本《狱里狱外》默立在我的书架上，而南京的那一位朋友也不明所以地渐渐走散了……

胡风逝世后，贾植芳为亦师亦友的"风兄"送行。在一九八六年一月五日日记中，他为胡风撰拟挽联四副，下面是其中三副：

> 今日得平反，聊可慰君于九泉；
> 因直而见罪，历史教训应记取。

1　毛巧晖：《记忆中的"老舅"贾植芳》，载张业松编《思念集：贾植芳先生诞辰百年纪念》，上海书店出版社，2016，第134页。

因直而见罪，可叹古今竟这么相似；

今日祀忠魂，时代毕竟不是老封建。

焦大多嘴吃马粪，贾府多少讲人道主义；

阿Q革命遭枪毙，民国竟是一块假招牌。[1]

同年一月十八日补记的日记中写："十五日下午，同乘车到八宝山参加追悼会，到有七百人，文艺界人士在京的都到齐了，挽联不少，我的那副悬在入口处……"[2] 但最后在胡风追悼会上挂出的，是四副中的哪一副呢？

宣侠父为黄埔一期学生，当年被蒋介石开除出黄埔军校时，曾掷下两句话，流传至今。遑不及考，据说原作者另有其人，为宋代某人云云。以对联励志喻世，是中国特有的文化形式。我想这一副对联，应该是适合贾植芳先生的：

大璞未完终是玉，

精钢宁折不为钩。

二〇一九年十月十五日

1　贾植芳：《贾植芳文集》（书信日记卷），上海社会科学院出版社，2004，第289页。作者按：贾植芳的这几副对联，从水平上并不工整，但确为已公开出版的日记中的内容，为表明内容，故引于此。

2　同上书，第292页。

又 记

"我是一个财主的儿子。"[1] 贾植芳如是说。

对于自己家族的历史，贾植芳在回忆中着墨不多。除了晚年在看电视剧《乔家大院》时，对自家的晚辈亲戚有过浮光掠影的表达，落于纸面的表达极少。出身延安鲁艺的胞兄贾芝和嫂子李星华（李大钊女儿），作为他人生的参照，经常出现在他笔下，家族中的其他人，他甚少提及。但有一人例外，就是他伯父。这位经商的伯父，几乎左右了贾植芳的前半生，在他每一次落难之时，都会及时出现。这位伯父，也改变过贾芝的人生轨迹。

第一次，伯父想带侄子贾芝到太原上学，但以经济能力有限为由，并不想带上生性顽劣的另一个侄子贾植芳，经过求情，终得成行。那是一九二八年，他与贾芝一起考上了太原成成中学。一九三二年，贾氏兄弟初中毕业，贾植芳十七岁，其兄十九岁，在伯父的资助下，一起来到北平。贾芝顺利考上孔德学院高中部，贾植芳落榜。在好奇中，贾植芳考入从东北迁入关内的冯庸大学，因为"这是个军事式的大学，学生穿军服，发枪支，过军营式的学习生活"[2]（贾植芳语）。但伯父知道后，坚决地阻止了，贾植芳只能重新选择，考入了美国教会办的崇实中学高中部。

1　贾植芳：《狱里狱外》，上海远东出版社，1995，第 100 页。
2　同上书，第 125 页。

因积极参加"一二·九"运动，贾植芳在大年三十夜被捕，"生平第一次坐上了小汽车"（贾植芳语）。最后是伯父上下打点，花了一千块大洋和五十两鸦片烟才"保"他出狱。因为怕贾植芳留在北平会继续闯祸，伯父决定送他去日本留学。贾植芳被崇实高中开除后，虽然换了好几所高中，但因为没有崇实的转学证明，所以也无法正式取得学籍并毕业。为此伯父还是花钱，给他买了一张北平朝阳大学法律经济系的文凭。

临行前，伯父与贾植芳过有一席谈话："你到日本住上五年，每年我给你一千元到一千五百元，你脑筋好，就学医科；脑筋不行，就学银行管理，将来回国以后我对你都好安排。千万不要再参加政治活动了。你在中国参加这类活动犯了案，虽然我不认识官，但我有钱，官认识钱，我还可以花钱把你保出来；你若是在日本闹政治，被日本警察抓去，我花钱也没有地方花。还有，你千万不能娶日本老婆，因为生下小孩是杂种，是进不了祖坟的……"

贾植芳在晚年回忆时不无幽默地评价说："除了最后一条'不要娶日本老婆'，露出了我们山西乡巴佬的味道以外，前面的几条叮嘱，都不失为接受了西方文化价值观念影响的精明商人的眼光。"[1]

1　贾植芳：《狱里狱外》，上海远东出版社，1995，第 102 页。

"卢沟桥事变"后，贾植芳与同学坐英国远洋轮船公司的船，悄悄从日本到了香港。伯父得知他擅自回国，非常生气，但也连忙通知他暂居香港，千万不要回内地。如需用钱，可去香港皇后饭店找孙桐萱师长的太太取，如不愿意与官太太打交道，也可去找中国银行香港分行取钱。

伯父给贾植芳写信，大意说，你千万不要回国来，你一个人救不了国家，这战争也不是一下能结束，你要么留在香港念香港大学，把大学念完；要么到欧洲去，比利时或法国都行，读个三五年书再说。贾植芳说："应该说，伯父对我的前程和生活道路考虑得相当周到，甚至连我的习惯、脾气、自尊心理都考虑进去了。"[1]

一九四〇年夏，李星华带着弟弟李光华和三岁的儿子森林，得到周作人的帮助离开北平，先由伯父派人将三人送到了老家汾城，再由贾植芳父亲用长工送到贾植芳所在的陕西省宜川县秋林镇。之后，由贾植芳将三人送至西安，辗转到达延安。

贾芝写过《关于周作人的一点史料——他与李大钊的一家》一文，具体讲述了得到周作人帮助的细节："周作人先生把她（李星华）安排在伪北大的会计科当出纳员，他们得以维

---

1 贾植芳：《狱里狱外》，上海远东出版社，1995，第107页。

持生活。……去延安，事前与周作人先生说明她要到延安去。临行前，经周作人先生帮助，预支了两个月的薪金作路费，并办了出北平必须有的'良民证'。他们是化装为商人家属，道经晋、陕敌伪统治区及阎锡山二战区、国民党统治区，辗转了四个月之久才到达延安的。"[1] 贾芝没有提及北平至延安一行中伯父、父亲及贾植芳的作用，但"化装为商人家属"一句似可小作修改，因为，他们的身份，确实是以伯父家属的名义登记在证件上的。

伯父第三次为贾植芳安排人生道路是在一九四五年。当时，贾植芳流落西北数年，几经波折到济南，已经六十多岁的伯父对他说："你这几年东闯西荡，尽惹祸，还不如去当八路，像你哥那样。要不，你就留下，在我商行里当个副经理，学几年，以后我的产业也好留给你来经管。咱家世代经商，不能到你们这一代就断绝了。"

伯父之前还给贾植芳写信说过，他年纪大了，准备请个律师，把家产安排一下："我有二十万现金，你哥和你是我侄儿，跟我儿子一样，你们三人每份五万，一共是十五万。多余的给四个姑娘们分。家乡的住房有七十多间，也归你们，姑娘们可以居住，但没有所有权。"他自己的儿子还在念中学，管理商务还太小，所以他说的那话是十分真诚的。

1　贾芝：《关于周作人的一点史料》，《现代文学史料》1983 年第 11 期，第 109 页。

贾植芳这次还是没有按照伯父指引的方向走，但这位伯父始终是他在危难时的依靠。一九四八年九月左右，贾植芳走出了国民党的监狱。他可落脚的地方，只有伯父商行在上海的办事处。他住在办事处房子里，伯父又给了他五亿法币的生活费。他在《狱里狱外》中写，地点是"爱多亚路"（今延安路）[1]。今天的延安路，东起外滩，西止虹桥，是横跨上海总长达十四公里多的一条马路，分延安东路、延安中路、延安西路。因此，精确地说，当时的路名应该叫中正东路，即一九四九年后易名延安东路的那一段。爱多亚路是原公共租界填浜筑路时的路名，一九四三年日军攻入租界后，更名大上海路。

贾植芳叙述一九四八年出狱后的生活，曾提及三种货币单位。其一，是伯父给予五亿法币生活费。其二，中兴出版社老板韦秋琛在贾先生出狱之初，请客于天津饭馆，并赠予了十五块银圆。为了感谢，贾植芳躲在法华镇民居的小阁楼上，编了一本散文集交给韦老板。这就是一九四九年六月以文化工作社名义出版的《热力》，署名杨力。其三，在蜗居法华镇时，贾植芳还写了一本《近代中国经济社会》。在不得不离开上海避居青岛时，将稿子留给棠棣出版社，接受了两万元金圆券作为路费。[2]

1 　贾植芳：《狱里狱外》，上海远东出版社，1995，第 5 页。
2 　同上书，第 18 页。

在法华镇蛰居时，正好碰到国民党保甲组织按户办国民身份证，贾植芳以"贾有福"的名字登记，职业是"丰记土产公司的职员"。"贾有福"是子虚乌有的，但"丰记土产公司"却是真实的，正是他伯父的公司。

在青岛时，贾植芳利用外侨遗弃的旧书，译出了三本译著，最后出版的只有恩格斯的《住宅问题》。其中一本奥勃伦的《尼采传》，大约有三十万字，约在一九四九年四月译完。寄给上海《大公报》的刘北汜，刘发表了贾的序《旧时代的回忆和告别》，将书稿转给了韦秋琛。韦同意出版，并打了纸型，但最终被政府否定。据说，当时的经办人对韦老板说："现在什么时候了，你还印吹捧法西斯的书？"[1]

贾植芳在青岛的日常用度，主要靠棠棣出版社预支的那两万元金圆券。但生活不继时，也会到伯父的办事处寻求帮助。上海、青岛相继解放后，贾植芳"欢天喜地地回到上海"（贾植芳语）。一九四九年六月，他与妻子任敏先从青岛坐马车西行四五天，到潍坊坐上了去济南的火车。见到了伯父，也等待着十多年未见、说是也要到济南的哥哥贾芝。在伯父家住了十多天，兄长迟迟未来，他却急急地告别伯父赶往上海去了。此时，已是当年的七月底了。

1　贾植芳：《狱里狱外》，上海远东出版社，1995，第26页。

在济南时，正值散文集《热力》在上海出版，韦秋琛把样书寄到济南，伯父看见书的封面上署着"杨力"的名字，便问是怎么回事。贾植芳告诉他，这是笔名，胡风给取的，因为贾植芳母亲姓杨。之前，已用"杨力"笔名出版了《人生赋》一书。伯父听闻来历，大为光火："我出了钱供你读书，就是要你为祖宗争光，你出了书是扬名的事，怎么不用自己的姓，倒去用外婆家的姓？他们杨家又没出钱让你读书！"直到另一本学术著作《近代中国经济社会》出版，署名"贾植芳"，伯父才高兴起来。

一九五〇年初，贾植芳迁居苏州。当年秋，应邀在震旦大学教课。次年春，迁回上海。一九五二年八月，震旦大学撤销，贾植芳被调到复旦大学。

贾植芳说："在我一生的道路中，伯父每每在我受尽厄难时出现，像一个智慧老人似的点拨我的前程。但是冥顽不灵的我，往往只接受他对我物质上的援助，却推开他对我精神上的指导，在家训和良知之间，我总是服从后者的召唤。"[1]

贾植芳的这位伯父，一九五三年在济南逝世，并归葬于兹。这时，他视如己出的两个侄子一个在北京、另一个在上海都有了世面公认的出息。贾植芳后来的大跌猛宕他是无缘看到

1　贾植芳：《狱里狱外》，上海远东出版社，1995，第102页。

了。他自己有一个儿子和三个女儿，据贾植芳回忆，也有着另一种令人唏嘘的跌宕人生。从任敏的文字中，得知在一九六三年清明节前，伯父遗骸又迁葬于故乡。任敏时在山西省襄汾县古城公社侯村大队十一小队，贾植芳则被关押在上海市原南市区南车站路一五二号（今黄浦区）的第一看守所。

贾植芳或是尊崇为先人讳的传统，对伯父——这位在他前半生发挥了巨大作用的人，只称"伯父"，在多次表达了感恩和敬意之后，最终也没有讲出伯父的大名，当然，还有他自己的父母、命运同样多舛的堂弟（伯父之子）。但《三字经》云"扬名声，显父母"，把贾植芳兄弟一向视若己出的伯父，应该是希望自己的名字能堂堂正正地出现在历史的某一页的，至少是出现在已经成为大文化人的两位侄子的文字中的。

从其他文字中获知，贾植芳伯父，大名贾翠丰，另有字或号钴斋。生年不详，殁于一九五三年。

二〇一九年十月二十四日

丁聪的功课

打从丁聪告别魏公村两居室局促的"老家",搬到昌运宫四居室的"新家"之后,他便成了中国画研究院的近邻。他素不爱运动,却在所不辞地承担起一项任务:陪叶浅予先生散步。

叶浅予比丁聪大九岁,属于丁聪父辈中最年轻者。丁聪从少年时代就认识他了。某日,叶浅予仿佛很认真地提醒:"你小时候可是叫我叔叔的。"丁聪也仿佛很认真地想了半天,回答:没有记忆。便搪塞了过去,仍旧亲切地称叶先生为"老头"。

只要不是风雨大作,丁聪和叶浅予每天都要约会。时间:凌晨五时;地点:香格里拉饭店前的立交桥下。他们散步的目标,是紫竹院公园。

丁聪(1916—2009)。漫画家。

丁聪与周璇合影（香港。1940 年代）

丁聪（北京。吴霖摄于 1993 年 8 月）

前些年，叶老身体尚好，他们进园后，便绕大湖一周，然后回家。后来，先减至半周，再以后，则干脆进园坐于湖边了。现在，散步至园门口即止，休息片刻，看看车水马龙的景象……叶先生今年八十六岁，被人唤作"小丁"的丁聪，也已经七十七岁了。如此这般，他们已然坚持了好几年，对丁聪来说，这是每日必做的功课之一。

回家后，他自然要开始做另一类功课——画画。他的工作程序，似乎是既定的：总是先构思，用铅笔勾勒草稿，然后，用毛笔细致流畅地完稿。据说，从三十年代即开始漫画创作，至今仍笔耕不辍的，唯华君武与丁聪耳。外行皆云，漫画只寥寥数笔，即神形毕具，嬉笑怒骂，皆成文章，大约创作时亦是轻松的。然圈内人却道，漫画难就难在简练的几笔上，非有敏锐的思想、扎实的画技，是难得精品的。所以，丁聪现在最大的痛苦，在于作品的"孕育"期。一旦下笔，那巴掌大的纸上，墨水和线条便能潇洒走一回了。

丁聪的客厅，挂有三轴画。一为悲鸿奔马；一为抱石山水；再一为黄永玉赠丁聪的写生像，画面上丁聪硕壮仰卧，酣然醉相，众石围于一周。有题曰："古往今来人皆见石就拜，唯此人石头拜他。"题解有二：一称丁聪曾位列于"右"二十二载，宁折不弯，骨硬若石；二称数年前，医生动手术从其体内取出结石，达十一粒之多。

丁聪爱酒，却不喜独饮，但逢知己，则酒兴大盛。某次会中，有人赠他洋酒一瓶，他即携酒寻谢晋、张贤亮等人，召开"酒盅"全会。他爱啖肉亦是有名的。近日大暑，朋友邀宴，丁聪辞之。朋友称，有境外带入之新鲜牛肉，有技艺高超之厨师可做至尊美味，若何？丁聪心动，遂赴宴之。事后，问味道如何？"没得说"，丁聪喜曰，犹美味在齿。

对素食者，丁聪向不以为然：倘果如此，人类岂不成"草食动物"了？他曾给叶文玲题写扇面，取东坡诗意，反其道而行之，曰："宁可居无竹，不可食无肉。"但在家中，夫人沈峻督促甚严，倘若啖肉，必先吃菜若干。丁聪称自己只是户口本上的家长，而真正的家长，当是夫人。家中诸多杂事，丁聪司有专职：洗碗和倒垃圾。后者简单，前者则常遭"家长"批评：洗得不干净！

从六岁开始发表漫画全今，丁聪自称"小丁"已一个甲子多了。但他依然是快乐而健康的"小丁"。他过去最爱戏，但嗓子不行，遂无师自通学会了京胡与笛子。抗战以后，在上海的进步艺术家上演《兄妹开荒》，丁聪吹笛伴奏，而拉大提琴的，是李德伦。叫戏迷艳羡的是，丁聪还给程砚秋拉过一次京胡呢。现在，丁聪自感吹笛气不足了。那管笛子，大概静静地躺在丁家的某个角落，在灰尘的覆盖下，回忆着自己响亮的辉煌吧。

丁聪的家，在北京雨后春笋般面容相似的高楼之林中。别人要拜访他，他会细细地告诉其地址。最后，还免不了补充一句："这里时有停电的。"一旦停电，电梯"罢工"，来访者也只有靠自己的"11路"（双腿），奋勇攀登到丁家所在的11层。

高有高的难处，高亦有高的好处，若画画累了，读书累了，甚至说话累了，便可默立窗前，高瞻远瞩一番。

在丁聪眼中，人生的风景该如何逶迤到生命的最精彩处？

一九九三年八月四日

补 记

丁聪一九一六年十二月六日出生在上海老城厢南市，但他总是强调自己是嘉善人[1]，晚年尤甚。丁聪的老家，在今天隶属于上海远郊金山区一个叫枫泾的小镇。从元至正年间立镇，至今近八百年，是个不折不扣的古镇。镇上鼎鼎有名的特产，是一种冠名"丁蹄"的肉食。"丁蹄"始创者丁氏，姓名不传，店招是"丁义兴"，不知与丁聪有无渊源。小丁先生最爱啖肉，他曾对老友华君武说："不吃蔬菜光吃肉，在肉食范围内我不

1　丁聪：《转蓬的一生》，《艺人自述》，杭州大学出版社，1998，第348页。

挑食，什么红烧、白炖、凉拌、油炸，总之，是肉就好。"[1] 所以，另一个老友叶冈索性直说：小丁爱吃肉是因为枫泾丁家一向善烹蹄髈的缘故。[2] 当然，这应该是老朋友之间默契而忘形的说笑。

当年，枫泾是个极为奇特的小镇。以镇中心的界河为界，一半属于江苏娄县，另一半则归浙江嘉善所有。倘若仅仅以枫泾而推导某人的祖籍，至少有一半概率会犯错的。因为在同一个枫泾，可能是江苏人，亦可能是浙江人。不知丁聪生前是否知道这段镇史，但根据他反复强调自己是嘉善人，可以推测他的老家，正是属于嘉善那一半的枫泾。

丁聪的出生地，很可能就在南市老北门附近。至于具体地址，待考。他的父亲丁悚先生生逢乱世，可算是那个时代"逆袭"的榜样。十二岁只身束装从枫泾到老北门昌泰当铺做学徒，大约用了十年时间，亦手空拳扪下了一片大地。除了在当铺独立开当票，另通过业余学画，终于成为上海滩知名画家，从此以绘画为生，养一大家子人。他与妻子金素娟在一九一五年年底或一九一六年初结婚，两人的结婚照曾刊登在《中华妇女界》第二卷第一期上。一九一六年底，丁聪出生，是为长子。丁、金夫妇共生育了十多个子女（最后成人六个）。丁聪

1　华君武：《为小丁作藏书票》，载茅盾等著、刘新编《漫话小丁》，生活・读书・新知三联书店，2008，第67页。
2　叶冈：《漫画丁聪》，《散点碎墨》，文汇出版社，2008，第38页。

说：父母生他时，父亲二十五岁，母亲只有十六岁。丁聪还说："祖父是个读书人，家中没有田产。"但他没有说祖父以何为生，从送十二岁的儿子到上海学生意，而不是读书，大约可以估测丁家当时的经济状况。金素娟也是枫泾人，据说从小就干缲丝的工作，也是苦出身。[1]

经查阅成书于清光绪十七年（1891 年）的《重辑枫泾小志》和宣统二年（1910 年）的《续修枫泾小志》[2] 两种镇志，内中的枫泾人物，只有一位丁氏被收入了《志人物》中：丁樽（字仲匏，号五石），嘉善诸生，"善书、工诗、精篆刻"，曾著有一册现已失传的《牛笛草》[3]。翻遍全书，未有其他丁氏名列其中。再查《志建置》，也无丁氏宗祠一类建筑。故此，可推定枫泾丁氏应是从他处迁徙而来。

《重辑枫泾小志》还记载了一处与丁氏有关的遗迹："虹东草堂，在虹桥内。丁斯年葺，长洲沈归愚书额。中有双桂轩，团月窝，牡丹斋，仙人洞，寒梅径，二乔岩，蔷薇屏，活水池，玉兰坡，紫薇丛。今废。"根据丁悚遗墨获知，这位丁讷莽（斯年）是在清初因避"歹徒觊觎"从金山罗桥迁居枫泾"虹桥左近"的。在丁氏家乘中，奉其为六世祖。现在名气盛大的"丁蹄"，在两种晚清镇志中都有提及，称："豚蹄：近有

---

1 2019 年 6 月 23 日下午，在黄陂南路八四七弄九号采访胡姓姐妹。
2 许光墉、叶世熊修辑：《重辑枫泾小志 续修枫泾小志》，上海社会科学院出版社，2005。
3 同上书，第 172 页。

丁姓善烹，人呼'丁蹄'，远近争购之。"[1]《重辑枫泾小志》中附有沈蓉城《枫溪竹枝词》一百首，内中专门吟咏枫泾风土人情种种，但无"丁蹄"。可见此物忽得大名，当在迟后数十年。二十世纪九十年代曾出版新镇志，但未将丁悚、丁聪父子收入，此既可见老家人的茫然无知，亦可见丁氏父子与枫泾曾经的疏离。

晚年的丁聪，多次表达了对枫泾的情感，以至丁聪漫画陈列馆（现在又新建了丁聪美术馆）就落在了枫泾镇上。这个建筑我是去过的，只是有些疑惑，有着如此堂皇旧居的丁悚，是否有必要到上海去做学徒。

大约在一九二六年，丁悚将家从老北门旧居乔迁到法租界新落成的天祥里。我曾专门寻访过黄陂南路（原贝勒路）的丁聪故居，据他家隔壁的胡姓姐妹相告，胡家是天祥里第一批居民，她们的父亲胡毓康先生当年任职于法商电车公司，是用十根金条才买下天祥里的房子。如此，丁家搬进此处，费用当相去不远。

现在的天祥里，同一个小区中，却有两个以路名命名的门牌，即黄陂南路八四七弄和永年路一四九弄。如丁聪故居的门牌是黄陂南路的八四七弄九号，但前一排房子即原张光宇故

1　许光墉、叶世熊修辑：《重辑枫泾小志　续修枫泾小志》，上海社会科学院出版社，2005，第19页。

居，却莫名所以地以永年路一四九弄五十四号命名。个中原因不清，第一次造访的人难免会晕乎。从二十世纪四十年代末出版的《上海市行号路图录》中，可以清晰地看到，这条弄堂靠北一侧为天祥里，靠南一侧为恒庆里。[1]张光宇故居前有一个过街楼，这大概就是叶浅予当年租住过的老房子了。叶浅予在《细叙沧桑记流年》中写道："这里房屋新，开间大，房租不贵，交通方便，有无轨电车直通闹市区。"[2]

从永年路（原杜神父路）出门右转，仅数十米即是顺昌路（原菜市路），再右转就是上海美术专科学校。如果弄内有小门相通，则从永年路出去兜一个圈子也省了。所以，当年丁悚搬家至此，虽然早已不在上海美专教务长的任上，但兼任教职和情感勾连，肯定是两个重要因素。丁聪高中毕业后，大约有半年时间，在上海美专各个教室画素描，打下了扎实的基础。甚至因对刘海粟腹诽而对上海美专冷眼的徐悲鸿，后来对丁聪的素描功底都表扬有加，但估计徐悲鸿并不知道丁聪在出生前就被刘海粟认为"干儿子"了。

叶冈先生是叶浅予的胞弟。所以，我用上海话跟丁聪说，也许我小辰光（少年时代）可能是见过他的，因为当年我家与叶冈先生家是瞿溪新村中的近邻。一排房子共有三个门牌，他

1　承载、吴建熙编：《老上海百业指南》，上海社会科学院出版社，2008年版，第74页。
2　叶浅予：《细叙沧桑记流年》，群言出版社，1992，第82页。

家住十二号，我家在十四号。叶浅予先生大约在一九七七年前后曾住过一段时间，记得时不时有一些陌生老头来看望叶浅予。丁聪听我这一说，和气地笑笑，我记得是没作声、没回应的。

叶冈比丁聪小三岁，他在晚年回忆一九四二年与丁聪初识于桂林，丁聪给了他"极其老成，极其整洁"[1]的深刻印象。叶冈说："直到如今，我犹未忘记他一身整洁的印象，特别是那双洁白如新的袜子。"[2]比丁聪大三岁的黄苗子，记得当年初识丁聪时，就感觉他比自己更"老成持重"。他们一起在上海美专画素描，有时到城隍庙画动物，有时到半淞园。[3]

小丁从小在父兄辈中徜徉，为人不免"老茄"（叶冈语，上海话意即老三老四）。[4]想想也是有趣，那时候的小丁，是生物意义上的小丁，我生既晚，不能躬逢其时；但晚年的小丁，却往往有童心、有赤子之心，我是见过的。想起多年前在丁府的畅谈，恍如昨日。他送我的书——插图本《阿Q正传》还静静地立在我书架上。更要深深感激他的是，他曾费心给我画过一张个人肖像漫画，这成了这些年我最喜爱的个人标识之一。虽然，老先生对我形象的"漫"，是往"美化"方面的"漫"。那时候，我头发葳蕤，蓬勃向上。我是永远感念他的！

1　叶冈：《丁氏春秋》，《散点碎墨》，文汇出版社，2008，第132页。
2　叶冈：《漫画丁聪》，《散点碎墨》，文汇出版社，2008，第39页。
3　黄苗子：《热情彩笔长春——记丁聪》，《漫话小丁》，生活·读书·新知三联书店，2008，第42页。
4　叶冈：《漫画丁聪》，《散点碎墨》，文汇出版社，2008，第38页。

冯亦代曾写到丁聪有三句口头禅：其一，"定规要这样做"；其二，"呆板数这样做"；其三，"一定勿来事"。[1] 这三句话一定要用上海方言读出，丁聪的个性和风格便一望而知。冯亦代写小丁天真，"想什么就说什么，没有掩饰，没有矫情，更没有敷衍"；听到丁聪的自我评价"阿拉是好囡，只晓得这样做"时，不由你不开怀一笑。黄永玉说："丁聪为人坦荡洒脱，松散中有严格的律己尺度。"[2] 所以，经历过大风大雨的夏衍干脆在文章中直接写："我欢喜这样的人。"[3]

　　从瞿溪新村所在的瞿溪路沿着普育东路（跨龙路）向北，只需"一眼眼"（上海话，意即一点点）时间，就能到达陆家浜路上的市南中学。市南中学的前身是创办于清咸丰十年（1860 年）的教会学校，初名娄离华学堂（Lowrie Mstitute），后改为清心中学。一九三五年，丁聪毕业于此。

二〇一九年六月二十日

1　冯亦代：《天真的小丁》，《漫话小丁》，生活·读书·新知三联书店，2008，第 57 页。
2　黄永玉：《参观丁聪漫画陈列馆记》，《漫话小丁》，生活·读书·新知三联书店，2008，第 298 页。
3　夏衍：《小丁今年七十五》，《漫话小丁》，生活·读书·新知三联书店，2008，第 281 页。

深秋，被绿色拥抱的陈从周

深秋的上海，了无寒意。只是这一天有细细的秋雨，走在同济新村宁静的路上，我才感到了秋天的来临。黄昏时分，我站在陈从周教授寓所的门口，静静地体会着秋的气息。正面的院子里，有一株大芭蕉，宽阔的叶子，被小雨打得十二分的绿。还有一株，是枫树，依然绿绿的，似乎不肯变红。我知道，这是陈从周先生曾经面对数十年的景色……

一楼一室，我按响了陈家的门铃。事先，我已知道去年的一场大病，使陈先生大伤元气，但是，我并没有想到，休养了整整一年多的他，依然生活难以自理。陈先生坐在小客厅里的沙发上，我伸过手去和他握手，他的手，凉凉的。墙上，挂着吴作人先生送他的画作，画面上，是沙漠中一队自远而近的骆驼……

陈先生显然还在和病魔作斗争，说话仍然

陈从周（1918—2000）。同济大学教授、古建筑学家。

不很清晰，因此，绝大部分时间，我和他钟爱的小女儿陈馨在聊。而他则坐在一旁的沙发上，静静地听我们交谈。陈先生的思维依然清爽，记忆也很不错，只是语言表达有障碍而已。据家人介绍，这已是他第四次中风，以这一次最为严重。我向陈先生提问，他的回答大多难以听懂，我只听懂了三句。

第一句是问他："一共出版了多少专著？"他答："二十多本。"

第二句问："平生最满意的作品是哪一个？"他答："东园。"问是豫园的东园吗？他认真地点点头。

第三句我问他："现在最大的愿望是什么？"他一摇头："没有愿望。"

翻开陈从周先生的简历，我们看到了陈先生并不显赫的学历，加上他所从事的并不时髦的专业，我们可以想象这数十年来，他几乎是每前进一步都得忍受着寂寞，但他坚韧地一直走，终于走到了辉煌的今天。现在，他是国内最为杰出的古建筑及古园林专家，是当之无愧的"国宝"。二十世纪五十年代初他开始执掌同济教鞭，如今，他已成为同济大学最有声望的教授、博士生导师之一。据说，陈从周先生有一方图章，印文即为"博士导师"。陈先生实在是有理由自豪的。

在他女儿的记忆中，父亲是一个永远对工作充满热情的人，在物质生活上，没有任何要求。他把所有的时间都用在他所热爱的工作上。每天画画和写作，已成为他生命的一部分。陈先生脾气耿直，他若要表示有所不满，他一定会表达出来，而且一定是和工作有关。以他的这种性格，在历次政治运动中，他几乎都成为被攻击的靶子。他生于一九一八年，解放那年，他正值三十一岁的大好时光。之后经历曲折，一直到一九七六年的五十八岁以后，陈先生才时来运转。他的二十多本专著，大都出版于花甲之后，可为一证。他的勤奋，也由此可见一斑。除了像《说园》等古园林专业方面的专著，早已成为专业人士的必读之书，他还出版了《书带集》《春苔集》《书边人语》等散文著作，为爱书人所推崇。

早年的陈先生，在古典诗词上，曾受业于夏承焘先生；书画上，是张大千先生的入室弟子；在古园林和古建筑艺术上，他则直接师承"南刘（敦桢）北朱（启钤）"。正因为他有多方面的修养，他最终在古园林这一综合建筑艺术上达到了一个人所共知的高度。年过花甲以后的陈先生，曾主持、参与修复豫园、水绘园、西湖郭庄，以及新建的昆明楠园等古典园林。他所设计的中国古园林风格的"明轩"，漂洋过海到了美国，引起很大的轰动。但是，他最得意的，还是豫园的东园。他将原来分割在外的东园，重新设计，在与内园整体风格和谐统一的基础上，设计增补了不少景点，如谷音涧和修竹长廊等。

看到陈从周先生口齿不清地对我说着什么，用铅笔在白纸上写着天书一般的文字，我心里的感觉，难以述说。但是，从他的目光中，我仍然可以看到有些饱经沧桑的人才有的锐利；从他紧闭的嘴唇中，可以看到坚毅。"没有愿望"的陈从周先生现在每天早晨在家人和护士的搀扶陪伴下，总要坚持锻炼走路，每一次，总要走上几百步。他的女儿告诉我，病中的父亲，有一天突然对她说，已经构思好了一篇文章。题目叫"悲惨的回忆"。悲惨！是重病无法自理，还是人生的短暂和命运的乖张？我听到此话，不禁被震撼。

陈家的后面，还有一个小院子，陈馨告诉我，这是她父亲曾经用心的地方。陈先生喜欢兰花、菖蒲和竹子。现在，这里自然没有了主人的莳弄，像一个荒园。花花草草没有修剪，高高的竹子弯下了腰……但，深秋，黄昏，细雨的院子中，植物依然很坚强地绿着。

离开陈家，我特意去了相距一箭之遥的同济大学。暮色将临的校园里，到处是匆匆赶路的年轻学子。我想找寻书店，我想找几种陈从周先生的著作，但是，终于一无所得。

一九九六年十月三十一日

陈从周（右）与老师张大千在圣约翰大学（上海。1948 年）

晚年陈从周（上海。吴霖摄于 1996 年 10 月）

补 记

一九九六年秋天，我问陈从周先生有多少本著作，他答："二十多本。"这二十多本中，我想，《徐志摩年谱》和《说园》，一前一后，可以称为他的代表作。

《徐志摩年谱》刊印于一九四九年八月，非公开出版，属作者本人自费的私印本，印数五百。陈从周时在上海圣约翰大学附属高中任教，三十一岁。《说园》共有五篇，均发表于《同济大学学报》，首篇一九七八年第二期，末篇一九八二年第二期。一九八二年十月，五篇合在一起，由蒋启霆小楷缮写，出了学报抽印本。这是《说园》第一次以整体亮相，因此，这个版本是重要的。这一年，陈从周六十四岁。

陈从周对徐志摩做过三件重要的事，按他本人说法是"完成了年谱、全集出版，妥善安排了遗物，重建陵墓"[1]。他曾著文，说自己对徐志摩有着"无缘无故的爱"。

陈从周对自己的历史写得不多，仅有的篇章中，也有详写、略写之分。与徐志摩的渊源，他其实是交代得很清晰的，此可视为陈从周与徐志摩的"因缘"。

1　陈从周：《〈徐志摩年谱〉谈往》，载黄昌勇、许锦文编《陈从周散文》，同济大学出版社，1999，第12页。

陈从周的妻子蒋定，海宁硖石人，父蒋谨旃（钦顼），母徐祖慈。徐祖慈为徐志摩嫡亲姑母。徐志摩父亲徐申如，伯父徐蓉初。陈从周的二嫂徐惠君是徐蓉初次女，也即徐志摩堂妹。所以，陈从周说自己与徐志摩有着双重的戚谊。[1]

二〇〇〇年三月，陈从周病故。同年十一月，我闻讯徐志摩祖居面临拆毁之厄专程去了硖石。其祖居位于百年古街西南河街的十七号。徐志摩一八九六年在此出生，以后开蒙读书、与张幼仪结婚都在此。不知是幸耶？不幸耶？我成了这座古宅最后的凭吊者。那一天，我在徐家老宅中盘桓良久。我后来在《徐志摩祖居命悬一线》的文章中写道："从窗子望出去，是一个高高的天井，对面的墙上长着青苔，这应该是童年、少年徐志摩天天看到的风景……"

也是那一次，在探访徐志摩祖居之后，我还专门去了相距不远的衍芬草堂。这里是海宁蒋氏的老房子。走进大门，正碰上几个洗衣服的妇女，我问知道陈从周吗，她们几乎同时回答"知道！""怎么会不知道！"她们都是见过陈本人的。徐志摩姑母嫁入此地，陈从周也是这家的姑爷。至于洗衣妇是蒋家的什么人，我一时弄不清，也顾不上打听了。

海宁蒋家始迁硖石第一世为蒋云凤。第二世有四子，分四

1　陈从周：《记徐志摩》，《陈从周散文》，同济大学出版社，1999，第 2 页。

房，均以藏书为乐。到了第四代，出了蒋光煦、蒋光焴两个大藏书家。二房蒋光煦的别下斋惜毁于同治年间的洪杨之乱，其后代佼佼者，出了蒋百里、蒋复璁。四房蒋光焴的衍芬草堂，在离乱之际，先是迁海盐另建西涧草堂，后又携书在江汉间辗转数年。曾国藩曾亲书"虹穿深室藏书在，龙护孤舟渡海来"赠蒋光焴，以示激赏。衍芬草堂基本得以保存，新中国成立后，其藏书悉数捐给了国家。陈从周的岳丈蒋谨旃为蒋光焴孙辈。

我曾为保存徐志摩祖居著文发表鼓与呼，但次年老宅（以及那一整条古街）依然在旧城改造的堂皇理由中灰飞烟灭。当时，陈从周已经作古，不然，我是肯定要去叨扰他的。我能想象他那冲冠一怒的风采。

此事本应就此了结了，但还不然！不久后，我去拜访一位以收藏古建筑为乐的海外华人，他跟我说，刚刚在海宁买了一整条老街的房子。问其收购的价钱，真是区区不忍再提。当我告诉他，他收购的这条古街中，就有徐志摩的祖居时，他顿时喜出望外。

在各种有关陈从周的故事中，总能看到他性情中人的一面，即便是在《说园》这样蕴藉典雅的文字中，他的个性依然是鲜明的。

有一个故事，为人转述，但记录在其大弟子路秉杰主编的一本书中：有一次，陈从周在校园里看见一群学生在草坪上踢球，先是大声劝阻，未果。他情急之下跑进去，在草坪中央一屁股坐下，"捶胸大哭，流涕痛骂"。[1]他的一个博士生，写文证实，本科时并不认识陈教授，某次与同学在草坪踢球，被陈从周追赶阻止，陈拖拉着犟嘴的学生去校长办公室评理。[2]这也许是同一件事，也许是两件，但此处陈从周的形象是呼之欲出的。

另有一个故事是已经被证实的，由亲见的冯其庸写进文章里：王蘧常八十大寿，众弟子为之贺，只见陈从周进来了，顾不上与他人打招呼，径直走向王蘧常先生，不由分说"双膝跪下向老师三拜，老师连忙把他扶起来"。[3]

陈从周对待自己的文字是极其认真的，行文谋篇之讲究如同构园一样。他所结集的《书带集》《春苔集》《帘青集》等，一望书名便知道是散文的集子。他的轶事既多，当然也有与文字有关的。他的文章最初多在《同济报》上发表。别看老先生平时没有什么架子，但若是有人擅自改了他的文字，哪怕是一个字一个标点，他也一定会吵上门来。据知情同济人回忆："有

1　许锦文、黄昌勇：《中华园林第一人》，载黄昌勇、封云主编《园林大师陈从周》，同济大学出版社，2014，第239页。
2　蔡达峰：《性情、学养与境界》，《园林大师陈从周》，同济大学出版社，2014，第209页。
3　冯其庸：《怀念陈从周兄》，载宋凡圣著《一位知识分子的完美人生——陈从周研究》，浙江大学出版社，2010，第3页。

一次，他来到编辑部，勃然大怒，不由分说就掀翻了桌子。"[1] 不用说，肯定是登出来的文章，与原稿相比有了些许改动。

我有四本《说园》。第一本，是一九八二年十月版的《同济大学学报》抽印本，大十六开本，我现在还记得最初阅读此书的感觉。文字风格半文半白，典雅而收敛。字、词、句，以及段落流畅从容，犹如漫游在以小见大的园林中。我对于江南园林的启蒙，即自此始。先慈在园林系统工作了一生，我的童年和少年可以说是在公园的山水间度过的。但《说园》于我，不啻醍醐灌顶。这个版本是蒋启霆工楷书写的影印本。

说到蒋启霆先生，不妨多说几句。蒋先生也是硖石衍芬草堂后人，他的祖父蒋鉴周与蒋谨旃为亲兄弟，故蒋定为其姑母，虽然蒋启霆比陈从周只小一岁，但从蒋定处论，陈从周为其姑父。所以，在诸如着墨于诗词的书面用语上，他称陈从周为"姑丈"，在日常生活中则以"小伯"相称。而陈从周对他，则亲密称呼以"老东"，盖其小名也。[2] 蒋先生是海宁人，却极其雅好陈先生老家绍兴的老酒。因此，每有家乡人馈酒，陈从周会立即给蒋启霆寄信，邮票本埠仅贴四分可矣。信中只书六字："老东，有酒来取。"[3]

1　黄昌勇：《后记》，《园林大师陈从周》，同济大学出版社，2014，第282页。
2　蒋通：《六十年的真挚友谊》，《园林大师陈从周》，同济大学出版社，2014，第196页。
3　同上书，第200页。

第二本，是同济大学出版于二十世纪八十年代中期的版本，由朋友相赠，可贵的秀才人情。第三本，是北京书目文献出版社一九八四年的排印本，三十二开本。此书一九九六年深秋于同济新村得自陈从周先生本人。当时陈先生因中风后遗症，不仅说话囫囵不清，且不良于行，因此赠书并未签名，只是在书的扉页盖了个名章。此书另有一"妙"，是封底盖有某书店的销售红章。原来，此书早已绝版，陈的家人偶然在某书店看到尚有存货，遂悉数打包买来。一九八四年的定价是 0.42元，此时已改为 3.3 元。另要赘说一句的是，在路秉杰主编的《陈从周纪念文集》[1] 和其他几种陈从周研究著作中，不知何故，均失载此版本。

第四本，其实是第二本的复印件。先慈热爱园林自不必说，先严虽然行伍出身，但对园林、园艺也一直是心长系之的。这本复印本就是他去世后，我从他遗物中找出的。整整齐齐，一页不少，用铁夹子固定。从纸张看，应该复印于二十世纪八十年代中期。这个版本除了仍是蒋启霆手书上版，更重要的，是多出了三十二幅园林山景图。这本复印件，有着特殊的意义，我仍保存着。

陈从周早年正式列过张大千门墙，他画的墨兰和竹，素淡雅致，为传统文人画一路。他有许多印章，这些闲章最是

1　同济大学建筑与城市规划学院编：《陈从周纪念文集》，上海科学技术出版社，2002。

不闲，也最能反映他画外、题款之外的心声。我的笔记本上，曾记录若干。如，有自谓身份的："江南石师""博士导师""有竹居主人""谷音涧山师""墨奴""梓室九怪""阿Q同乡""我与阿Q同乡"。还有实景描述和喟叹人生况味的："有竹人家""老去依旧汉儒生""深院尘绕书韵雅""丹青直把结缘看""闲中风月老去江湖"。最可噱的，是他有一方"免费供应"的印章，干脆直接，有遗世独立之风……

二〇一九年七月二十六日

钱谷融惜墨

钱谷融先生教了一辈子的书，他的成就，是可以用"桃李满天下"来形容的。早已年过古稀的钱先生，是华东师范大学中文系教授，在国内，他是屈指可数的现当代文学专业的博士生导师之一。虽然他已经退休，但正在带的尚未毕业的博士生仍有十人之多！

我曾问过钱先生小时候最大的理想，他答是当一名小学教师。他的父亲，曾是江南一个教私塾的先生。钱先生中学毕业后，上了在无锡的师范学校。上大学的时候，赶上了抗日战争，钱先生流亡到大后方，考上了中央大学，进的却仍是师范学院。原以为与教鞭粉笔如此有缘的钱先生，会说自己这一生的选择是因为"教师是太阳底下最光辉的职业"之类的话，但他的解释多少让我有些意外：因为家境困难。读师范不要钱，所以师范成了当时诸多贫寒子弟求学的首选。但是，我总觉得，这也

钱谷融（1919—2017）。华东师范大学教授、文艺理论家。

是一种"因缘"。

我问钱先生：这辈子最高兴的是什么？

钱先生答：教出的学生都不错！

他将自己学生的大名一一道来，甚至每一位得意门生的个性和特点，他都了若指掌，这时候，不由你不羡慕钱谷融先生如数家珍时仿佛微醺的神态。本来嘛，"得天下英才而教育之"是君子三乐之一！

近年，钱先生出版了一本五十万字的论文自选集《艺术·人·真诚》，这本书几乎涵盖了他一生所有最重要的文章。厚厚的，重重的，真像是一块砖。书的序言，是钱先生请他的学生写的。

钱先生不是一个著作等身的人，说起此事，他并不以为意。因为，他平时总爱说自己是一个"懒散"的人。他甚至对我说，即便是已有的文章，绝大多数也是被"逼"出来的。他的《〈雷雨〉人物谈》是如此，轰动一时的《论"文学是人学"》，也是如此。

"淡泊以明志，宁静以致远"，钱谷融先生认为他的人生观是崇尚真实自然，随遇而安，对人真诚，坦白自己。他多次提

伍叔傥先生（1897—1966）

晚年钱谷融（上海。吴霖摄于 1998 年 1 月）

及他的生活态度，受他的业师伍叔傥先生的影响极大，伍先生是当时中央大学师范学院国文系主任，善治汉魏六朝文学，功力颇深。钱先生回忆说：伍先生歆羡魏晋风度，平日言谈举止洒脱，有魏晋人物相，但从不把魏晋风度挂在嘴上……

钱先生给我讲了一个故事：在重庆中央大学念书时，有一次三青团在北碚办夏令营，风华正茂的钱谷融先生玩性大起，遂报名参加，其实，他并不是三青团员。那次的营主任是张治中。到了夏令营，三青团的人让钱先生当小组长，他坚决不干。三青团的人责问他："既如此，那你来做甚？"钱先生的回答理直气壮："我是来陶冶心情的！"

当他把这情节告诉伍先生后，伍先生给他写了一封信，诙谐地说他：既想做田园诗人，又怕听青蛙叫。

故事既妙，伍先生的书翰更是妙不可言。当可入新《世说》也。

钱谷融先生是一个率真的人，他坦言自己还是有名利思想的，但如需刻意追求才能得到，他便望而却步了。他评价自己一直是一个既不能令，也不受命的人。

钱先生的子女现在都在国外。当别人惋惜他子女中无人承继父业时，他并不遗憾，因为这正是他所希望的。大约他所走过的文学之路风雨太多、崎岖太多了，他希望自己的孩子们平平安安地走一走另外的路……

退休了的钱谷融先生，虽然住在和学校一街之隔的师大二村里，但平时倘若无事，他是很少去校园里的丽娃河边去走一走的。他喜欢喝一点酒，但并不贪杯，我想，他喜欢的也许是一杯在握的情趣；他也喜欢喝茶，所以，在他的书房里，除了书，大大小小、各种各样的茶叶罐很是让人注目。每周的某一天，总会有一位同事到他家里，和他下几盘象棋。不知心情散淡的钱谷融先生棋艺如何？在跃马挺兵，驾长车，踏破贺兰山阙的"杀"声中，是否仍能保持他的魏晋风度？与他对垒的同事，曾经是他的学生，现在也是个博导。

最后，我向钱先生请教治学的要旨。

他几乎脱口而出："独立的人格，自由的思想！"

一九九八年一月二十一日

补　记

说钱先生"惜墨"，自然是委婉和漂亮的说法。其实在一九九八年一月七日，我在笔记本上明确记着钱先生的自我评价："一生无能"，"懒散"。但当时觉得钱先生自谦太过，有碍形象，所以，笔下矫饰了。说实话，我是在那一次才第一次听说有伍叔傥这么个人的。八十岁的钱老先生毫不掩饰地推崇："他是我一生中给我影响最大的一个人。"[1]

不知伍叔傥先生何人，显示了我的无知。伍先生早年毕业于北京大学，同学中有傅斯年、罗家伦、顾颉刚、许德珩、俞平伯等。校长蔡元培，老师有胡适、陈独秀、李大钊、刘师培、黄侃等。

当时的北大，以三个刊物为根据，分成了三派。许德珩回忆录说："《国民》杂志社与《新潮》杂志社和《国故》月刊社成为当时北京大学鼎足而三的社团。这三个社团代表着三种不同的政治思想倾向。《新潮》提倡白话文，反对旧礼教，但绝口不谈政治；与之对立的《国故》则专门反对白话文，鼓吹封建文化和封建道德；而《国民》比较突出的特点是公开谈论政治，坚决反对日本军国主义的侵略，发表了不少政论文章。"[2]许德珩属《国民》，傅斯年属《新潮》，伍叔傥属《国故》。伍叔傥在《忆孟真》中说自己加入"国故社"的原因"与其说是'守故'，不如说是'依刘（师培）'"。

傅斯年死后，悼文甚夥，伍叔傥的《忆孟真》以情真意

1　许德珩：《为了民主与科学：许德珩回忆录》，中国青年出版社，1987，第38页。
2　钱谷融：《我的老师伍叔傥先生》，《散淡人生》，上海教育出版社，2001，第92页。

切，不惜"矮化"自己表达了对老同学的敬意，这是须有豁达的襟怀的。在所有悼傅文章中，我是推此为第一等的。伍叔傥文中说："我来台湾的动机，又是为了他。我本来决定，要是做大学教授，总要是在孟真所办的大学里教书。孟真之死，我不独教书毫无兴趣，连对台湾也毫无兴趣了。"后来不久，伍叔傥果然离台去日本讲八代文学去了。又几年，转往香港教书，自兹与台岛缘尽。

钱谷融与伍叔傥的交集，始于重庆时期的中央大学。钱在师范学院国文系就读，伍是系主任。钱谷融常常感念伍先生多次请他一起下馆子："他嫌一个人吃饭太无趣，常常要我陪他一起吃。"[1] 不管是什么原因，学生被师长经常请饭，总会令学生难忘，至今犹是。其实，钱谷融至少也请伍叔傥吃过一次饭，钱的回忆中未记，顾颉刚一九四三年一月廿五日日记中却记了："到松鹤楼，赴国文系毕业生宴。"[2] 客人有伍叔傥、顾颉刚等十位，应是老师。集体请客者也是十位，当是国文系毕业生，中有"钱国荣"者，即钱谷融先生也。

当时的中央大学有两个国文系，一在文学院，汪辟疆任主任；一在师范学院，伍叔傥任主任。一校两系，形成了事实上的伯仲关系。某次，教育部让专家推荐书目，伍叔傥推荐的单

1　钱谷融:《我的大学时代》,《散淡人生》, 上海教育出版社, 2001, 第312页。
2　顾颉刚:《顾颉刚日记》, 载伍叔傥著, 方韶毅、沈迦编校《伍叔傥集》, 黄山书社, 2011, 第540页。

子上有《晋书》，汪辟疆在一次会议上公开嘲讽：“听说此书为一温州人所提，足见其陋。”言语之下，对伍叔傥、对《晋书》皆不屑，更是捎带上了温州。此事为伍叔傥当年亲口转告给钱谷融。钱写进了《我的大学时代》[1]一文。

伍先生是瑞安仙降人，属温州。但温州的文风，向有历史。远的，且不说来历分明传承有序的永嘉学派；近的，当代学人都不敢轻觑的孙诒让不正是温州瑞安人吗？胡颂平在悼伍叔傥的文章中说，伍先生少年之时，孙诒让去世不到十年，当时的“瑞安城中，到处可以听到讽诵之声，有的深夜不停”。[2]

朱东润有本《朱东润自传》，写于其八十岁时。此书二〇〇九年初版，书前有篇简单的自序，谓写作时间是一九七六年二月十五日至当年十二月六日。此书四十万字，前后的叙述完整、流畅，不光是大事清晰，还有颇多细节也记录得饶有意味，少有模糊和不确切处，想来应有本人旧日记做记忆的底本。但惜乎自序对此既未提及，也没有一个出版说明来说明，留了个悬念。此书虽写于一九七六年，但作者的初衷可能并非是立即发表，所以，也许会有顾忌，但也不会太受束缚。内中写到了伍叔傥，只是很遗憾，几乎是作为一个反面的形象出现。语多棘刺，但仔细看看，至少在书中还找不出什么端由来。

1　钱谷融：《我的大学时代》，《散淡人生》，上海教育出版社，2001，第322页。
2　胡颂平：《追忆伍叔傥先生》，《伍叔傥集》，黄山出版社，2011，第456页。

朱东润对伍叔傥一语定鼎的评价是"党混子"。还说："国文系的学生是不是知道他是党混子？知道的，但是抗战中的学生，大多数是只身在外，无依无靠，没有考取的只望考取，一经考取，可以不费分文吃到三顿饱饭，只要毕业以后，系主任代他找到工作，那时即使系主任是文盲，也不愁无人崇拜。人们已经到了生存的边缘地带时，是没有选择的。"[1]

所有在钱谷融他们看来是伍叔傥优点的，在朱东润笔下一概变成了欺世盗名。只是，这冤有头的"头"，一片茫然不知在何处。或许随着伍、朱二先生的去世，后人再也无法找寻到了。朱东润秉笔健书的时候，可能还不知道伍叔傥已下世十年矣。伍先生虽不能看到朱东润的大作，相信钱先生应该是看过的。

钱先生的回忆和朱东润的自传中，都提到了一首讽刺中央大学校长罗家伦的诗："一身猪狗熊，两眼势利钱，三绝吹拍骗，四维礼义廉。"[2]这首几乎是人身攻击的"一二三四"诗，最噱的是第四句，因为"罗"字的繁体（羅），是上面一个"四"，下加一个"维"；所谓"礼、义、廉、耻"为国之四维，诗中独独少了个"耻"字，以讥讽罗家伦无耻而已。周作人在新中国之后写的《新潮的泡沫》一文中，虽然认为罗家伦是"真小人"，是"追随蒋二秃子"的"帮闲"，但也认为那四句诗"真

1　朱东润：《朱东润自传》，人民文学出版社，2009，第269页。
2　同上书，第174页。

是刻薄得很"[1]。《朱东润自传》中，对罗家伦也极尽讥讽，只是不知出于何种原因，在文字上对罗家伦以"罗教授"相称，姑隐其名。对伍叔傥，则是直书其名的。晚年的钱谷融说："其实他（罗家伦）并不是那么'不堪'，这个校长他完全可以做。"[2]

伍叔傥在生前似乎没有出版过著作，即便是他用力很猛的旧体诗。胡适曾对秘书胡颂平说："伍叔傥的诗，是用力气做成的。"[3]《暮远楼自选诗》在他死后才得以印出。这部诗集有一九六八年香港版和一九七八年台湾版两个版本，但流布都不广。不光是读过些书的人，即便是喜好旧体诗的，大概也没多少人看过吧。崇拜伍叔傥"潇洒的风度，豁达的襟怀，淡于名利、不屑与人争胜的飘然不群的气貌"[4]的钱谷融，是看过《暮远楼自选诗》的，但对恩师最在意的诗作没有点评。

暮远楼的出处，据钱先生说，是因为春秋时代的伍子胥曾说过："吾日暮途远，吾故倒行而逆施之。"[5]瑞安伍氏，奉伍子胥为始祖，伍叔傥亦以此自况平生所治之学。

暮远楼是实际存在的，那是复员南京后伍叔傥所盖的一

1　周作人：《新潮的泡沫》，原载《亦报》1950 年 6 月 14 日，转引自王为松编《傅斯年印象》，学林出版社，1997，第 137 页。
2　李怀宇：《茶馆里泡出学问　漫谈中教出高徒》，载王林、曾利文主编《钱谷融研究资料选》，华东师范大学出版社，2008，第 257 页。
3　胡颂平编著：《胡适之先生晚年谈话录》，中国友谊出版公司，1993，第 128 页。
4　钱谷融：《我的老师伍叔傥先生》，《散淡人生》，上海教育出版社，2001，第 94 页。
5　同上书，第 311 页。

座小楼。胡颂平说，暮远楼在玄武湖附近，"暮远楼"三字的匾额，是胡适写的。抗战时期的同事徐讦曾著文说："胜利后，我（从美国）回到上海，知道伍先生娶了一个美丽的太太，在玄武湖畔买了房子。"又提及：在一个秋天下着雨的黄昏，他去拜访伍叔傥："我们谈了好一会，那天好像没有电灯，房内阴暗非凡，他的意态也非常萧索，我没有看到他的美丽的太太。"[1] 同一文同一处，徐讦两次提及伍新娶的"美丽的太太"。

徐讦在南京拜访伍叔傥，从文章看，只此一次。巧的是，徐讦文中没写的，被伍叔傥的一个学生写进了自印的回忆录："我们到玄武门昆仑路去拜谒中文系主任伍叔傥先生……适逢有客在座，经伍先生介绍，知道是著名小说作家徐讦。"回忆中写了两人的穿着："伍先生长袍马褂，徐先生西装革履，风范各异。"[2]

伍叔傥从北大毕业后，除了偶尔客串一下官场角色，绝大部分光阴是留给杏坛的。简略述之，先后任教浙江省立十中、圣约翰大学、光华大学、中山大学（广东大学）、中央大学、台湾大学、台湾师大和香港崇基学院等，另有几所不赘。以普通的俗话说"桃李满天下"，是完全当得的。但伍叔傥的名字在内地消失已久，并不见有什么老学生写的追忆文章出现，除了钱谷融。

1　徐讦：《悼念诗人伍叔傥先生》，《伍叔傥集》，黄山出版社，2011，第484页。
2　卓友渔：《刍狗传·中大时期》，http://blog.sina.com.cn/s/blog_53df6a8c0102wdkb.html。

钱先生常常把他这位先生挂在嘴上，不知者，以为是老人的碎碎叨叨；知其者，则感怀其须臾不忘师恩。古有《三字经》以"扬名声，显父母"激励学子，钱先生是做到了"扬名声，显尊师"的。钱谷融至少写过三篇回忆伍叔傥的文章，一是《我的老师伍叔傥先生》，一是《我的大学时代》，再一就是《伍叔傥集序》，内容虽小有重叠，但情感是一以贯之的弥厚。仅此一点，就足堪榜样。难得，很难得，非常难得！

邵镜人是伍在崇基学院的同事，"同事一系，同在一室休息，几乎天天见面。历时四年之久"。他说："叔傥《暮远楼稿》，约有四千首。几乎全为五古……"[1] 若此言不虚，则《暮远楼自选诗》刊布者二十分之一都不到。徐訏也在悼文中写过："伍先生的遗稿中有几千首诗（多数是五言诗），这是我所知道的。"[2]

对于作诗，伍叔傥多有隽语，如："作五古要拙不要巧，要成家则必须走小路，由小路再豁然开朗。"[3] "锤字坚，脂肪去得净"[4]，乃以五言成为"众作之有滋味者也"（钟嵘语）。吴虞在一九二四年七月初一日记载："伍叔傥云：'中国美文，唯读《后汉书》《三国志》《水经注》《伽蓝记》《颜氏家训》

---

1 邵镜人：《悼念伍叔傥教授》，《伍叔傥集》，黄山出版社，2011，第474页。
2 徐訏：《悼念诗人伍叔傥先生》，《伍叔傥集》，黄山出版社，2011，第479页。
3 伍叔傥：《伍叔傥集》，黄山出版社，2011，第250页。
4 同上书，第214页。

足够一生欣赏。'"[1]

伍叔傥有无题诗一首："越缦才华最胜流，还同湘绮各千秋。他年若作文章手，后起应推暮远楼。"[2] 可见他对自己的写作是自矜并有期许的。徐讦说："伍先生非常看重他的诗稿。"他还说："伍先生虽是一直在大学教书，但他是一个文学家。作为一个文学家，自必通过一种文学形式来创作，他所爱用的形式是诗，特别是五言诗。"所以，伍叔傥本质上是一个诗人。

要论伍叔傥与钱谷融，两人的共同点皆是一生以教书为业。不同的是，伍叔傥热爱八代文学，教了一辈子的"衰学"（以苏东坡曾称韩愈"文起八代之衰"，伍叔傥自谓所治为"衰学"）。钱谷融不喜欢现代文学[3]，但教了一辈子的现代文学。伍叔傥先生诞于一八九七年，卒于一九六六年，勉强算寿至古稀。钱谷融先生诞于一九一九年，卒于二〇一七年，得享白寿。钱先生和他所景仰的伍先生之间，如果说尚有距离，当不是岁月之差，是伍叔傥所作那数千首旧体诗。

二〇一九年九月二十六日

---

1 吴虞：《吴虞日记》，《伍叔傥集》，黄山出版社，2011，第508页。
2 伍叔傥：《伍叔傥集》，黄山出版社，2011，第91页。
3 李世涛：《文学是人学：钱谷融先生访谈录》，《钱谷融研究资料选》，华东师范大学出版社，2008，第252页。

郑敏的花园

郑敏先生寓所的窗外，有两个花园。一个向东，谓之东花园；一个朝南，谓之南花园。其中，东花园是她精心莳弄过的，她还为之写过许多优美的诗句。《清晨，我在雨中采花》，即是其中的一首，以此为题的同名诗集，近年已在香港出版。而这首诗，即得之于她的花园。

这是秋风很强劲的某个黄昏，我们站在东花园中。繁茂的蔷薇，虽然没有了花的灿烂，却依然绿得深沉。北面，有一簇金银藤，花尚剩三二，香自然已远去。脚下，是一片贴地的野草。郑先生语出惊人："这下面是一片郁金香！"这是她参加荷兰诗歌节的纪念。据说，在开花的季节，它们是花园中最醒目的一群：红的如燃烧的火苗，黄的如挥动的手绢，而黑的更名贵，一如沉静的黑纱……而现在，远不是它们辉煌的季节。花园里，有半人多高的月

郑敏（1920—　）。北京师范大学教授、诗人。

季花在开放，它们全然没有春的娇媚，夏的热烈，有的，只是秋风中的孤傲；一枝与另一枝，保持着距离站立。虽然昨夜刮了一夜大风，今天又到了整整一天，但它们却极顽强地挺着花朵站着。满身的刺，坚硬如铁，表示着它们的不亢不卑。

整个花园，用粗木乱棒围成，颇有些野趣。郑先生很心满意足地站在园中，仿佛一个很"富有"的主人。她说，她爱花，是和她一生的经历与记忆有关的。比如，金银花就属于她孩提时候的记忆。在西南联大上大学时，她曾在昆明的野地里，看见一种叫白菖兰的花。于她，那是青春的象征。以后，许多年许多年她再也未曾见过此种花。直到不久前，她竟然在北京的花店中，见到了这种洁白如玉的菖兰，她说她当时差一点就流出了泪水。

郑敏、童诗白伉俪回国后，一直住在清华园。童先生执教于清华大学，郑先生则长期在北京师范大学任教。她曾最喜欢师大园中毛泽东主席巨型石像西侧的月季。据说，那还是从辅仁大学继承下来的，多有名贵品种。在开花的季节，总少不了郑先生赏花的身影。可是，在那荒唐的十年中，这些月季也遭受过灭顶之灾。那是"工宣队"进驻师大之时，在威风凛凛地视察全校之后，"工宣队"认定，在毛主席像前种花栽草是很不革命的，遂命令统统拔掉，并种上白菜等。自此，鸟语花香不复存在，且因每日施肥不止，该区域一片臭气笼罩。

其时，郑先生自顾不暇，大约是无余力再去种花弄草。南花园中，原有一株葡萄，不料在尼克松访华时，却被有关部门勒令拔去，据说是叶蔓之下容易隐藏坏人云云。郑先生还喜欢音乐，在她用英文打字机工作也被怀疑是为敌特发报的岁月里，她依然敢在"革命老太太"随时可能破门而入的情况下，偷偷地倾听贝多芬。那美到极点的音乐，使她痛苦不堪的灵魂得到了些许的安宁。此时，音乐是她的精神花园……

郑先生家中，三四只花瓶里都插着鲜花。有的还鲜艳欲滴，有的却已近枯萎。郑先生说："诗和哲学构筑了我的精神世界。"她把她的诗神，唤作爱丽丝。爱丽丝伴她走过了青春，走过苦难深重的中年，而今天，爱丽丝又给了她神奇的力量，让她写下了许多真正的诗。郑先生从来不觉得老已将至，她只知道："诗和艺术，是不知道年龄的。"在她的心目中，爱丽丝是一个非常宁静、安谧的小女孩，任何风雨也不能伤害她。郑先生能幸运地从那十年里活下来，她把这归功于爱丽丝的保护。是她的诗神领她从空中俯瞰这疯狂的下界和受难的人民。留在大地上的，是她的躯壳，而她的灵魂，则与爱丽丝朝夕相伴，在一片澄澈宁静之中……

出门左手，就是南花园。郑先生说，因为这里长着一棵大树，几乎种什么都不成，于是她把这里称为自然植物保护区。即使如此，在早春里，浅蓝的二月兰也会碎碎地开满一地，白色的、紫色的丁香花会香飘数楼……

西南联大时期的郑敏

郑敏与童诗白

"我把这个花园交给了上帝，"郑先生身穿蜡染花布衣裳，天真地说，"上帝是我的园丁！"

一九九三年九月二十三日

补　记

一九三九年郑敏考进国立西南联合大学，原想攻读英国文学，但在注册的那一瞬间，忽然改进了哲学系。她自述原因是："深感自己对哲学几无所知，恐怕攻读文学也深入不下去，再加上当时联大哲学系天际是一片耀眼的星云，我心想，这真是千载难逢的天象……"[1] 在同一篇文章中，郑敏认为在联大的四年中，冯友兰的"人生哲学"与"中国哲学史"、汤用彤的"魏晋哲学"、郑昕的"康德"、冯至的"歌德"是构成自己知识结构的梁柱和基石。在另一篇文章中，她加上了冯文潜的"西洋哲学史"。[2]

西南联大人在讲到西南联大的精神时，往往脱口而出就是"自由"二字。何兆武说这个"自由"外延很广，也包括充分发挥自己的潜能。与郑敏同一年入校的何兆武，进的是土木工

1　郑敏：《忆冯友兰先生的"人生哲学"课》，载单纯、旷昕主编《解读冯友兰》（学人纪念卷），海天出版社，1998，第50页。
2　郑敏：《诗歌与哲学是近邻——关于我自己》，《诗歌与哲学是近邻——结构—解构诗论》，北京大学出版社，1999，第473页。

程系，以后几乎每年辗转一个系，中文系、外文系，一九四三年毕业时，他是历史系的在册学生。他曾问哲学系的女同学顾越先："女同学学哲学的很少，你为什么上了哲学系？"顾的回答是"想知道人生的意义是什么"。

想解决人生问题的人很多，但真正进入哲学系的人却极少。而女生，更少之又少。从西南联大一九三九年哲学心理学系注册名单看，全系新生只有区区十二人。[1] 至一九四三年毕业时，减为七人（王启文、郑敏、彭瑞祥、曾本淮、马启伟、张精一、马德华），必须注明的是，这七人中有五人为转系而来。因此，从入学至毕业始终坚持在此系的，只有两人：郑敏与王启文。王启文是学心理学专业的。从毕业名单上推测，郑敏是唯一的女生。

顾越先是郑敏同系、同年的好友。但看哲学系毕业名单，并没有她的名字。或是转系，或是失学，原因不详。顾越先的父亲顾寿颐是清华第一届学生，与梅贻琦是同学。她在九十岁时曾回忆联大岁月的趣事：她和同屋的郑敏为了上课不迟到一路小跑，看见前方有一先生也在奔跑，定睛一看，正是教"西洋哲学史"的冯文潜教授。于是，师生一起挥汗奔跑，成为美好的一景。[2]

---

1 《国立西南联合大学校史——1937 至 1946 年的北大、清华、南开》，北京大学出版社，1996，第 590、618 页。
2 顾越先：《九十岁的沉思》，《文汇报》2008 年 3 月 23 日。

郑敏、顾越先都曾回忆冯友兰的"人生哲学"课给自己带来深远的影响。还有一例：吴讷孙曾对李赋宁说，在联大二年级（一九三九年）时，有一时期感到生命空虚，毫无意义，准备结束自己的生命。但忽然想到要最后拜访一下冯友兰先生，请教人生的真谛。经冯先生一席开导，吴讷孙改变了消极厌世的思想，从此发奋读书。吴讷孙一九四二年从外文系毕业，在一九四五年，他完成了一部六十多万字的小说《未央歌》。小说以西南联大和昆明的风光民俗为背景，时间大致为一九四〇年至一九四三年之间（正是郑敏在校期间），故事主角伍宝笙、余孟勤、蔺燕梅、童孝贤……

郑敏在联大期间开始写诗，影响她最大的是冯至。她在《恩师冯至》文中写道："在国内，从开始写诗一直到第一本诗集《诗集：1942—1947》的形成，对我影响最大的是冯先生。这包括他诗歌中所具有的文化层次、哲学深度，以及他的情操。"[1] 郑敏写诗的触媒，应该就是一九四二年五月冯至《十四行诗》由桂林明日社出版之时。与西南联大时期活跃的诗人们不同，郑敏的诗歌处女作发表较晚，是在抗战胜利后的天津《大公报》文化副刊上，冯至是主编。因此，在联大期间，郑敏的诗歌创作仅限于一个极小的范围，少为人知；在同时期的文学社团中，也似乎鲜见她的身影。

冬青文艺社是西南联大"最活跃的团体之一"，且是"活

---

1 郑敏：《恩师冯至》，《光明日报》2014 年 7 月 16 日，第四版。

动时间最长的一个"[1]（杜运燮语），社员中有穆旦、巫宁坤、汪曾祺、萧珊、刘北汜等。在杜运燮一九八四年写的《白发飘霜忆"冬青"》的文字回忆中，并没有郑敏。穆旦、杜运燮、郑敏和袁可嘉四人，作为西南联大的代表，在二十世纪八十年代同被舆论列入了一个叫"九叶派"的诗歌流派。与另三人在校期间就以诗名横行不同，郑敏的诗起步于昆明，她在抗战胜利后进入诗坛，直到一九四八年浮海赴美留学。

鲲西（王勉）一九三八年毕业于蒙自时期的社会学系，他曾写过《西南联大与现代新诗》一文，内中对联大诗人群体一一简评，如冯至、卞之琳，对穆旦着墨尤多；也提及了闻一多、杜运燮、赵瑞蕻，乃至燕卜荪、温德和翻译燕卜荪《南岳之秋》的王佐良；甚至提到了现在已经被人忘却的诗人周定一及《南湖短歌》。[2]但对郑敏，则未置一词。

王勉说："（全面）抗战八年在昆明，我已卒业并在广播电台工作，但和联大的师生保持密切关系。而我怎样得识冯君培先生（诗人冯至）已不记得了，这时冯先生的《十四行集》由陈占元任主编的明日社从桂林运来，书是用土报纸印的，我得了一册并写书评在电台播出。自此我以晚辈的身份成为冯先

1　杜运燮:《白发飘霜忆"冬青"》, 载西南联合大学北京校友会校史编辑委员会《笳吹弦诵在春城——回忆西南联大》, 云南人民出版社, 1986, 第 323 页。
2　鲲西:《西南联大与现代新诗》,《推窗集》, 中国社会科学出版社, 2000, 第 8 页。

生家中的常客。和我社会学系师长若吴景超师、潘光旦师不一样，冯先生给予我的启迪是在文学与艺术这些领域，听他讲歌德、里尔克，尤使眼界大开的是为我展示德加（Degas）的画册。这是我首次领略西方美术的纷繁的美。"[1] 王勉与冯至相识并交往的时间，恰与郑敏开始诗歌写作并紧随冯至同时。

郑敏晚年写过不少诗歌理论文章，但对自己的身世写得不多，甚至可以说很少。可能因为郑敏在校园生活中不活跃，现在能检索的西南联大人的回忆中，有关她的回忆也是极少的。对自己的身世和家人，她采取了能省则略的态度。所以，要知道她当年的状况，只能采取旁征的办法。

我之所以引用王勉先生的回忆，首先因为他是毕业于西南联大的当事人；其次，更重要的是他正是郑敏的长兄。但在郑敏的回忆中，找不出直接论据。而王勉也极有意思，似乎兄妹间有过直接的约定，或是有间接的默契；于是，王勉在诸多涉及昆明年代的文字中，绝口不提郑敏其名，遑论挑明两人之间的关系。郑敏对于昆明年代，也有文字，但不多。不多的文字中，主要是缅怀当年的师长。对这位同时生活在一地的胞兄，也未着点墨。

王勉晚年以鲲西的笔名，写了很多回忆清华以及西南联大的文章，颇得好评。他在一篇文章中说："我没有目睹西南联

1　鲲西：《记徐梵澄》，《寻我旧梦》，上海辞书出版社，2011，第 60 页。

大的建校。一九三八年毕业后由昆明经贵阳北上重庆，找到我的第一个职业岗位。三年后重回昆明，联大已是校园完整的大学，我也因此没有赶上听钱锺书先生的讲课。但我却看到了联大录取的第一届学生。"[1]看到这里，不禁莞尔，仿佛话到了嘴边，又吞了回去。郑敏不正是一九三九年录取入学的第一届学生吗？！

他在《文林街上的教授身影》中写："文林街恰如山阴道上，往来人多，你上街总会碰到熟人的。有位哲学系女生告诉我她上汤用彤先生的魏晋南北朝佛教史，汤先生个子矮小，又是平头，一身布衣，研究佛教哲学，真像一个出家修行的人。但有一次她看见汤先生在文林街面馆吃鳝鱼米线，觉得很滑稽。"[2]看到此，哑然失笑，那个"哲学系女生"觉得"很滑稽"，是因为"文林街面馆的鳝鱼米线味美价廉，那时大学生生活苦，伙食往往不能果腹，因此常有人上这种小馆吃一碗米线充饥"。在学生的生活领地中突然见到大教授，且还貌似出家人，颇有些违和感，故有一笑。这位"哲学系女生"将所见告知了王勉，王勉则在时隔半个多世纪后形诸笔墨，汤先生的侧影因此得以传世。王勉此处讲的这位"哲学系女生"是其胞妹郑敏的概率，几乎是百分百的。但不知何故，正在呼之欲出的时候，他硬是将"郑敏"两字掩隐了起来。

1　鲲西：《西南联大五十载记梦》，《寻找旧梦》，上海辞书出版社，2011，第88页。
2　鲲西：《文林街上的教授身影》，《清华园感旧录》，上海古籍出版社，2002，第81页。

如何证实郑敏与王勉是兄妹？一个是两人分别讲过自己的祖父是福建闽侯走出的著名诗人王又点，分别讲过自己的父亲早年留法，学数学……郑敏幼年过继给父亲的郑姓好友，郑姓好友的妻子姓林，正是郑敏生母的妹妹，故此，郑敏是过继给了自己的姨母、姨父。

　　一九九二年，曾有诗歌编辑请年过古稀的郑敏举出对她一生影响最大的一首诗，郑敏感到困难。提问者有些霸蛮，突出一个"最"字和一个"一"字，但不可否认这个提问是业内惯用的专业娴熟且漂亮有效的套路。郑敏最后给出的答案是——里尔克的《圣母哀悼基督》，她认为此诗"短短的诗行，简单的语言，却捕捉到一种说不清的复杂，这里有不可竭尽的艺术魅力……"此诗有数种汉译，这里当然首选郑敏先生的版本：

现在我的悲伤达到顶峰
充满我的整个生命，无法倾诉
我凝视，木然如石
僵硬直穿我的内心

虽然我已变成岩石，却仍记得
你怎样成长
长成高高健壮的少年
你的影子在分开时遮住了我
这悲痛太深沉
我的心无法理解，承担

现在你躺在我的膝上

现在我再也不能

用生命带给你生命[1]

一九九三年九月，我在秋光洋溢的清华园中访问郑敏先生。作为一个年轻诗人，我并未与一位德高望重的老诗人谈诗。当她兴致勃勃带我参观了她的两个花园之后，我们的话题从植物花卉迤逦而去。言谈间，在走廊尽处的另一个房间，远远地出现一人，看不真切，但肯定是她的家人。郑先生大约看出我眼中的询问之意，主动告诉我："他是我的爱人，叫童诗白，在清华工作。"看我用笔在本子上记录，又细心地补充说："儿童的'童'，诗歌的'诗'，李白的'白'。"好一个诗意盎然的姓名！

最后，她突然补充了一句："他爸爸是童 jùn。"对此我莫名所以，也根本没有追问这个 jùn 究竟为何字。直到若干年后，我才知道，"童 jùn"者，童寯也，中国第一代留美归来的建筑大师。

二〇一九年八月十五日

---

1 郑敏：《不可竭尽的魅力》，《诗歌与哲学是近邻——结构—解构诗论》，北京大学出版社，1999，第 59 页。

侧影依稀，余音犹在

一九九三年暮春，我有棠棣之殇，回到北京时，已是当年的初夏。我期望在本职工作之外，叠加更多的工作以消解郁积的苦痛。所以计划为当时寂寞已久的文化老人们写一组文字速写。之所以是"速写"，是因为在时间安排上只能是本职以外的见缝插针。记得自我定下的写作要求是三个"一点"，即"有一点新闻，有一点文笔，有一点抒情"。采访对象的选择，一般是各自领域的泰斗人物，年龄在八十岁以上……写作伊始，我就希望这些文字将来能结集，书名叫《歌泣人生》。

这个书名，记得当年对几位老先生说过，也得到过肯定。当然也有例外。有一天，我在北师大小红楼里对启功先生坦白自己的设想，没想到当即遭到了启先生的"坚决"反对。他很不喜欢那个"泣"字，并佯装生气对我说："就你高兴了，让我们哭，不干！"正当我略有沮丧之际，没想到启先生走到写字桌前，对我说："我帮你起一个。"说着提笔就写，写的第一个，就是"歌啸余音"。让我意外的是，启先生竟然一连写了四个书名，其中就有"学林侧影"。他还很仔细地在每个书名下盖上了"启功题签"的小印。

我虽然感谢启先生的不期之赐，但对"歌泣人生"书名仍然念念不忘。记得曾向端木蕻良先生请教，他听闻后连声称好，但同时觉得"学林侧影"也很不错。因此，他干脆主动用毛笔为我题写了并排的两个书名"歌泣人生，学林侧影"。

　　令我惭愧并尴尬的是，虽然《歌啸余音》早已在二○○二年出版，但书中的内容并不是那些原先设想的文字。甚至因为诸事芜杂，在以后的日子里，我渐渐淡忘和疏忽了那些曾经很是用心的文字，也几乎忘了当年的初心。屈指一算，如今，距离当年的写作，已然过去了二十多年！以现在书中最早的文字写于一九八九年起算，前后文字的跨越，达到了整整三十年！我曾访问过的老先生们，大约除了人瑞郑敏先生，都驾鹤西去了吧？

　　今天，我很愿意将我这一组写文化人的老文字，以"学林侧影"为名出版。这本书的结集，于我，是一次文字上的感恩之旅。感恩老先生们在他们人生的晚秋予我以早春的和煦，当然，也感恩启功先生的赐名。希望自己和我的朋友们，都能记得那些渐行渐远的背影……

　　本书在写作上采取叠加的方式：保留多年前的原文，又加入新写的"补记"，甚至"又记"。这种时空交错，既能保存、还原当年的采访现场，也可以加入经过多年沉淀的思考。当年，我曾发愿写一百位文化老人，虽然由于匆匆南还，戛然中止，但也早已写了过半。限于篇幅，本书仅收入三十篇，大约是所有篇章的三分之一。其他的，或许将来有机会继续完成。虽然我自己也已进入人生的初秋，但未来仍是可以期待的。

当年的一切，于我都历历在目。那时，我上班的地点在中南海西门的府右街，租住的房子在海淀学院路的北端北林大的后门。每天，我骑着永久牌自行车，奔波于四九城内外，乐此而不疲。每每访问过那些学科不同、个性迥异的老先生，我都喻之为"灵魂的沐浴"。

这些寂寞而伟大的人物，大多数都在新千年来临之际纷纷陨落。面对"星沉海底当窗现"，我固然心戚戚矣，十分悲凉；但是，又因得以"雨过河源隔座看"，而感到幸甚至哉。噫，予小子何德，能在这些老先生的人生夕照中，耳食他们"一蓑烟雨任平生"的豪迈，也瞥见他们"也无风雨也无晴"的淡然。

伍叔傥先生曾任教于上海圣约翰大学，那个大学早已云流雨散多年，但校园仍在，是我的母校。伍叔傥一生写古风四千余首，律、绝甚少，词更是屈指可数。在圣约翰时期，他曾写过一首《更漏子》，下阕是："楼高风紧落帆迟，望水望春成久立。怀人怀旧，费多时，落花知。"

诚如斯言，"怀人怀旧，费多时，落花知"！今天，如果这本书的读者能通过我笨拙但真诚的散乱文字，了解老先生们生活中的点滴，遥望到他们已然走远的蹒跚身影，余愿足矣，欣慰弥满……

吴　霖

二〇一九年十一月六日于上海香花桥畔种豆斋